日本ホラー小説大賞《短編賞》集成1

あせごのまん／小林泰三／沙藤一樹／
朱川湊人／森山 東

角川ホラー文庫
23913

目次

玩具修理者　小林泰三……5
D-ブリッジ・テープ　沙藤一樹……41
白い部屋で月の歌を　朱川湊人……175
お見世出し　森山東……289
余は如何にして服部ヒロシとなりしか　あせごのまん……345

第二回
日本ホラー小説大賞
《短編賞》受賞作
（一九九五年）

玩具修理者

小林泰三

小林泰三（こばやし・やすみ）

一九六二年京都府生まれ。大阪大学大学院修了。九五年「玩具修理者」で第二回日本ホラー小説大賞《短編賞》を受賞しデビュー。九八年「海を見る人」で第十回SFマガジン読者賞国内部門を、二〇一四年『アリス殺し』で啓文堂文芸書大賞を受賞。他著に、『人獣細工』『肉食屋敷』『AΩ 超空想科学怪奇譚』『人外サーカス』など多数。二〇年十一月、逝去。

「生理的に恐怖を呼びかけるのでなく、具体的な物語の進行からホラーを醸造していく手腕を認めた」

——荒俣宏（第二回日本ホラー小説大賞選評より）

彼女は昼間いつもサングラスをかけていた。

「どうして、いつもかけてるんだい、サングラスを？」

わたしは思いきって尋《たず》ねてみた。

「いつもじゃないわ。夜に会う時ははずしているはずだわ」

今は午後七時、夏の日の入りは遅く、二人がいる喫茶店の中まで太陽光はまぶしいくらいに差し込んでいた。客はわたしたちを含めても五人ほどで、この時間にしてはかなりすいていた。

「でも、昼間はいつもだ、例外なく。どうかすると、夜でもサングラスをかけていたりすることもあるけれど、その逆――昼間にはずしていたことは一度も、たった一度もない」

「事故よ」

ちょうど、ウエートレスが、注文を聞きに来たので、会話がとぎれてしまった。わたしはアイスコーヒーを、彼女は夏だというのに、ホットミルクティーを注文した。

わたしは、わたしたちの声が聞こえない距離までウエートレスが離れるのをまってから、話を再開した。

「え？ 事故って言ったのかい、今？」

「そう、事故よ」

「初耳だね、それは。どうして、今まで言ってくれなかったんだよ、それを」

「訊《き》かれなかったから。それにたいした事故でもなかったし」

少々、不審だった。確かに、事故の傷跡を隠すために、サングラスをかけることはよくあることだ。しかし、昼だけとは？ ファッション的な好みや目の病気、視覚過敏などの理由でサングラスをかけているのなら、昼間だけというのもわからないでもない。しかし、傷跡を隠すなら、夜もかけ続けなくてはならないはずだ。あるいは昼間にはよく見える傷跡で、夜には目立たなくなるのかもしれない。だが、夜に近くで顔を見る機会は今までいくらでもあったが、傷跡に気付いたことはなかった。

「いくつぐらいの時、その事故は？」

「そう、あれは確か、七つか八つの時——いいえ、もっと、小さかったかもしれない」

「でも、お父さんにも、お母さんにも、一度だって聞いたことがないよ、そんな話は。それとも、何かい、秘密なのかい、僕には？」

「秘密じゃないわ。ただ二人とも知らなかっただけよ。……ある意味では秘密かもしれないわ。一度も人に言ったことがないから」

「いったい、どうして？」

普通、大人になってもサングラスをかけ続けなければならないような怪我《けが》を娘がしたら親が気づかぬはずはない。どうしても、事故の話を詳しく聞き出さなくては。

「言っても信じやしないわ」

「信じるか、信じないかは聞いてみるまで、わからないよ」

彼女はじっとわたしを見つめていたが、やがて、決心がついたようだった。

「小さいころ、家の近くに、玩具修理者がいたのよ」

「え？　壊れたおもちゃを直す人のこと、玩具修理者って？」

「そうよ。近所の子供たちはよくそこへ壊れたおもちゃを持っていったわ。どんなおもちゃでも直してくれるの」

「あるんだな、そんな商売も」

「商売じゃないわ。お金はいらないもの」

「じゃあ、ただで？　物好きな人もいたもんだ。でも、どんな関係があるのかな、その玩具修理者と事故は？」

「うるさいわね」彼女は少し怒ったようだ。「ずっと、最後まで話の腰を折りつづけるつもり？　それなら、もう止めるわ」

「わかったよ。続けてよ、話の先を。もう、口を挟まないよ、できるだけね。でも、すこしだけ質問をするのはいいだろう、どうしても気になるところがあったら」

「必要最小限なら、許すわ。……えっと、どこまで、話したかしら？」

「玩具修理者のところまで。話のとっかかりさ。ところで、名前はないの、玩具修理者に？」

「ようぐそうとほうとふ」

彼女はそう言った。本名だとすれば、日本人の名前ではない。アメリカ人やイギリス人の名前でもない。中国人でもないような気がする。

「ロシア人、その人？」

「わからないわ。でも多分、違うような気がする。だって、本当にそんな名前かどうかあやしいもの」

「どういうことだよ、それは？」

「本人から聞いたわけではないの。ただ、子供たちの一人——そのころのわたしよりも小さな子供が聞いたそうよ、玩具修理者がおもちゃを直しながら、『ようぐそうとほうとふ』と叫んでいるのを。でも、別の子は『くとひゅーるひゅー』だと強く主張していたわ。そしてわたしが聞いたのは『ぬわいえいるれいとほうてぃーぷ』という叫びだったわ」

「じゃあ、わからないじゃないか、名前かどうか。その人は外国の人で外国語が変な言葉のように聞こえたのかもしれないよ、子供の耳にはね」

「そうかもしれないけど、それは重要なことではないわ。それに玩具修理者は普段、子供たちと話す時は日本語を使っていたわ」

「よくわからないな。いったい、何者なんだよ、その男は？」

「あら、わたし、男だなんて、言ったかしら？」

「えっ⁉　じゃあ、女の人なのかい？」

「よくわからないわ」

「待てよ、ちょっと」さすがに、わたしも馬鹿馬鹿しくなってきた。「つまり、無料《ただ》で子供たちのおもちゃを修理してくれて、名前は『ようぐそうとほうとふ』か『くとひゅーるひゅー』で、国籍不詳、性別不詳だって言うんだね。その玩具修理者は」

「そう。その上、年齢も不詳よ」

「それは子供だったからだろう。大抵のやつの性別と年齢はわかるさ、大人になれば」

「そうかしら？　でも、今となってはその頃のわたしの人を見る目がどの程度のものだったかなんて、確かめることはできないわ」

「どんな感じの人だったんだよ、ようぐそうとほうとふは？」

「顔にはなんの特徴もなかったわ。性別や年齢や人種を推測するためのなんのヒントもなかったの。髪の色は、そう、譬《たと》えれば、幼稚園児が持っているクレヨンを全部、画用紙に塗りたくったような色。服は様々な布ぎれを縫い合せて作ったものだった。仕立てがたいそう下手で、バランスもめちゃくちゃだったわ。スカートだったのか、ズボンだったかもよくわからない。ひょっとしたら、あれは服なんかじゃなくて、ただたくさんの布を体に巻きつけていただけだったのかもしれないわ。布ぎれから出ている部分は、――つまり、手とか足とか顔とかはいつもぬめぬめと脂ぎってたわ。口かずは少なくて、子供たちが壊れたおもちゃを持っていっても、二言か三言話すだけ。でも、ちゃんと、おもちゃは直るの」

「どんな感じだった、店は？」

「店は持ってないわ。玩具修理者の家に直接持っていってたのよ。ああ、でも、わたしたちはあれを勝手に玩具修理者の家だと思っていただけかもしれない。二軒の空家の塀の間の小さな小屋に住んでいたわ。その小屋はいろいろな大きさ、様々な色形の無数の石がよせ集まってできているようだった。小さいものは、米粒ぐらい、大きなものなら、大人の頭ぐらいあったかしら。そんな石が、まるで、よせ木細工のようにきれいにぴったりと組み合わされていたわ。遠くから見ると、じゃりの小山のようにも見えたけど、近づくと、どうやら家の形らしきものであるということがわかったわ」

「ただのホームレスじゃなかったのかな、そいつは？」

「子供たちはおもちゃが壊れると、玩具修理者のところに持っていったわ。新しいものも、古いものも、単純なものも、複雑なものも、独楽《こま》でも、凧《たこ》でも、竹とんぼでも、水鉄砲でも、ロボットでも、ラジコンカーでも、テレビゲームでも、ゲームソフトでも、壊れたおもちゃならなんでも持っていったわ」

「全部直ったんじゃないだろう、まさか？」

「直ったわ。ゲームカセットのような複雑なものもね」

おそらく、ゲームカセットはただの電池切れだったのだろう。結局のところ、その玩具修理者は少し手先が器用なだけの変わり者だったのだろう。目くじらをたてる程のことでもない。

「子供たちは、壊れたおもちゃを玩具修理者に直してもらっていることを大人たちには秘密にしていたの。だって、おもちゃを壊したことを大人に言えば叱《しか》られるもの。玩具修理者がいれば、安心だったわ。どんなに高いおもちゃが壊れても、大人に言う必要も、小遣いを使って修理に出す必要もなかったんですもの」

ウエートレスがアイスコーヒーとミルクティーを運んできた。ウエートレスが立ち去るまでのしばしの無言は、わたしたちに、すでに日が沈んでいることを気がつかせた。

彼女は少し微笑《ほほえ》んで、両手を使ってゆっくりとサングラスをはずした。そこに現れたのは、いつものきれいな瞳《ひとみ》だった。

「それで」わたしはストローの袋を破りながら言った。「いつ、出てくるのかな、事故の話は?」

「何よ!」彼女は目を見開いて、わたしをにらんだ。「話が進まないのは、そっちのせいよ。口を挟まないって約束だったのに、次々と質問を浴びせかけたのは誰よ!」

「ごめん。ごめん。でも、おかしいよ、その話は。見た人はいるのかね、玩具修理者が実際に修理しているところをさ」

「玩具修理者はまず壊れたおもちゃをばらばらにするの。ねじ一本までよ。接着剤が使ってあるところも全部きれいにはがすの。二つ以上壊れたおもちゃがある時でも、まず全部のおもちゃをばらばらにするの。それから、何十個、何百個の部品を眺めて、にやにやして何か叫び始めるの」

「『ようぐそうとほうとふ』って？」

「そう、他にもいろいろとね。そして、部品を一つずつ拾い上げながら、組み立てるの。そうして、一つのおもちゃを組み上げると、二つ目にかかるの」

「部品が混じっちゃうだろう、それじゃあ」

「混じってもいいの。それでちゃんと動くようになるのよ」

「馬鹿馬鹿しい！」わたしは吐き捨てるように言った。「もう、いいよ、玩具修理者の話は。それより、早くしてくれよ、事故の話を」

「あの日はとても暑い日だった。午後二時頃の気温はほとんど四〇度近くもあったと思うわ。そんな暑い日でもわたしはまだ十か月の道雄の子守りをやらされていたの。明治や大正や昭和の初期ならいざ知らず、どうして、小さな子供が赤ん坊の子守りをしなくちゃいけないのか、随分不満に思ったものだわ。だけど、お母さんも、お父さんもとても怖くて、口ごたえなんかできなかった。

一度なんか道雄をおんぶしていた時、うっかり柱に道雄の額をぶつけて酷《ひど》く叱られたことがあったわ。お母さんはわたしの髪を摑《つか》んで、『おまえも道雄と同じ痛みを受けなさい』と言って、わたしの額を柱にぶつけたの。その晩、お父さんはその話を聞くと、私を家の門柱に縛りつけて、朝までほったらかしにしたのよ。わたしは泣きたかったけど、泣かなかった。声を出したりしたら、どんな目にあわされるかわからなかったから。そして、真暗な中、朝までまんじりともできなかったわ。わたし、暗闇《くらやみ》でじっとしていると、見たくないもの、見えてはいけないものが見えたりするの。それに、近所には野犬が多くて、何十四もやってきてわたしのにおいを交替でかいだりするのだもの。

そんなわけだから、わたしは暑い日でも黙って、道雄をおぶってあやしながら、近所の店までおつかいに行ってたの。そんな時、途中でよく近所の子供たちに会ったけど、わたしは逃げるようにして、足早に立ち去ったものよ。時には子供たちは玩具修理者に壊れたおもちゃを持っていく途中だったりしたけど、おもちゃも、お人形も持っていないわたしには玩具修理者なんて関係なかったわ」

「ちょっと待てよ」わたしは彼女の言葉をさえぎった。「さっき言っただろ、玩具修理者の叫び声を聞いたって。おもちゃを修理してもらったってことだろ、修理中の叫び声を聞いたってことは」

「その日、会った子は死んだ猫をつれていたわ」彼女はわたしを無視した。「わたしはその子に聞いたの。

『どうして、死んだ猫なんかつれているの?』

『あのね、あたし、パパにこの子を買ってもらったんだけど、あたしのこと引っ掻《か》くから、踏んづけちゃったの。そしたら、動かなくなったの。ようぐそうとほうとふに直してもらうの。だって、パパにばれたら、きっと、叱られちゃうもの』」

小さな子供にはペットとおもちゃの区別はつかないのかもしれない。それどころか、生物と無生物の違いについての知識自体がないのだろう。しかし、少し大きくなれば自然とその知識は身についていく。

「その子はそのまま玩具修理者の小屋へと死猫を引き摺《ず》っていったわ。それから、わたしは国道にかかっている歩道橋を渡り始めたの。

あまりの暑さでみんな外出をひかえていたのか、歩道には見渡すかぎり誰もいなかったわ。車も時々しか走ってこなかったから、今から考えれば、正直に歩道橋を渡る必要はなかったのかもしれないわね。でも、わたしはそんなことを思いつかないほどの子供だったの。

歩道橋は子供にはかなり急な階段で半分ほど登ったところでわたしはふらふらになってしまったわ。全身汗まみれで、水をかぶったようだし、道雄もぎゃあぎゃあ泣いているし、わたしは吐き気と悪寒がして、もうどうしても階段が登れなかったわ。でも、おつかいに必要以上時間をかけたりしたらお母さんがどれほど怒るだろうかと考えて、わたしは足を引き摺るようにして、一歩踏み出したのよ。その時よ。わたしと道雄は階段から転がり落ちてしまったの」

わたしは掌《てのひら》に爪《つめ》がくいこむほど強く手を握りしめて、彼女の話を聞いていた。

「しばらくは動けなかったわ。動けなかったというより、最初は気を失っていたのだけれど、気がついてからも、ショックと痛みで身動きできなかったのよ。道雄は泣きやんでいたわ。とにかく、わたしは顔が痛くて、堪《たま》らなかったので、手で探ってみたの。手にべっとりと血がついたわ。ちょうど、額から鼻にかけて大怪我をしたようで、ぽたぽたと血が溢《あふ》れて、歩道に見る見る水溜《みずた》まりができたわ。道雄はわたしの下敷きになっていて、じっとしていたわ。なんとか起き上がって、背中から下ろしてよく調べたけれど、道雄はどこからも出血していなかった。でも、動かなかったわ。全然、動かなかった。そして、息もしていなかったの」

「待てよ」わたしは冷汗をかきはじめた。「冗談だろ、その話」

「道雄は死んでいたわ」彼女は続けた。「わたし最初は少し幸せな気分になったの。だって、もう、道雄の世話をしなくてもよくなったと思ったのよ。でも、しばらくして、このことが親に知られたら、どんなに叱られるだろうかと思いついてまた悲しい気分になったの。

――このまま、道雄が死んだことを隠しとおせないかしら？　ずっと道雄が生きているようなふりをすればどうかしら？　死んだ道雄をあやして、口にミルクを流しこめばどうかしら？　おふろもわたしがいれて。そう、わたし、腹話術の練習もする。道雄の背中に穴を開けて、そこからわたしの手を突っ込んで時々動かせばいいのよ。そうすれば、ばれないわ！　でも、いつまで、やればいいのかしら？　道雄は赤ちゃんだけど本当なら大きくなって、子供になるはずよ。どうすればいいのかしら？　毎日、体を引っ張って少しずつ伸ばせば、ごまかせるかもしれないわ。だけど、そのうち道雄は幼稚園に行く。わたしは幼稚園までついていけないわ。いっそのこと道雄の中身を全部捨てて、わたしが入り込んで、道雄のふりをしようかしら？　でも、そのころのわたしは今よりもっと大きくなっているだろうし、女の子と男の子と両方をやるのは大変だわ。それに、いつか、道雄が結婚する時になったら、わたし、女の人と結婚しなくちゃいけないの？　だめだわ!!

わたしはあれこれ考えながら、死んだ道雄を背負って、ふらふらとあてどもなく、歩きつづけたの。人が見ていたら随分不気味な様子だったでしょうけれど、その時は、人通りはなかったし、時々通る自動車はスピードを出していて、わたしたちには気付かなかったのよ。

二時間もすると、気温が高いこともあって、道雄は臭いだしてきたわ。顔の色も黒くなってきて到底生きているとごまかせるものではなかったわ。それに舌もだらりとたれているし、目や耳や鼻からだらだらと汁を垂らしだしていたわ。わたしの方はと言えば、血はだんだん止まってきたけれども、傷口からは道雄と同じような臭いがしてきたわ。

その時よ、ぼんやりする頭に良い考えが浮かんだのは」

「玩具修理者？」わたしはだらだら流れる冷汗を服の袖《そで》で拭《ぬぐ》いながら言った。「猫と同じように？」

「そう。わたしは道雄を玩具修理者のところに持っていくことにしたのよ。絶対に直るという自信はなかったけれど、玩具修理者の噂《うわさ》はしょっちゅう聞いていて、どんなおもちゃでも確実に修理することができることは知っていたわ。だから、うまく玩具修理者をだまして、道雄のことをおもちゃだと思い込ませれば、修理してくれると思ったの。

わたしはふらふらしながら、玩具修理者の小屋がある辺りへ向かって歩きだしたの。はっきりとした場所はわからなかったけれども、いつも友達が話していたのを思い出しながら、ゆっくりと、路地の一つ一つを探したのよ。

ところが、その路地の一つでわたしは知り合いのおばさんに出会ってしまったの。そのおばさんはお母さんと仲が良かったのだけれど、お母さんのいない時にお父さんやお母さんのことをしつこく訊《たず》ねたりするから、子供心にわたしはあまり好きじゃなかったわ。

――なるべく近付かないように気をつけて、おばさんの横を擦り抜けなければ。わたしだということがわかったら面倒だわ。かといって、あまり間隔をあけすぎても不自然になって逆に注意を引き付けてしまう。とにかく、ゆっくりと、そして、落ち着くのよ――。

でも、そのおばさんはわたしに気付いてしまったの。

『あら？　道雄ちゃんとお出掛け？　随分と遠くまできたのね。どこに行くの？』

わたしは髪で顔の左半分を隠したわ。額から鼻にかけての傷は左側が酷《ひど》かったからよ。まだかなり距離があったから、おばさんにはよく見えなかったみたいだったわ。でも、ゆっくりと近付いてきながらこう言ったの。

『あれ？　顔に何かついてるわよ』

わたしは慌てて、顔を押えて、後ろにさがったわ。

『ううん。なんでもないの。泥がかかっただけ』

『道雄ちゃんはおねんね？　なんだか顔が黒く見えるわ。大丈夫？』

ちょうどその時、顔を押えている手の指の隙間《すきま》から、何かがずるりと地面へ滑り落ちたの。

『何、それ⁉』おばさんは興味を持ったようだった。

それはわたしの顔の肉だったわ。

『泥よ』わたしは即座に答えた。

しかし、それは赤黒く、とても泥に見えるしろものではなかったのよ。おばさんは不思議そうな顔をしながら近付いてきたわ。

どうすれば、この場から逃げられるかしら？

『きゃあ‼』わたしは声の限り叫んだ。『知らないおばさんが変なことする‼』

おばさんはわたしをまんまるな目で見て、口をぱくぱくさせたわ。そして、まわりを見回して速足で去っていったわ。そして、去りぎわにこう言ったの。

『おぼえてらっしゃい！　変態娘！』

おばさんが行ってしまうと、わたしもきょろきょろとまわりを見回したの。いちかばちか叫んでみたけど、もし本当にひとが来たら、前よりも事態は悪化するもの。地面に落ちた肉片はわたしの掌の半分ほどもあったわ。肉が落ちたあとからはまた血がどくどくと流れだしたわ。血だけじゃなく何か臭いにおいのする黄色い汁もね。でも、それほど気にならなかったわ。なぜって、その頃には道雄が全身から出す汁でわたしの体もずぶぬれだったから、少し汁が増えたからってどうってことはなかったのよ。それに、太陽からの熱とわたし自身の体の中からの熱でのどがからからに渇いていたから、鼻を伝わって唇の隙間から流れ込む汁はその渇きを少しは癒《いや》してくれたわ。

『どこにいくの？』

突然、声をかけられて、どきりとしたけれども、おばさんが戻ってきたわけではなかったわ。肉片を見て呆然《ぼうぜん》としていたから、近寄ってきたのに気付かなかったけど、さっき死猫を連れていた女の子だったわ。

『猫はどうしたの？』

と、わたしはかすれる声で尋ねた。

『もう、持っていったわ。ようぐそうとほうとふはたくさんおもちゃが集まるまで修理を始めないの。なかなか、始まらないから、家に帰るの。後で取りにいくのよ』

『ようぐそうとほうとふに修理を頼む時はどうすればいいの？』

『別に。ただ、ようぐそうとほうとふの家に入って、ようぐそうとほうとふが出てくるのを待つの。出てきたら、おもちゃ見せて、直してって言うの』

『そしたら？』

『そしたら……どうしたの？　それ、血？』

『何でもないわ。ちょっと転んだの。そんなことより、ようぐそうとほうとふが出てきたらどうすればいいの？』

『どうして、そんなこと聞くの？　……服にまで血がついてるわ』

『別に大したことじゃないの』本当のことを言ったら、あとで告げ口されるかもしれないわ。『お人形の手がとれちゃったから、直してもらうの。今はおうちに置いてあるんだけど……』

『お人形なんか持ってたの？　全然、知らなかったわ。リカちゃん？　バービー？　……』

…道雄ちゃん口から何か出してるわよ』

『あの、人形はお母さんが作ったから、名前はないの』

『へえ、いいな』その子は目を輝かした。『じゃあ、自分で勝手に好きな名前が付けられるのね。何ていうのにするの？　……ちょっと、あんたの口からも何か出てるわ』

わたしは手で口もとを拭った。何か黒い汁とだいだい色の汁がついた。

『名前は……えっと……コーディリアよ』

『何、それ。変なの。……あれ？　どうしたの。道雄ちゃんの髪の毛がどんどん抜けていくわ』

『じゃあ、アナデメンドーサにするわ。それより、さっきの話の続きを教えて』

『さっきの話？』その子はすっかり、忘れているようだった。『ああ、ようぐそうとほうとふの話ね。ようぐそうとほうとふの家へいったら、ようぐそうとほうとふが出てくるのを待ってから、直してって言うの。……顔から何か落ちたわよ』
『直してっていうのはさっき聞いたわ。それから？』
『そうしたら、ようぐそうとほうとふがおもちゃを取り上げて、よく調べるの。調べ終わったら、ようぐそうとほうとふは、どう直してほしい、って言うの。……道雄ちゃんのおなかから蛙みたいな音がしたけど、大丈夫？　……その時に、元の形にとか、動くようにとか、光るようにとか、テレビに繋《つな》げばゲームができるようにとか、テレビゲーム機に差し込めばゲームができるようにとか言うの。……赤ちゃん、おもらししてるわよ。……そうしたら、ようぐそうとほうとふはもう一度おもちゃをよく調べて、突然、叫び出すの。それから、おもちゃを畳に叩《たた》き付けるの。その時、おもちゃはもっと壊れる時もあるわ。……二人とも、どうして、耳からミルク出してるの？　……ようぐそうとほうとふは押し入れからいろんな道具を出してきて、おもちゃを分解するの。自動車のおもちゃだったら金槌《かなづち》とねじまわしで、お人形だったらカッターナイフとはさみでよ。ばらばらにする時にいつも何かぶつぶつ言ってるの。皆は呪文《じゅもん》だって言うけど、わたしは歌だと思うの。もしも、それより前に他の誰かが別のおもちゃを持ってきていたら、畳の上には何種類かのおもちゃの部品が散らばって、ようぐそうとほうとふは別の歌を歌いながら全部の部品をぐちゃぐちゃにかきまぜるの。そして、また、叫んで部品を組み立てるの。物凄《ものすご》いスピードで、あっというまに終わるのよ。……どうして、赤ちゃんの手の長さが右と左でこんなに違うのよ？……組み立てが終わると、おもちゃはちゃんと直ってるの。お人形は元通りの形になってるし、自動車は動くようになってるし、ライトは光るようになってるし、テレビゲーム機はちゃんとゲームできるし、ゲームカセットも……震えてるの？　どうして？　こんなに暑いのに？』

確かに、寒かったけれど、それより全身の筋肉がけいれんしてどうしても止められなかったの。

『大丈夫よ。道雄をあやしているだけ。それより、ようぐそうとほうとふの家はこっちでいいの？』

『何言ってるの。そっちじゃないわ。ようぐそうとほうとふの家は向こうよ』その子はわたしが来た方を指したの。『こっちの方に三十分ぐらいよ』

わたしはその子に礼を言ってまた足を引き摺りながら、死んだ道雄を背負って歩きだしたの。

やっと、玩具修理者の小屋に着いた頃には夕方になっていたわ。夕日を浴びた小屋は灰色一色に見えて、よく見ないと墓石と間違えそうだった。入口の扉は大きくて重そうだったけど、不思議とすんなり開けることができたわ。

家の中に入ると、下駄箱こそなかったけど。玄関らしきものはあったわ。玄関の先はいきなり畳の部屋になっていて、大きさは、そう、四畳半か六畳ぐらいだったかしら。部屋には窓はなくて、明りはわたしが開けた玄関からの光と天井に付いた裸電球だけだった。畳は何だかぶよぶよしていて変な臭いがしていたし、壁はあっちこっち剝《は》がれて、黒と黄色の斑《まだら》になっていたわ。そして、天井には人の顔の形をしたしみが無数にあったの。玄関の反対側には襖《ふすま》があって、どうやら奥にも部屋がありそうだったわ。

わたしは畳の上に倒れ込んだの。そして、震える舌を無理やりに動かして叫んだの。

『ようぐそうとほうとふ!!』

でも、玩具修理者は出てこなかった。わたしはそれ以上動くこともできず、そのまま畳の上でうなりつづけたわ。わたしと死んだ道雄から汁が垂れて、それが畳のぶよぶよしたぬめりと混ざりあって、べとべとした水溜《みずた》まりが、広がっていったのをぼんやりと覚えているわ。

三十分程そうしていると、襖が細く開いて、目が覗《のぞ》いたわ。だけどその目は、別にこちらを見ている様子でもなく、ぜんぜんとんでもない方角に向いていた。それから、大きく襖が開いて、玩具修理者が現れたの。相変わらず目はわたしを見ていなかった。しかも、左右で違う方向をにらんでいたのよ。口には冷たい微笑みをたたえて、茶色の歯の間から目の覚めるような赤さの舌が覗いていたわ。そして、肌はその小屋と同じような色をしていた。

わたしは奥の様子を覗こうとしたけれども無理だったわ。真暗で何も見えなかったの。

玩具修理者はわたしたちに近付いてきて、道雄を持ち上げようとしたのよ。でも、おんぶ紐《ひも》をしていたから、わたしも引っ張り上げられて宙吊《ちゅうづ》りになってしまったわ。

『てぃーきーらいらい。……これを、どう、する？　どう、したい？　……てぃーきーらいらい』

玩具修理者はそう言ったわ。声は太いようで、細いようで、いろいろな高さの音が混じったような感じだった。

『ようぐそうとほうとふ!!』もう一度、わたしは声の限り叫んでみたけれども、それはささやきにしかならなかったわ。『これを直して！　元の形に、動くように、話すように、食べるように、飲むように、汗をかくように、泣くように、おしっこをするように、うんこをするように、見えるように、聞こえるように、臭いをかげるように、味わえるように、感じるように、考えるように』

玩具修理者はまた道雄をじっくりと観察して、こう叫んだの。

『ぬわいえいるれいとほうてぃーぷ!!　まだなのか!?』

そして、わたしごと道雄を畳に叩き付けたの。

痛みでぐったりしていると、玩具修理者は一度奥の部屋に戻って、錆《さ》びついたカッターナイフを持ってきたわ。それを使って、おんぶ紐を切って道雄を畳の上に放り出したの。

玩具修理者はまず道雄の服を脱がしだした。全部脱がし終わると、服やおむつを丁寧に畳の上に広げだしたの。そして、服についているボタンを取り外しにかかったわ。それも、決して糸を切ってしまわないように注意深く。取り外したボタンは糸といっしょにまた丁寧に畳の上に並べたわ。次に服の縫いあわせもよく調べて丁寧に糸を抜き取ってばらばらの布にしてしまったのよ。玩具修理者は今度はルーペのようなものを取り出してきて、針を使って布をほぐして一本一本の糸に戻していったわ。そして、その糸を全部きれいに伸ばして、畳の上に並べていったの。それが終わると、紙おむつを丁寧に調べだして、紙を一枚一枚破らないように剝がしだしたの。剝がしていくと、最後にどろんとゼリーのようなものが溢《あふ》れだした。玩具修理者はゼリーの臭いをくんくんとかいで、にたりと笑って、何か歌を歌ったわ。

『りーたいとびー、ぎーとべいくく、……』

服とおむつを解体し終わると、奥の部屋からおもちゃのマシンガンを持ってきて、叫びながら、畳に叩き付けて分解を始めたの。あれは別の子が持ってきたものだったのだわ。たくさんおもちゃを集めてから修理するつもりだったのよ。玩具修理者は物凄いスピードでねじをはずし、接着部分を剝がし、必要ならカッターナイフを使って、マシンガンをばらばらにしたわ。それが終わると、次には子供用のワープロを持ってきたの。これも同じようにばらばらにしてしまったわ。プリント基板から一つ一つ部品をはんごてで外してね。そして、その部品もきれいに畳の上に並べたのよ。でも、畳の上に既に並べてあった無数のマシンガンの部品や、服の繊維や、ボタンや、紙や、ゼリーでいっぱいになっていた上に重ねるように置いていったので、すっかりどれがどの部品かわからなくなってしまったわ。そして、玩具修理者は死んだ道雄のそばに座って、毛を一本ずつ抜き始めたの。時々、毛を抜くと同時に汁が飛び出て、玩具修理者の顔にかかったけれど、気にしていないようだった。それどころか、楽しそうに歌を歌っていたわ。『すひーろうびーようゆーいぃーえいふいぃーえいふ、あいめいがいにーどりーみーる、……』

全部、毛を抜き終わると、次は手と足の爪を抜きだした。やっぱり、抜く時に汁が飛び出したわ。それから、カッターナイフを持ちだして、頭の頂から肛門《こうもん》まで一文字に切り下ろして、慎重に皮膚を剝がしたのよ。皮を剝がされた道雄は黄色と白の斑になって、脂肪の塊にしか見えなかった。そして、玩具修理者は脂肪を注意深く、筋肉から剝がしていったの。脂肪をとられた道雄は理科の実験室に飾ってある人体模型のようだった。玩具修理者は筋肉の繊維を一本ずつほぐしながら畳に並べていった。そうやって全ての筋肉をほぐし終わると、後には骨格と脳と神経と血管と内臓と眼球だけが残っていたわ。まず、目を抜いて、どうやったのか脳も頭蓋骨《ずがいこつ》から抜き取ってしまったの。幼いわたしの目には、いちごのババロアか、トマトジュースに浸した豆腐に見えたそのぷよぷよした脳を、玩具修理者はじっくりと観察して、まず、右脳と左脳に分けたわ。断面を観察してから、今度は、大脳辺縁系とか、小脳とか、えんずいとか、脳下垂体とか、そのころのわたしにはもちろんよくわかっていなかったのだけれど、そんな多くの小部分に精密に分解していったわ。そして脊髄《せきずい》をうまく背骨から抜き取った後、全身の神経を切らないように引き摺りだして畳の上に並べたの。玩具修理者は内臓や血管を全部取り出し、中を開いて血を出してそれぞれをきちんと分解したわ。特に消化器を開くときは凄《すさ》まじかった。消化器というのは思っているよりも長く、赤ん坊でも何メートルもあるのよ。骸骨《がいこつ》になった道雄のおなかから、食道とか胃とか十二指腸とか、小腸とか、大腸とか、結腸とか、盲腸とか、直腸とか、肛門とか、後、名前も知らない臓器が流れ出して、部屋いっぱいに海のように広がったわ。玩具修理者がカッターナイフで切り開くと、その内容物がだらだらと出てきたわ。食道や胃の中ではまだミルクのままで、ただ胃液が混ざって、黄色く、臭くなっているだけだったけれども、腸の中を下っていくにつれてだんだんと液状からどろどろの半固形状になり、いろも濃くなっていき、最後には緑色をした便になっているのよ。玩具修理者は畳の上の消化器内容物を手で一箇所に集めて、色を観察したり、臭いをかいだりしたわ。それから、ピンセットを持ちだしてきて、骨と軟骨を一つずつ拾い集めたの。そして、大きさの順番に畳の上に並べていったわ。

それが終わると、玩具修理者は死猫を持ってきて、毛を抜きはじめたわ。後は道雄と同じように解体が進んでいったけれど、ただ、胃の中身がミルクでなくて魚の肉だったことが違ってたわ。そのあたりから、わたしは気が遠くなってしまって、最後まで見ることはできなかったの。

なぜ気が遠くなったのかしら？　道雄の解体を見たせい？　それとも、怪我と疲労のせいかしら？　今となってはもうわからないわ。でも、道雄の解体を見たせいでなかったとしたら、わたしは冷たい姉なのかもしれないわね。気を失っている間も玩具修理者の声を聞いたような気がしたわ。夢だったかもしれないけれど。

『ぬわいえいるれいとほうてぃーぷ!! もうなのか!?』

目を覚ますと、道雄と猫の修理はもう終わっていたわ。猫は毛繕いをしていたけれど、道雄はまだ眠っていた。ゆっくりと息をしていたから、生きているのは明らかだったわ。玩具修理者はワープロの組み立てをしているところだった。畳の上を見るとワープロやマシンガンの部品に混ざって、内臓や、血管や、筋繊維や、脳の一部が残っていたわ。それが道雄のものか猫のものかは区別はつかなかったけど。玩具修理者はワープロにそれらの生体組織だったものを電子部品と一緒に組み込んでいたわ。

ワープロに生き物の一部を使ったのなら、道雄や猫にもマシンガンやワープロの部品を使ったのかしら？

その疑問は猫の顔を見て解けたわ。じっくり見ないとよくわからなかったけれど、その目はマシンガンの弾丸だったのよ」

「どうしたんだい、それから？」

「家に帰ったわ。もうすっかり、夜がふけていたので、随分と怒られたけれども絶対に本当のことは言わなかったの」

「それはつまり」わたしはすっかり、氷が溶けて生温くなったアイスコーヒーを無理やり飲み込んで話を続けた。「夢だよ、日射病で倒れた時の」

「夢ではないわ」

「じゃあ、聞くけど、その後に会ったのかい、玩具修理者の小屋に行く途中に出会ったおばさんには？」

「それから何度も会ったわ。ただ、わたしを避けているようで、話をしたことはそれから一度もなかったけれど」

「なるほどね。じゃあ、死んだ猫を連れていた女の子には会ったの、それからも？」

「ええ、毎日のように。その子とはそれまでと同じように話をしたり遊んだりしていたわ」

「ところが」わたしは少し勝ち誇って言った。「例の日の話はしなかった。違うかな？」

「確かにそうよ。でも、それはその子が猫の死を秘密にしておきたかったからよ」

「違うね」わたしは幾分安心して言った。「その日に会ってないからさ、その子が出会った話をしなかったのは。そして、おばさんにも会ってない、当然ながら。変な顔してにらんでたからさ、おばさんが話し掛けてこなくなったのは。全部、思いすごしと夢さ」

「夢じゃない！」彼女は興奮して震えだした。「あれは本当にあったことなのよ」

「いや、夢だよ、全部。確めに行けばよかったんだ、玩具修理者の小屋に。何もないか、せいぜい子供好きの変人が住んでるのが関の山だったろう、おそらく」

「行ってみたわ」

「えっ？」

「玩具修理者に道雄を修理してもらった日からしばらくは万事うまくいっていた。でも、一か月ほどした頃から、お母さんの様子がおかしくなったの。

『変だわ！　変だわ！　こんなことおかしいわ！』

ある日朝から大騒ぎになったのよ。お父さんは見兼ねて話を聞いたわ。

『どうしたんだ？　何が変なんだ？』

『道雄よ！』

お母さんはヒステリーを起こして、涙をぼろぼろこぼして叫んでいたわ。

『何!?　道雄がどうかしたのか!?』

『道雄が……』

『道雄が？』

『全然大きくなってないのよ！　成長が止まってしまったのよ！』

これはわたしの失敗だったわ。玩具修理者に道雄の修理を頼むとき、成長するように直してくれって頼むのを忘れていたのよ。玩具修理者は正確だけど馬鹿正直すぎるの。言われたことはちゃんと守るけど、常識がないから大事なことを抜かしてしまったりするの。

道雄はお父さんに病院に連れていかれたわ。その晩、お父さんがお母さんに話しているのを盗み聞きしたのだけれども、病院でもたいしたことはわからなかったそうよ。ただ、血液検査によると、成長ホルモンが出てなかったらしいの。それからCTスキャンで脳の状態を調べようとしたらしいけど、コンピュータがデータの処理に失敗して画像が得られなかったということだったわ。きっと、道雄の中の電子部品か何かが影響したのだと思ったわ。いずれにしても暫《しばら》く様子を見る必要があるということを医者から言われたようだったわ。お母さんはそれを聞くと、道雄を抱き締めて泣き崩れてしまったの。

それから暫くは、お母さんは道雄につきっきりだったから、もう一度修理に連れていく機会はなかなかこなかったわ。

えなおして、お母さんが道雄から目を離す機会をずっと待ったわ。そして、何週間かがたったときやっとチャンスが巡ってきたわ。お母さんはノイローゼ状態で何日も眠れない夜が続いていたの。それでつい、うとうとしたのね。わたしは道雄をかっさらうと、大急ぎで玩具修理者のところに連れていったの。そして、玩具修理者にこう言ったの。

『この子を修理して！　ちゃんと成長するように！』」

「そして、また、始まったって言うんだな、解剖が」

「多分ね」

「多分？　どういうことだよ、多分て？　ちゃんと見なかったのかい？」

「ええ、途中で帰ったのよ」

どうやら、話の綻《ほころ》びが見え始めた。前回は最後の最後まで解剖を見ていたのに、二回目は途中で帰ってしまうなんて不自然だ。この部分を追及すれば、彼女の妄想を打ち破れるかもしれない。

「どうして、帰ったんだい？　ちゃんと思い出すんだ、なんとしてでも！」

「思い出す必要なんかないわ。ちゃんと覚えているもの。道雄が泣き出したからよ」

「えっ？」

「泣いたのよ。カッターナイフで皮膚を切ったとき大声で泣き出したの。いくらなんでも弟が泣き叫んでるのをじっと見ているのは忍びなかったわ」

「じゃあ、つ、つまり」わたしは口の中がからからになって、再び全身から冷汗が滝のように噴き出してきて、頭ががんがんして、喫茶店がぐるぐる回転しだした。「人間の生体解剖をやったってわけなのか、玩具修理者は」

「そういうことになるわね」

「で、でも殺人罪になってしまうじゃないか、それでは」

「そうかしら？　確かに分解したときに逮捕されれば、殺人罪が成立するかもしれないけれど、組み上げた時点で成立しなくなるわ。殺された人が現に生きている殺人はありえないわ」

「殺人未遂だ」

「それも違うわ。玩具修理者に殺意はなかったもの。修理――つまり、治療が目的だったんだもの。もし、玩具修理者が殺人未遂なら外科医は全員、傷害罪よ」

わたしは考えがまとまらなくなってきた。しかし、ここで挫《くじ》けるわけにはいかない。

「どうなった、それから？」

「道雄はちゃんと成長が始まったわ。医者も不思議がっていたけれど、治ったんだから深刻なことにはならなかった。みんな単純に喜んでいたわ。でも、一か月程したら、また、お母さんが騒ぎだしたのよ。もちろん、前ほどの騒ぎではなかったけれど、道雄はまた病院へ連れていかれたの」

「どうしたんだ、今度は？」

「成長しているのに、髪が伸びなかったのよ。それと爪も。病院では今度も全然原因はわからなかったらしいわ。当然よね。おかげでわたしは、また、こっそり道雄を玩具修理者の小屋に連れていかなければならなかったの」

「二度もか？　殺されたのか、二度も？」

わたしはさっき飲んだコーヒーを全部吐き出しそうになってしまった。

待てよ。落ち着いて考えるんだ。常識を失ってはいけない。まだ、反論できるはずだ。

「全部夢だよ、明らかにね。だって、どうして生き返るんだよ、死んだものが？」

「その腕時計ね」彼女はわたしの手首を指差して言った。「この間止まったって言ってたわね」

「ああ、今は動いてる、修理して」わたしは彼女の言いたいことがわかった。「でも、生きているわけじゃない、この時計は」

「じゃあ死んでいるの？」

「生きているとか死んでいるとかじゃないんだよ。……まあ、死んでいるさ、生命がないという意味ではね」

「その時計には生命がなくて、人間には生命があるとどうして言いきれるの？　時計に生命があって、人間に生命がないかもしれないじゃないの」

「話にならないよ。子供でもわかる、そんなこと」

「じゃあ、教えて。生命って、何？　生きているってどういうこと？」

「それは、つまり、ええと、……生物の先生にでも聞けばいいだろ、そんな難しいことは」

「難しい？　いいえ、そんなことはないはずだわ。だって、さっき、子供でも生物と無生物の区別はつくって言ったじゃないの。もう一度聞くわ。生物と無生物の違いはわかるの？」

「わかるよ、そんなこと。人間は生物、猫も生物、コーヒーは無生物、氷も無生物、蛙は生物、蛇も生物、コップは無生物、花は生物、……」

「どうやって、判別するの？」

「えっ？」

「実際に生物と無生物を判別しているのだから、何か判別方法を知っているはずよ」

「そうだな、確かに」

動くものが生物で、動かないのが無生物。これは明らかに間違いだ。自動車は無生物だし……。自分の意志で動くのが生物。植物はどうなる？　成長するものが生物。じゃあ、成長しなくなったら無生物か？　そして、鍾乳石《しょうにゅうせき》は生物ということになってしまう。

繁殖するのが生物。しかし、ある種の腐蝕《ふしょく》はどんどん増えていく。それどころか、近い

将来繁殖したり、成長したりするロボットが出現するようになるかもしれないではない

か。

いや、もっと簡単な答えがあった。

「生物とは動物と植物だ」

「その答えには何の意味もないわ。『人間とは男と女である』と言ってるのと同じよ。

教えて。動物とは何？　植物とは何？」

「動物とはつまり……」

どうしたというのだ？　なぜこんな簡単な質問に答えられない？

「動物とは何かを知らないのね。教えてあげるわ。動物とは生物のうち他の生物を食べ

なければ生きられないもの。植物とは生物のうち他の生物を食べなくても生きられるも

の。もちろん、厳密に言えば、そんな単純じゃなくて、例外もいっぱいあるんでしょう

けど、それは本質的なことじゃない。さっき、言ったわね、生物とは動物と植物だと。

つまり、こういうことになるのよ。生物とは他の生物を食べないと生きられない生物と

それ以外の生物である。これは無意味な言葉だってわかるわね。日本人とは良い日本人

とそれ以外の日本人を合せたものである、と言っているようなもので、単なる同語反復

に過ぎないのよ」

「じゃあ、そう言う自分はわかってるのか、生物と無生物の違いを？」

「そんなものないのよ」彼女は真赤な唇をぎらぎらさせながら言った。「生物と無生物なんて区別はないのよ。機械をどんどん精密に複雑にしていけばやがては生物に行きつくの。その間になんの境界もないわ」

「違う！　僕には違いがわかるぞ！」

「自分でそう思い込んでるだけよ。物心がつくとすぐに大人から教えられたり、大人の様子を見たりして、一つずつ覚え込んでいくだけなのよ。人間は生きている。猫は生きている。石は生きていない。そう、思い込んでるだけなのよ。何の根拠もないわ。じゃあ聞くけど地球は生きてるの？」

「比喩《ひゆ》的な意味でだよ、地球が生きているというのは」

苦しい言い訳だった。世の中には本当の意味で地球が生きていると主張している人々がいるのを知っている。かれらと地球は生きていないと主張する人々との議論は常に平行線を辿《たど》る。両方とも相手を納得させることができない。両者の言い分とも根拠がないのだ。つまり、地球生命説を唱える人は地球が生きていると思っているだけだし、地球非生命説を唱える人は地球が生きていないと思っているだけなのだ。ある人があるものを生物か無生物かを判断する根拠は判断されるものにあるのではなく、判断する人にあるのだ。

だめだ。相手の論理に巻き込まれている。よく考えるんだ。何かおかしいぞ。彼女の話は何かが抜けているのだ。でも、いったい何が？　わたしの話を信じる気になった？」

「どうしたの、急に黙りこくって？　わたしの話を信じる気になった？」

やっとわかった。

「どうなったんだよ、サングラスをしているわけは？　なぜ言わないんだ？　おかしいじゃないか、もともとその理由を尋ねてこんな話を聞かされたのに！」

「あら、言わなかった？　わたし、歩道橋から落ちたときに顔の四分の一がなくなったの」

「じ、じゃあ……」

「そうよ。わたしも玩具修理者に修理してもらっていたのよ。後で気がついたんだけど、気を失っている間だったのね。ごまかすために玩具修理者に偽装コンタクトレンズを作って貰《もら》ったんだけど、それも何年か前にだめになってしまったわ。それからは昼間はずっとサングラスよ。さあ、見て！」彼女は髪をかきあげ天井のライトの光を強く目に当てるようにして立ちあがった。「これでもう逃げ道はないわ！　わたしの左の瞳は強い光を受けると細くなるのよ……猫の目だから」

わたしは髪をかきむしりながら、テーブルに目をふせてこう叫んだ。

「姉さんはいったい何者なんだ？」

「道雄こそ何者なの？」

わたしはどうしても姉の左目を見ることができなかった。

第四回
日本ホラー小説大賞
《短編賞》受賞作
（一九九七年）

D-ブリッジ・テープ

沙藤一樹

沙藤一樹（さとう・かずき）

一九七四年兵庫県生まれ。早稲田大学商学部中退。大学在学中の九七年、「D―ブリッジ・テープ」で第四回日本ホラー小説大賞《短編賞》を受賞しデビュー。

「途中で私は著者のエネルギーに完全に打ちのめされてしまった。十年に一人の才能と言っても、たぶん大袈裟にはならない」
――高橋克彦（第四回日本ホラー小説大賞選評より）

1

小さなクリアプラスチックのケース。
中にあるのはカセットテープ。
真新しいケースとは対照的な、傷と汚れ。
テープのボディは、内部の透けた黒いプラスチック。
それを繋《つな》ぎ合わせているのは、五つの小さな黒いネジ。
表面に直接の印刷。
単純な図形と小さなアルファベット。
色は白とオレンジ。
消えかかった文字を判読すれば、このテープの情報が得られる。
容量、六〇分。
S社の旧式のロゴ。
表側を向いているのはA面。

ハイポジション。
メイド・イン・ジャパン。
以上。
中のテープは、きちんと巻き戻されている。
ラベルのシールは乱暴にはがされ、その跡は黒く汚れている。
一方、ケースラベルは存在している。
ラベルの背には、左端にM社のロゴがある。
その右には、青いインクで記された、唯一のアルファベット以外の文字。
やや右斜めに傾いた、神経質そうな字。
〝D－ブリッジ・テープ〟

2

部屋は明るい。
壁は白。
天井も白。
床はクリーム色のリノリウム。
磨かれ、光沢があり、白い輝きを鈍く映している。

その輝きは、天井の蛍光灯を反射したものである。
窓はブラインドによってふさがれている。
部屋は清潔である。
汚れは見あたらない。
塵《ちり》も埃《ほこり》もない。
隅々まで掃除が行き届いている。
部屋は広々としている。
茶色の長方形のテーブルが、いくつかある。
部屋の中心を囲むようにして、並んでいる。
左右対称な二つの〝コ〟の字を繋ぎあわせたように。
テーブルの上には、書類が一定の距離を置いて並べられてある。
その外側に、背の高い革張りの椅子《いす》が、一定の距離をあけて、置かれている。
壁際には、ところどころに観葉植物の鉢がある。
まったく虫がついていない。
茶色く変色した葉もない。
健康な植物。
これら蠟細工《ろうざいく》のような深緑たちが、この部屋にある自然である。
テーブルの周りの椅子は、二〇脚ばかりある。

そのすべてに、人が座っている。

スーツ姿の男女。

年齢は三〇代から六〇代までにわたる。

皆、一様に同じ方向を見ている。

そちらには一人の男が立っている。

彼は黒い上等な背広を着ている。

外見の年齢は四〇代後半。

細身で背が高い。

頭髪には白いものが、少し混じっている。

名を、相原《あいはら》という。

右手に、ケースに入ったカセットテープを持っている。

さきほどの〝Dーブリッジ・テープ〟である。

3

「まずは、このテープを聞いていただきたい」

相原が切り出す。

自信に満ちた口調。

声は勢いよく飛び出す。
エアコンによって快適に調節された温度と湿度の中を進む。
その道中で疲れ、汗ばみ、ひび割れる。
しかし、それに気づく者は、この部屋にはいない。
声の本人にも、それは感知できない。
カセットテープを顔の高さまで持ち上げて、他の者たちに見せている。
彼らを一通り見まわしてから、相原はケースからテープを取り出す。
取り扱い方は、あまり丁寧とは言えない。
相原の隣には低い台があり、台の上にはカセットデッキがある。
黒く、愚鈍そうに、いる。
相原の背後の壁には、スピーカーが左右一つずつ備え付けられている。
デッキと同じく、黒。
今は沈黙している。
相原はデッキにテープを入れ、再生のボタンに指を伸ばす。
ボタンは押され、カチリと音がする。
二つのハブが回りはじめる。

4

雑音が流れ出す。
耳障りな、苛《いら》つきの音。
電子的な砂嵐《すなあらし》の音。
数秒間、それが続く。
その後、唐突に音楽の断片。
何年か前に流行したダンスミュージック。
やはり唐突に、ガチャッという音がし、音楽は終わる。
ふたたび雑音。
音量は、最初のそれよりも、大きくなっている。
小さくカラスの鳴き声。
何かが金属にあたる音。
続いて、何者かの息づかい。
犬のそれに似ている。
ふと、息づかいが大きくなる。
耳元で出されているかのようになる。

そして、声。

「もし、今、これを……聞いてる奴《やつ》が、いたとしたら……最後まで、聞け」

男の声。

「俺《おれ》は……」

しわがれた声。

「俺は……」

年老いた声。

「俺は、そう」

呼吸器官のどこかが詰まったような声。

「俺は、俺だ」

癖のある発音。

「他の誰《だれ》でもねえ」

どこのものとも言えない奇妙な訛《なま》り。

「俺は俺だ」

ガチャッ。

ガチャッ。

ふたたび声。

「あんた……」

「俺の、この声を聞いてる、あんた……」

「言いたいことが、ある」

「たくさん……あるんだ」

5

カチリ。

相原は停止のボタンを押す。

スピーカーからの、ざらついた音は消える。

「このテープは……」

相原は同室の者たちを見まわす。

「一般に言うところの〝D－ブリッジ〟」

「いえ、これは俗称ですので、正式名称で言いましょう――」

「横浜ベイブリッジにて、発見されました」

それに対する反応は、ない。

椅子に座った者たちは、退屈そうに、相原の話を聞いている。

あるいは、聞いている振りをしている。

「みなさん、お聞きください」

相原は言葉を続ける。

「この声の主は、一〇歳からせいぜい一三歳に満たないくらいの少年でした……」

「今、『でした』と言ったのは、彼がすでにこの世にはいないからです」

「ご存知の通り」

相原は語気を少し強める。

「ベイブリッジには長年にわたる不法投棄によって、ゴミがあふれております」

「少年はそこで生活していました……」

ここで相原は言葉を区切る。

「そして、そこで死んだのです」

彼は自分の言葉の効果を測るように、まわりを見まわす。

「このテープは、その少年が抱いていたテープレコーダーに入っていました」

「大事そうに抱えて死んでいたという報告で、まあ、いってみれば、これは……」

「これは、遺言――」

「そう、遺言と呼べばいいでしょう」

相原は、やや大げさに両手を広げてみせる。

「この哀れむべき少年の、最初にして最後のメッセージです」

「みなさん、私たちは彼の言葉に耳を傾けなければなりません」

相原は、デッキの再生ボタンにふたたび手を伸ばす。

そこへ声がかかる。

「いったい、どれくらいかかるんだね？」

言ったのは、村上という男。

相原は村上に答える。

「それほど長くはありません」

「どれくらいだね？」

村上は質問を繰り返す。

「六〇分のテープですが、最後まで録音されているわけではないので、五〇分ほどです」

「なるほど、確かにそれほど長くはないな」

村上は唇を歪《ゆが》める。

「一眠りするには短すぎるようだ」

部屋に押し殺したような笑いが起こる。

しかし、相原は笑わない。

無表情に村上を一瞥《いちべつ》する。

「みなさんは心ある方だと、私は理解しております」

「これぐらいの時間は、もちろん割《さ》いていただけるでしょう」

「なにせ……人の命が失われているくらいなのですから」

そう言い、相原は再生ボタンを押す。

カチリ。

6

雑音と鳥の鳴き声を背景に、少年らしくない声。

「ここは、ゴミの山だ」

「俺の、尻《しり》の下には、ゴミがある」

「俺の近くを、ゴミが、取り巻いてる」

「俺から遠いところにも、やはり、ゴミがある」

「ずっと、ゴミが並んでる」

「ふは、ゴミ、ゴミ、ゴミだ」

「ゴミばかりだ」

「ゴミが、えーと……」

「そうそう、帯状だ」

「ゴミが帯状に、広がってる、ところだ」

「ゴミの橋だって、言うんだろ」

「D－ブリッジだ」

「俺以外の奴は、そう呼んでるんだってな」

「俺だって、それくらいのことは知ってんだ」

「Dっていうのは、何かの、頭文字だ」

「それが、なんなのかは……分かんねえ」

「どうせ……」

チッ、と舌打ち。

「そんなことは、ふん、どうでも、いいんだろ」

7

「確か、DUMPのDかDUSTのDでしたよねえ」

辻《つじ》が、親しげに話しかける。

「いや、違うだろう」

上川が、そう答える。

「違いますか？」

「DREAMのDじゃないのか」

「そうでしたっけ？」

「だって、あれだろ……ほら」

「はい？」

「ゴミでできた島があっただろ、夢の島っていう。D－ブリッジもゴミの橋だから……」

「夢の橋ですか？」

「そうだったと思うが」

「なるほど、DREAMか」

辻が、うんうんと肯《うなず》く。

上川が、そこへ付け加える。

「まあ、違うかもしれんが、そんなことはどうでもいいじゃないか」

「そうですね」

その間も、カセットテープは回り続けている。

8

「とにかく、D－ブリッジだ」

「俺はD－ブリッジに、住んでる」

一つの大きな咳《せき》。

そのあと、唾《つば》を吐く音。

「あー、D－ブリッジ」

「橋ってのは……下に、水が溜《た》まってる場所、だろ」

「何度か、落ちかけたことが……その黒い水のところにな……あった」

「あのときは、びびったな、ふはっ」

「実際に落ちてる奴を、前に見たことがあるぜ」

「落ちたところを見たわけじゃねえが、どこかで落ちたんだろうな、あれは」

「プカプカ浮かんでた」

「プカプカ、とな」

「ふはっ、ふん」

「そのときは、笑ったな」

「めちゃくちゃ笑った」

「今思い出しても、ふは、笑える、笑える」

大きな笑いが起こる。

甲高《かんだか》い笑い声。

肺の空気が直接、胸から抜けていくような笑い声。

それが長い間続いてから、ひ、ひ、ひ、と短く息を吐くような音。

「ひ、ひ、まったく、ふは、笑わせる」

「あー、それでだ」

「……えー、何を言うつもり……だったっけな」

「あー、くそっ」

「また、髪が抜けやがった」

ぶちゅっ、という音がする。

舌打ち。

「言いたいことは、たくさんあるんだ」

「たくさんな」

「なのに、くそっ」

「あんな……橋の下に、死んでる奴が浮かんでた、なんて、そんな話」

「どうでもいいんだ、あんな奴」

「そんなことを、俺は、言いたかったわけじゃねえ」

「なんて言やあ、いいんだ」

「頭の中には、いろいろと、たくさんのことが、浮かんでるんだ」

「なのに、それが、言葉になんねえ」

「どういうふうに、言えばいいのか、分かんねえ……くそっ」

舌打ち。

沈黙する。

息づかいだけが発せられる。

しばらくしてから、やや調子を落として、喋《しゃべ》り出す。

「とにかく、俺は、言いたいことを言う」

「思いつくまま、言うことにする」

「あんたは、それを聞くんだ」

9

「待った」

村上が、声を出す。

相原は眉根《まゆね》を寄せ、村上を見る。

「テープを止めたまえ」

村上がそう言い、相原はそれにしたがう。

カチリ。

理由を問うように、相原は村上に目を向ける。

村上は言う。

「こんなテープを聞いて、なんになるのかね？」

相原は慇懃《いんぎん》に答える。

「旧臨海区域の現状が分かっていただけると思います」

「こんな下品な独り言でかね？」

「その点は御容赦ください」

「いや、その点を許したとしてもだね……」

「これから彼は、D－ブリッジ……いえ、ベイブリッジでの生活の様子を述べます」

「だったら、これまでの部分は切ってしまえばよかったんじゃないのかね」

「まったく編集をせずに、そのままのものをお聞かせしようと思いまして」

「まあ、いい……続けたまえ」

「では、お聞きください」

カチリ。

相原は、テープを再生させる。

10

「そうだな……」

「まずは、始めから、話そう」

「俺は……」

「別に、ここで生まれたわけじゃねえ」

「どこで生まれたのかは、知らねえ」

「まあ、どこかで生まれたんだろうな」

「ふん……」

「俺が、ここに来たのは、五歳だか六歳だか……そのころだった」
「親に……たぶん親だったと思う……そいつらに」
「捨てられたんだ」
「ここにある、他のゴミたちと同じようにな、ふはっ」
「今でも、ぼんやりとだが、覚えてる」
「白っぽい、トラックだ、軽四の」
「その荷台に、俺は乗ってた」
「でかい冷蔵庫と、段ボール……」
「空き缶とか、薄っぺらいクッションとか、洗剤の容器とか、そんなものが入ってたな」
「俺は、その間に、はさまれて座ってた」
「あと、壊れた扇風機……だったと思う……そういうものも、あったな」
「そのときの俺は、捨てられるとか、そんなことは、ちっとも思ってなかったから……」
「ドライブ……か」
「そう、ドライブだと思ってたんだ」
「俺には、姉らしい奴が、二人ほどいた」
「だけど、そのときは、俺一人だけだったから、よけい嬉《うれ》しかったのを、覚えてる」
「どうして、それで、その姉らしい奴がいなかったことで、嬉しくなれたのか」
「そこのところは、よく思い出せねえんだけどな」

「で、トラックは、あちこちの道を行って、ここに着いた」
「不思議なところだった」
「そのころの俺は、あんまりものが、よく分かってなかった」
「それに、まだ小さかったしな」
「それでここが、不思議な場所だなって、思ったんだ」
「そのときも、今ほどじゃなかったが、ガラクタだらけだったからな」
「そんなところは、それまで、見たことがなかった」
「不思議だと思って、当然だろ」
「今でも、不思議だと言えば、不思議だからな」
「で、そのころは、まだ、橋の入口あたりには、ほとんどゴミはなかった」
「トラックは、橋を少し入ったあたりで、止まった」
「運転してた男……」
「父親だと思う」
「そいつが、俺を荷台から下ろした」
「そして、俺の手を引いて、ゴミの中へとつれていった」
「ずいぶんと歩いたっけな」
「で、橋の中ほどまで来た」
「そこで、そいつ……父親は、立ち止まった」

「それから俺に、『ここにいろ』とか言って、帰っていこうとした」
「俺は、『どうして』とか、『どこ行くの』とか、何かそんなことを訊《き》いたと思う」
「そうしたら、父親は、『いいから待ってろ』って言って……」
「それから、『今から冷蔵庫を、運んでこなきゃならない』とか言って……」
「で、車の方に戻っていった」
「俺は待った」
「一人で」
「そばに、ブラウン管の割れたテレビがあって、そこに座って、待った」
「長い間、待ったんだ」
「だけど、来なかった」
「ずうーっと待ってても、誰も来なかった」
「やがて日が暮れかかってきた」
「俺は少し心配になってきて、それで、車へ戻ることにした」
「はじめのうちは歩いてた」
「だけど、気がつくと、走りだしてた」
「ゴミに足を取られて、何度も転んだ」
「ガタガタしてるうえに、薄暗かったからな」
「そうやって、ずいぶん長い間、走った」

「転んでも、すぐに起きあがって」
「長い間、走った」
「それほどたいした距離じゃねえが、なんせ、あのときは、ずっと小さかったからな」
「……やがて、ゴミのねえところまで、たどり着いた」
「そこに、トラックはなかった」
「父親も、いなかった」
「誰もいなかった」
「ただ、冷蔵庫があるだけだった」
「あと、段ボールと扇風機」
「他に、俺が知ってる物は、何もなかった」
「そのとき俺は、泣いたと思う」

11

そこで、スピーカーからの声が途切れる。
テープが止まったのではないことは、鳥の鳴き声が流れ続けていることから分かる。
しかし、部屋にいる何人かは、もう終わったのかというふうに、相原を見る。
彼は黙ったままである。

しばらくして、また少年の声が流れ出す。

12

「いや……」

酷《ひど》く、かすれた声。

それから強く言い直す。

「いや」

「泣きはしなかったな」

「俺は、泣いたりなんか、しねえ」

「そのときだって、泣かなかった」

「俺は、取りあえず、元の場所に戻ったんだ」

「父親から、『ここにいろ』って言われた、場所だ」

「ここで待ってたら来るかも、しれねえって」

「そのときは、まだそう思ったんだ」

「俺は待った」

「すぐに、すっかり、日が暮れた」

「それに、空も曇ってたから、月も星も見えねえ」

「あたりは、真っ暗だった」
「遠くの方で、ビルだとか……」
「あと、あれは街灯っていうんだったな、たしか……」
「そんなものが光っているのが見えた」
「そういえば、あのころは、今よりも、ずっと光の数が多かったな」
「で、俺はテレビの上に座って、待ってたんだ」
「そのうち、雨が降ってきた」
「近くに車があったのを、見てたから、俺は、そこへ行って、雨宿りした」
「そのときから、その車は、俺の家になった」
「その車も、俺といっしょで、捨てられた奴なんだ」
「元々は、青い色だったんだろうな」
「でも、そのときからすでに、サビだらけになってた」
「タイヤもライトもなくて、ボンネットの中も空っぽの、オンボロだ」
「だけど、雨をしのぐには、いい」
「それに、後ろの席は、寝るのに、ちょうどいいし……」
「だけど、夏は暑いのと、冬は寒いのが、ちょっと辛《つら》いな」
「あー」
「で、俺は車の中で、いつのまにか、寝ちまった」

「起きたら、もう朝になってて、小雨だけど、やんでなかった」
「俺は、すぐに家から出て、もう一度、あの場所へ行ってみた」
「だけど、やっぱり、トラックは戻ってなくて……」
「父親も、戻ってなかった」
「しょうがなく、俺は家に戻った」
「家ってのは、さっきの車のことだ」
「それまで住んでた家が、どこにあるのかなんて、分からねえからな」
「それから、クラッカーを食った」
「五枚か六枚ほど入った小さな袋を、ズボンのポケットに、入れてたんだ」
「それを全部、いっぺんに食った」
「残しておこうとか、そんなこと、思いつきもしなかったな」
「思えば、あのクラッカーが、いちばんの、ごちそうだったな……ここへ来てから」
「今なら、もっと味わって食うだろうに」
「まあ、しょうがねえ」
「そのときは、まだよく分かってなかった、からな」
「で、それを食っちまうと、やることがなくなった」
「雨もまだ降ってたし……」
「そんなわけだから、俺は車の中にいて」

「で、一日中、窓の外ばかり見てた」

『『ここにいろ』って言ってた場所に、戻ってくるんじゃねえかって」

「……そのときでも、まだ、そう思ってたんだ」

「はっ、バカげてるよな」

「でも、そう思ってたんだ」

「だからその日も、何度か、ゴミのねえところまで、行ってみたりした」

「次の日も」

「その次の日も、だ」

「でも、結果はいつも同じだった……」

13

「生活のことなんて、全然、出てこないじゃない」

内田が、隣の席の長野に言う。

「そうよね、早くして欲しいわ」

二人の女は低めた声で話す。

「だいたい、これって、ほら……」

「そ、あれのためでしょう？」

「相原さんも、まわりくどいことするわね」

「そうそう」

テープは回り続けている。

14

「一週間か十日ぐらいだったかな」

「ああ、これは、もう二度と来やしねえって、分かったんだ」

「もちろん、それまでにも、うすうす分かってたさ」

「けれど、それくらいの日が経ってから、まあ、確信したってわけだ」

「捨てられたんだ、俺は」

「冷蔵庫とか段ボールとか、扇風機とかといっしょに……」

そこで、少年は黙ってしまう。

雑音だけが聞こえてくる。

十数秒ほどの沈黙のあと、何を言えばいいのか迷うように、「あー、えー」と声を出す。

そしてまた、十秒ほど黙ってから、話し始める。

「腹が減ったのには、まいったな」

「今でも、そうだけど……」

「衣食住って言葉があるだろ」
「俺は、こういう難しい言葉も知ってんだ」
「ふへっ」
「で、服は、はじめから着てたから、気にすることはなかった」
「古着も、いろいろと落ちてたし」
「衣食住の住は、さっきも言ったけど、車の中に住んでたから、別に問題はなかった」
「でも、食べ物には、まったく苦労させられた」
「あの日も、朝にクラッカーを食ったきり、何も食わなかった」
「空《す》きっ腹《ぱら》を抱えて、ずっと車の中にいた」
「次の日も、食う物がなかった」
「俺といっしょにつれてこられた冷蔵庫のことは、さっき言ったよな」
「あれを開けてみたんだ」
「食い物がねえかなって思って」
「そしたら、入ってた」
「茶色くなったリンゴと、キャベツみたいな奴」
「それから、半分よりちょっと少ないくらい入った、赤いジャム」
「あと、油が浮き出てきてた、マヨネーズがあったたな」
「そのときの俺は、まだなんにも分かっちゃいなかったから、渋々と持って帰った」

「そんなものは、ろくな食い物じゃねえって思ったんだ」
「それで、『あんまり、旨《うま》くねえな』なんて思いながら、食った」
「リンゴを丸かじりして、キャベツを一枚、マヨネーズをつけて食った」
「あと、指でジャムをすくって、そいつを舐《な》めたっけな」
「うん……あれは、旨かった」
「だもんだから、その日のうちに、ほとんど食っちまった」
「次の日、マヨネーズを舐めながら、キャベツを半分食った」
「その次の日は、残りのさらに半分」
「そのまた次の日に、残りの全部を食った」
「ジャムは、一日にひと舐めにして、少しずつ食うことにした」
「それでも、一週間もしねえうちになくなった」
「で、六日目には、そのジャム以外には、なんにも食う物がなくなった」
「だから、何も食わねえでいた」
「三日くらい、そうしてたかな」
「その間に、ジャムもなくなった」
「腹が減っても、何も食わずに、我慢してた」
「そのうち、身体《からだ》がフラフラになってきて……」
「で、子供ながらにも、何か食わなきゃヤバイなって思ってきた」

「そのときは、もう俺は捨てられたんだなって、ちょうど分かってきてたところだった」
「だから、待つのをやめることにしたんだ」
「で、俺は、橋の外へ行くことにしたわけだ」
「もう、こんなゴミの中にいたって、仕方ねえからな」
「で、俺は、冷蔵庫の横を通って」
「……まだそのころはゴミがなくて、ちゃんと道になってたところを通って」
「そして、橋の入口まで行った」
「青いトラックが走ってくるところだった」
「俺が乗ってたのよりも、ずっと大きな奴で、ガラクタをいろいろと積んであった」
「うるさくエンジンを鳴らしてたな」
「俺に気づいて止まってくれるかもって思った」
「けれど、そのまま通りすぎていった」
「戻っていって助けてもらおうかと考えたけど、ちょっと迷ってから、それはやめにした」
「正直に言うと、なんか怖い感じがしたんだ」
「運転も乱暴だったし」
「顔はチラリとしか見てねえから、よく分かんなかったけど、なんか……」
「えーと、なんか、不機嫌そうなように見えた」
「で、俺は橋をあとにして、あちこちを歩いてみたんだ」

「誰か優しそうな人がいたら、そいつに助けてもらおうって思って」
「なんせ、子供だったからな、そのときの俺は」
「で、あちこちを歩いたんだけど、誰にも会わなかった」
「今でも、たぶんそうだろうけど、あのあたりは人気《ひとけ》が全然なかった」
「壊れかけたビルとか、倉庫の跡とかが、並んでるだけで」
「あと、今でも橋から見えるけど、すごく立派なビルがあった」
「そこなら誰かいるだろって思ったけど、中は空っぽだった」
「黒っぽいガラスばかりで、中をよく見てみると、なんにも入ってねえんだ」
「なんだか、すごく不気味だった」
「はっ……」
「あそこなら、まだゴミの中の方がマシだね」
「だから、そのときも、俺はさっさとそこを離れた」
「まったく誰もいなかった」
「その少し前まで俺が住んでたところは、人がゴチャゴチャいたってのに」
「でも、ここらへんには、人がいねえんだ」
「前にいたところから、車で一時間も走らなかったと思う」
「それくらいの距離で、全然ちがう場所になるんだな」
「とにかく、あのときは、誰にも会わなかった」

「で、俺は、間違った方へ来ちまったと思ったんだ」
「いったん橋の近くまで引き返して、別の道を行こうって考えた」
「疲れたから、少し休んでから、通りを来た方へ歩き出した」
「しばらくして、横道があった」
「で、そっちへ行けば何かあるかもしれねえって思って、曲がった」
「そこに、あの犬がいたんだ」
「あ、その前に猫がいたな」
「猫がいて、俺を見てたから、そっちへ行ったんだ」
「そしたら、猫は逃げ出したんで、俺は追いかけた」
「で、犬がいたんだ」
「茶色い大きな奴で、何かを食ってた」
「そいつは電柱の陰にいて、猫はそいつがいるのと反対側を走っていった」
「建物と建物の間の、細い隙間《すきま》に逃げていって、見えなくなった」
「俺は猫をあきらめて、犬の方へ行ったんだ」
「犬は逃げたりなんかしなかった」
「俺は簡単に近づくことができて、で、その犬は何を食ってんだろうって思ったんだ」
「なんせ俺も腹が減ってて、そいつは何かを旨そうに食ってたからな」
「で、見たんだ」

「奴は猫を食ってた」

「腹のところをガツガツとね」

「子猫だった」

「さっき言った猫の、その子供だったかもしれねえ」

「で、そのときの俺は、まさかそんなものを食ってるとは思わなかったから……」

ここで少年は声を少し大きくして、「わーっ」と言う。

「……て、そんなふうに、大声をあげちまったんだ」

「そしたら、犬の奴、こっちを見やがった」

「血だらけだった」

「鼻とか、口のまわりとかが、猫の血で真っ赤なんだ」

「俺はびっくりして、なにやら大声で叫びながら、逃げた」

「そしたら、犬は吠《ほ》えて、俺を追いかけてきたんだ」

「俺は夢中で逃げた」

「今までで、いちばん速く走ったのは、このときだったかもな」

「振り返ったら、犬はものすごい顔をして、追いかけてきてた」

「俺は逃げて、さっきの通りに飛び出した」

「夢中で走ってたから、気づかなかったんだ」

「橋ですれ違った、あの青いトラックが走ってきていて」

「で、俺はそのトラックに轢《ひ》かれた」
「右足をグチャッ、って……」
「どれくらいだか分かんねえけど、俺は気絶してたみたいだ」
「目が覚めたときは、まだあの道のところに寝てた」
「なんだかよく分かんねえ気分になってた」
「ああ、さっきトラックに轢かれたんだっけなって、ぼんやりと思った」
「そのうち右足が痛いことに気づいて、俺は泣いたんだ」
「あのときは子供だったし、それにメチャクチャ痛かったからな」
「半ズボンだったから、よく見えた」
「足が血だらけで、道路にも血がいっぱいついてた」
「血まみれで、潰《つぶ》れて、横に平たくなってたんだ」
「折れた骨が、皮を突き破って、飛び出してた」
「それから、そばの道路に、なにか赤黒い塊《かたまり》が転がってた」
「ところどころが黄色くなって、ぬらぬらと血に濡《ぬ》れてた」
「ふはっ」
「それは俺の肉だったんだ」
「ふくらはぎの肉の、その一部が、はがれ落ちてたんだ」
「俺は助けを求めたんだけど、誰もいなかった」

「トラックもどこかへ行っちまってた」
「犬もいなかった」
「たぶん、トラックにびっくりして、逃げてったんだろうな」
「トラックってのは、たぶんいちばん強いんだ」
「……俺の右足は、膝《ひざ》から足首までのところが、グチャグチャに潰れてた」
「とても歩けやしなかったから、這《は》って、橋へ戻っていった」
「道は長かったな」
「これを聞いてるあんたは、知ってると思うけど、橋への道は坂になってるんだ」
「だから、よけい辛かった」
「片足が潰れてて、血がダラダラ流れてて、三日間何も食っててなくて」
「そんな状態で、坂道を這っていくんだ」
「あんたも、これくらいは分かるだろ」
「いや、あんたには分かんねえだろうな」
「でも、まあ、少しは、想像がつくだろ」
「それが、どれだけキツイか」

吉田は、〝血〟という言葉が出てきてから、不快そうに顔をしかめている。
彼女は眉《まゆ》をひそめたまま、壁のスピーカーを睨《にら》みつける。
少年の話は、そこから語り続けられている。

16

「それでも俺は、なんとか橋まで戻ることができた」
「薄暗くなってたと思う」
「夕方になってたのか、空が曇ってたのか、俺の目がおかしくなってたのか……」
「そこのところは、今じゃあ、よく分かんねぇ」
「俺は周りがよく見えねえまま、這い続けた」
「で、冷蔵庫のあたりまで来て……」
「そこで俺は、また気絶した」
「痛みとか、疲れとか、あと眠気とか、酷かったからな」
「で、冷蔵庫のそばまで来ると、なんだか安心して、もういいやと思ったんだ」
「俺は眠った」
「その夜は、雨が降ったんだ」
「いちど目が覚めて、そのときは夜中で、俺はびしょぬれになってた」

「近くの車の中へ入った方がいいと思ったけど、身体が動かなかった」
「だから、そのまま寝た」
「次に目が覚めたときは、あたりは明るくなってた」
「どれくらい眠ってたのかは、分かんねえ」
「次の日だったのかもしれねえし、眠ってる間に三日ぐらい経ってたかもしれねえ」
「で、俺は、しばらくぼんやりしてた」
「服は、もう濡れてなかった、と思う」
「たぶん、太陽で乾いたんだろうな」
「だけど、酷く寒気がした」
「逆に、頭はやけに熱いんだ」
「身体中が、だるかった」
「何もする気が起こらなくて、また眠ろうかと思ったけど……それもできなかった」
「で、そのまま、うつ伏せになってた」
「そのうち、足が疼《うず》いてきて、事故のことを思い出した」
「顔だけを動かして……」
「それだけのことをするにも、けっこう時間がかかった」
「で、そうやって見てみたら、足は潰れたままだったけど、血は止まってるようだった」
「立ってみようとしたけど、足にも手にも、力が入らねえ」

「で、そのまま寝てたけど、カラスの奴らが寄ってきやがったから、車に戻ることにした」
「カラスどもは、俺の肉を食おうとしてたんだ」
「それで、俺が死ぬのを待ってたってわけだ」
「あとで気づいたんだけど……実際、腕とか耳の下とかに、ついばまれた傷がついてた」
「寝てる間に、やられたんだ」
「無意識のうちに、追い払ったかなんかしたから、それだけですんだんだと思う」
「奴ら、食い意地がはってるからな」
「傷の方は、今でも残ってると思う」
「他の傷がいろいろあるから、どれがあのときのなのか、よく分かんねえけどな」
「……で、カラスが来たから、車に戻ろうとしたんだ」
「だけど、とても立てそうになかった」
「で、這ったり、四つん這いになったりして、なんとか進んでいった」
「肘《ひじ》を立ててるだけでも一苦労だったから、ものすごく時間がかかった」
「手も足も、なんだか痺《しび》れてるような変な感じで、ゆっくりとしか動かねえんだ」
「すぐに疲れてきて、途中、何度も、休まなきゃならなかった」
「たったあれだけの間を、三時間以上かかったんじゃねえかな」
「そうやって、なんとか俺は、車にたどり着いた」
「そのときから、そこは完全に俺の家になった」

「もう二度と、橋の外には出ねえって、決めたんだ」

「あんなところよりは、ゴミの中の方がマシだって、あのとき思ったんだ」

「それから俺は、一度も橋の外へは出ていねえ」

「橋の中だけで、生活してきた」

17

「可哀想《かわいそう》……」

長野が呟《つぶや》く。

するると、それを耳にして、内田が言う。

「あら、『可哀想』って言った？」

「ええ、とても可哀想だわ、この子」

「ダメよ、そんなこと思っちゃ」

「どうして？」

「だって、そういう同情を引くのが目的なのよ、これは」

「そうかしら？」

「そうよ、そんなことじゃ、相手の思うつぼよ」

「そうかもね、気をつけるわ」

長野はそう答え、ふたたびテープを聞きはじめる。

18

「車の中で、あれから俺は、動けなくなってた」
「動く体力が、それに気力も……なかった」
「血を流しすぎたのと、何も食ってねえのが、祟《たた》ったんだ」
「橋の外へ行く前の空腹なんて、たいしたことなかった……なんて、そのときは思ったね」
「あのときは、外を出歩けたけど」
「このときは、いちど家を出たら、もう戻ってこれるだけの力がねえのが分かってた」
「だから、食い物を探すこともできなかった」
「で、ずっと家で横になってたんだ」
「もう死ぬなって、思ってたよ」
「さっさと眠っちまったら、楽だろう……そう思った」
「だけど、そういうときに限って、眠れねえんだ」
「そのうち、夕方になってきて、日が横から射してくるようになった」
「腹が減っただけじゃなくて、喉《のど》も渇いてたっていうのに、まともに西日が当たるんだ」
「それで、いっそうグッタリしてたら、ふと、声が聞こえたんだ」

「ドアは開けたままにしてたから、ちょっと目を動かしただけで、見えた」
「たぶん別の奴だったと思うけど、あの道で見かけた奴と似てたな」
「その猫は、車の外に座って、こっちを見てた」
「緑色の目をしてたな」
「はじめは無視してたんだけど、そいつはずっとそこにいて、こっちを見てるんだ」
「可愛《かわい》い、なんかあどけない顔をして、俺のことを不思議そうに見つめてるんだ」
「そこで俺は、そいつに向かって、手を差し出してみたんだ」
「猫はじっとしたままだった」
「俺は『おいで』って言ってみた」
「声は掠《かす》れてて、ほとんど出なかった」
「でも、その呼び声で、猫はこっちへ近づいてきたんだ」
「車の中へ入ってきて」
「で、俺が指を動かしてみせると、そこへ顔をこすりつけてきた」
「俺は、その手を動かして、猫を座席の上に来るようにした」
「猫は、ちゃんと俺の手を追いかけて、俺の隣に上がってきた」
「可愛かったな……」
「俺は、頭や首筋や背中を撫《な》でてやったよ」
「猫の鳴き声だよ」

「そしたら、とても気持ちよさそうに目を細めるんだ」
「ほんと、可愛いかったよ」
「だけど、そのときだったんだ」
「俺が、ハッと気づいたのは……」
「俺は首筋を撫でてた手を止めた」
「猫は、細めてた目を開けて、俺の顔を見たよ」
「緑色の目だった」
「俺は、そのまま指を猫の首にまわした」
「もう一方の手も出して、同じようにした」
「そして、親指に力をこめて、喉を押していった」
「こいつを食えば、生きてられる」
「俺はそう思ったんだ」
「猫は変な声を出して鳴いたよ」
「手足をバタバタと動かして」
「でも、尻尾《しっぽ》は固まったように動かさねえで」
「口は、何か言おうとしてるみたいだった」
「開けたり閉じたりを、繰り返してるんだ」
「目は大きく開いてて……」

「で、俺の顔が、右目と左目に一つずつ、映ってた」
「自分の顔が見えたとき、俺は指先にいっそう力をこめてた」
「猫は口からよだれをダラダラ流して」
「それから、小便を垂らしやがった」
「あちこちが汚れたけど、それでも俺は首を絞め続けた」
「猫は鼻血を出して、糞《くそ》も垂れた」
「目がさらに大きく開かれて、ほとんど目玉が飛び出しそうだった」
「ははんっ」
「もう、可愛さなんて、これっぽっちもなかったな」
「しばらくして、そいつは、身体の中のものを、いろいろと出したあげく」
「死んじまった」
「俺は首から手を離して、そいつの後ろ足を掴《つか》んだ」
「そうして、思いっきり床に叩《たた》きつけた」
「それを、三回か四回くらいやると、猫の頭が割れて、そこから血が出てきた」
「俺は、それを舐めた」
「温かくて、塩気がきいていて、旨かった」
「何日もの間、何も食ってなかったから、余計、旨く感じた」
「俺は、猫の頭の傷に口を当てて、血を吸った」

「で、血を喉に流しこんでいった」
「おかげで、喉の渇きは、なおった」
「なんだか、力も出てきたように感じたな」
「俺は身体を起こすことができるようになって、座席に座った」
「で、今度は、肉を食おうとしたんだ」
「とりあえず、背中の肉を両手でつまんで、それを右と左に引っぱってみた」
「そうやれば、背中の皮が裂けるんじゃねえかって、思ったんだ」
「だけど、そんなことできるはずねえ」
「包丁があれば、肉を切ることができたけど、そのときは持ってなかったし」
「それに、ゴミの中から探すゆとりもなかった」
「だから俺は、猫の脇腹に嚙《か》みついたんだ」
「おもいっきり歯に力を入れ、毛の生えた皮ごと、肉を食いちぎった」
「毛のせいで、口当たりが悪かった」
「だけど、すぐに血や脂肪が口の中に広がって、気持ち悪さはなくなった」
「それどころか、すごく旨かった」
「俺は無我夢中で、肉を食い続けた」
「内臓を食って、血をすすって、骨をしゃぶった」
「そうやって、腹いっぱいになるまで、食った」

「それで気がつくと、手も顔も服も、何もかもが、猫の血で真っ赤になってた」

「腹がふくれた俺は、それで満足して、血に濡れたままで寝た」

「満腹になると、よく眠れた」

19

「野蛮だわ！」

吉田が声を荒げる。

カチリ。

相原はテープを止めて、彼女に答える。

「それだけ特異な状況に、この少年は置かれていたのです」

「他にも方法はあったはずよ」

「置き去りにされた五、六歳の子供に、それが分かるでしょうか？」

「だからといって、あんなことをするなんて、精神に欠陥があったとしか思えないわ」

「その精神を作り出した場所のことを知ってもらうために、聞いていただいているのです」

相原は、テープを再生させる。

カチリ。

20

「そうやって、一晩寝ると、ずいぶんと体力が回復してた」
「で、朝起きた俺は、外へ出て、杖《つえ》になるものを探した」
「椅子代わりにしてたテレビの後ろに、ちょうどいいのがあった」
「タオル掛けか何かで、俺はその足を分解したんだ」
「外国の字でUってのがあるだろ」
「あれを逆さにしたような形で、それに寄りかかると、なんとか歩けるようになった」
「で、俺は、猫の残りを少しかじってから、それをあの冷蔵庫へしまいにいった」
「電気がねえんだから、あそこへ持ってっても仕方ねえんだけど、そのときはそうした」
「食い物は冷蔵庫に入れておくもんだって、思いこんでたんだ」
「真夏になってから、スズメの肉がグチャグチャに腐って初めて、意味ねえって気づいた」
「で、それから食い物は、家の中とか、近くのタンスの中とかに、置くようになった」
「で、ええと……猫を食い終わったとき、次は鳥を食おうと思った」
「鳥は、あちこちに、たくさんいるからな」
「でも、捕まえようとしても、なかなかできなかった」
「奴らは素早いし、俺はゆっくりとしか動けねえ」

「それに、空へ飛ばれたら、こっちは手の出しようがねえからな」
「で、捕まえられねえでいるうちに、また腹が減ってきた」
「このままじゃ、またヤバくなるって、思った」
「俺の足の肉を、持ってきてれば良かったんだ」
「トラックに轢かれたとき、道においてきた奴」
「今でもそう思うし、あのときもそう思ったけど、もう遅かった」
「たぶん、犬かカラスあたりが、あの俺の肉を、食っちまってただろうな」
「で、そいつらは腹をふくらませて、俺の方は腹を空かせてた」
「だから俺は、鳥よりももっと捕まえやすい奴を、食うことにした」
「家の中に蛾《が》が入りこんできたんで、それを捕まえたんだ」
「手で生け捕りにしたけど、そのままだと食いにくいから、石で潰して殺した」
「そうやってグチャグチャに潰して……」
「それから、丸めて団子にした」
「殻や内臓や羽を細かくして、それを中から出てくる茶色い汁で混ぜて、こねるんだ」
「で、それを食った」
「そのときは、たぶん、苦いと感じたように思う」
「でも、次第に、その苦みが旨いんだってことが、分かってきた」
「それに、よく嚙んでいくと、その苦みの奥に、ほのかな甘みが出てくる」

「それが旨いんだ」

「で、蛾よりも旨いのが、トンボだ」

「アリも旨い」

「あいつらは小さいから、たくさん集めて団子にする」

「あと、旨いのは、バッタとかイナゴ、コオロギ、カナブン」

「イナゴなんかは、足の部分をちぎって、そのままかじるんだ」

「歯につまりやすいけど、ポリポリしてて旨い」

「それから滅多に、手に入らねえが、アブラゼミやカブトムシなんかは、かなりいける」

「逆に、まずいのはクモだ」

「あれは、なんとも言いようのねえ、奇妙な味がする」

「で、それよりも、もっと酷いのが、ムカデだ」

「あれは、酷い」

「だいたい、六本より足が多い奴は、ダメだな」

「それに比べて、六本足のは、たいてい旨い」

「まあ、六本でも、ゴキブリは、あんまり旨くねえけどな」

ペッ、という音が起こる。

唾《つば》を吐いたらしい。

そして、また言葉を続ける。

「で、一度でいいから食ってみたいと思うのは、クワガタっていう奴だ」
「本棚が中身ごと捨てられてあって、いろんな本があった」
「その中に、昆虫図鑑が入ってた」
「クワガタは、それに載ってたんだ」
「その中でも、ノコギリクワガタってのが、絶対いい」
「赤茶のきれいな色で、ツヤツヤしてるんだ」
「形もいいし、でかいし」
「あれは絶対、旨いだろうなあ」
「ああ、で、まあ、そういうふうにして、俺はメシを食っていったんだ」
「夏の間は、うっとうしいくらい虫が来るから、おかげで食い物に困らねえですんだ」
「あと、草とかも食ったな」
「道の隙間とか、ゴミの上とかから、雑草が生えてくるんだ」
「で、俺は、猫の肉がなくなると、虫とか草を食ったんだ」

21

隅の方の席に、島田が座っている。
気分が悪そうに、顔をしかめる。

「どうしたの？」

右隣に席を占めていた、田中が訊《たず》ねる。

「いえ、気持ちの悪い話だと思って」

島田は、そう答える。

「そうだねえ」

田中は、にやけた笑みを浮かべる。

島田は小さく咳払いをし、田中から目をそらす。

「う、気持ち悪い……」

島田は、そう呟く。

22

「杖を使って歩けるようになっても、足は痛いままだった」

「特に、地面に足をおろしたときは、ものすげえ痛みが腰まで走って、たまらなかった」

「だけど、どうしようもねえから、そのままにしてたんだ」

「で、何日かして、臭くなってきた」

「あんまり見ねえようにしてたんだけど、そのとき足を見てみたら、変な色になってた」

「赤黒い……気味の悪い色だ」

「それで、ところどころが灰色になってるんだ」
「少しだけど、まだ血が出てて」
「で、それが黒い……ちょうどカブトムシの殻みたいになって、あちこちで固まってた」
「そのまわりを、黄色い汁が、流れ出てた」
「いったいなんなのか知らねえけど、こいつは乾くとベタベタして、臭かった」
「あと、透明な、なんか水みたいな汁も、にじんでた」
「それから、白っぽいドロッとした、脂肪の玉が飛び出てた」
「ふん……」
「腐りだしてたんだよ、俺の右足は」
「知らねえうちに、虫がたかってたりすることが、何度もあった」
「奴ら、血を吸ったり、汁や脂を舐めたりしてるんだ」
「肉を食ってるのもいた」
「そういう奴らは、見つけたら捕まえて、逆に俺が食ってやった」
「それでも食われる方が、ずっと多かったんだろうな」
「おかげで、俺の右足は、膝から下が、どんどん細くなっていった」
「それに、臭かった」
「すごく臭かった」
「吐きそうになるくらいの臭いがした」

「ふはっ」
「吐くものなんてなかったんだけどよ」
「で、俺の肉は、なんかやたらと、やわらかくなってた」
「で、そのうち、指で突いても、何も感じなくなっちまった」
「ギュッて指を押しつけても、全然、痛くねえんだ」
「肉の中に、ズブリって指を突っこんでもな」
「何も感じられねえんだ」
「そのまま、第一関節まで入れた」
「それでも、痛みがねえんだ」
「それ以上は気持ちが悪くて、指を入れられなかった」
「指は濡れて、ヌルヌルになってた」
「こんなふうになっても、右足に少しでも体重がかかると、ものすごく痛いんだ」
「あれは、たぶん、骨のまわりが痛んでたんだろうな」
「皮膚の方は、神経が死んじまってたんだと思う」
「で、それから何日か分かんねえけど、いくらか経ってから、また見てみた」
「そしたら、白い、御飯つぶみたいなのが、いっぱいついてた」
「よく見ると、それはみんな、ゆっくりと動いてた」
「身をくねらせて、グジュグジュになった足の肉の中を、這いまわってた」

「虫がいつのまにか、俺の足に、卵を産みつけてて……」
「卵を、いくつもだ」
「で、それが、知らねえうちに孵《かえ》って、幼虫になってやがったんだ」
「幼虫が、俺の足に住んでたんだ」
「まったく、むかつく話だけどな……」
「で、その幼虫どもは、俺の肉を食って、日に日に大きくなっていった」
「奴らにとっちゃ、俺の右足は、まさに天国だったんだ」
「住処《すみか》だし、そのうえ食い物なんだからな」
「食い物に囲まれて生きてるってわけだ」
「俺より、ずっといい暮らしだよ」
「しかも奴ら、太股《ふともも》の方まで、上がってきやがるんだ」
「で、怪我《けが》してねえところまで、噛んできた」
「それに気がついたら、そのときは、指で潰してやった」
「だけど、きりがねえ」
「太股のあちこちが、腫《は》れ上がったり、穴ができたりした」
「それだけなら、まだよかった」
「いくらかして、俺は、足の腐るのが、広がってることに気づいたんだ」
「少しだけど、上の方へ広がってきてた」

「初めは膝より下だったのに、膝のところまで、青黒くなってた」

「このまま放っておいたら、全身が腐っちまう」

「俺は、そう思った」

「身体のすべてが、虫の住処になって、俺の肉は、全部、食われちまう」

「で、俺は決めたんだ」

「家でやるのは、なんか嫌だったから、別の車へ行った」

「うしろの座席に乗って、ドアを開けて、右足だけ外に出した」

「右足の腐ってたところ……膝から下の部分だ」

「そこだけ出したんだ」

「……おい、あんた」

「これを聞いてる、あんたのことだよ」

「あんた……」

「俺が何をしたか、分かったか」

ここで、少しばかり間がある。

しばらくしてから、テープの声の主は言葉を続ける。

「俺が何をしたかって言うと……」

「閉めたんだ、ドアを」

「足を出したまま、勢いよくな」

「当然、足はドアに挟まれた」
「痛かったよ、ものすごく」
「さすがの俺も、大声で叫んだな」
「トラックに轢かれたときは、すぐに気を失ったけど、このときはそうならなかった」
「だから、トラックに轢かれたときよりも、ずっと痛かった」
「痛みが、はっきりと響いた」
「ドアは完全には閉まらなくて、で、俺はすぐに開けた」
「足は血だらけになってた」
「膝のすぐ下がへこみ、赤くて太い線がついてた」
「だけど、俺は足を引っこめたりしねえで、またドアを閉めた」
「思いっきり、閉めた」
「トラックと違って、自分でやるってのは、けっこうキツい」
「でもな、俺は何度もそれをやったんだ」
「ドアを開けては、力いっぱい閉めて、右足を挟みつけた」
「骨は折れて、むき出しになった」
「足の後ろ側を見たら、深くへこんでた」
「膝の裏が二つあるみたいになってた」
「俺はさらに何度も、足をドアに挟んでいった」

「それをするたびに、俺は叫んだ」
「呻《うめ》いて、歯を食いしばって、背もたれを殴りつけた」
「そうやって、何度もやってるうちに、骨が砕けて、ドアが完全に閉まるようになった」
「それで俺は、ドアに挟みつけたまま、足を中へ引っぱった」
「ものすげえ、痛かった」
「喚《わめ》きまくってた」
「肉がえぐれて、こそげていくのが分かった」
「それでも俺は、力の限り、足を引っぱり続けた」
「血があふれて、飛び散った」
「そうやってると、いきなりブチブチって音がして、俺は仰向けにひっくり返った」
「その拍子に、振り上がった右足から、血がぶあっと飛んで、両目に入った」
「それをこすってから見てみると、俺の右足は、膝から下がなくなってた」
「血にまみれて、白っぽい筋が二本ほど、肉の断面から飛び出してた」
「血がダラダラ流れてた……」
「俺は起きあがって、ドアを開けた」
「車の外に、俺の足が転がってた」
「いや……」
「て言うより、さっきまで俺の足だった塊が、そこに落ちてたってところだな」

「で、はがれた肉が、そのそばに散らばってた」
「虫が、うじゃうじゃと付いてた」
「もう完全に、奴らのエサになっちまってたんだ」
「だから俺は、そいつを蹴《け》り飛ばしてやったよ」
「それから、血のことが気になった」
「頭がクラクラしてたし……」
「それよりも、血を出すのが、もったいねえって思ったんだ」
「そのとき、近くに電気のコードが落ちてるのを見つけたんで、そいつを拾った」
「で、そいつで俺は、膝のすぐ上をグッと縛った」
「そうやったら、血があまり出なくなった」
「俺の思ったとおり、血なんてのは、風船の空気みたいなもんなんだ」
「穴の近くを縛れば、出なくなるんだ」
「たぶん、全部出ちまったら、身体がしぼむんだろうな」
「風船はしぼんだって、空気を入れりゃあいい」
「だけど、俺は空気をいっぱい吸ったって、なんにもならねえ」
「血を吸わなきゃ、意味がねえんだ」
「で、とにかく俺は、足から出てる血を、吸ったり舐めたりした」
「このまま出しっぱなしってのは、もったいねえからな」

「で、これがだ」
「けっこう旨いんだ」
「猫の血よりも塩気が多くてよ、いい味がするんだ」
「で、俺は家に、急いで戻った」
「そこで、家に置いてあった虫団子を、自分の血を舐めながら、食ったってわけだ」

23

部屋の面々は、黙ってテープを聞いている。
吉田や島田は、顔をしかめている。
村上は、唇を歪《ゆが》め、呆《あき》れたような様子で、ふんぞり返っている。
相原はカセットデッキのそばに立っていて、ときおり無表情に彼らに目をやる。
スピーカーからは、少年の声が流れ続けている。

24

「それから俺は、ま、しばらくは、なんとかやっていった」
「虫はたくさんいたし、水も雨が降って、あちこちにたまってた」

「たまに、スズメやネズミなんかも、手に入った」

「そういうわけで、食い物や飲み物に困ることは、なかった」

「まあ、それも、しばらくの間だけ、だったけどな」

「暑い毎日がきて、で、その次は、しだいに涼しくなってきたんだ」

「それは、それで、よかったんだ」

「だけど、それにつれて、虫が少なくなってきた」

「そいつが問題だった」

「ま、初めのうちは、どうってことねえって思ってた」

「だけど、三日ほど続いて雨が降って、そのあと、急に寒くなったんだ」

「そのあたりから、ほとんど虫が捕れなくなって、食う物がなくなってきた」

「せっかく虫を捕まえるコツを覚えてきたってのに、肝心の虫がいねえんだ」

「まったく……話にならねえだろ」

「鳥なら、数は減ったけど、少しばかりいた」

「だけど、そのころの俺には、鳥なんてめったに捕れねえ」

「がんばっても、無意味に体力を使っちまうだけだった」

「しかも、日に日に寒くなってきやがる」

「毎年、夏の暑さは酷いもんだが、冬の夜よりは、ずっとマシだ」

「冬の夜は、何もかもが、冷えきっちまう」

「骨の代わりに鉄が、身体の中に入ってるみたいになるんだ」
「しょっちゅう、頭がキリキリと痛くなってよ」
「じっと縮こまってんのに、身体がガタガタと動いちまう」
「動けば、それだけ腹が減るから、動きたくねえのに、なのに、動いちまうんだ」
「ガタガタ、ガタガタガタってな」
「……俺は食い物を探して、毎日、橋の上をうろついた」
「端から端まで、歩きまわった」
「もうムカデは不味《まず》いだの、言ってられなかった」
「で、あちこち探しまわったあげく、ごくたまに食い物にありつくことができた」
「それも、動いたために使った体力の方が、多いくらいだった」
「で、だんだん動けなくなってきたんだ」
「ちょっと歩いただけで、すげえ疲れるんだ」
「片足が切れてるから、余計にな」
「で、ほとんど歩けなくなったときだ」
「家の近くにあった家具が、俺の目に入ったんだ」
「木でできたタンスで、あちこちがささくれだってた」
「俺は、そのささくれた奴を食ったんだ」
「べつに、旨くはなかった」

「だけど、その家具の破片のおかげで、俺は死なずにすんだ」
「タンスにも栄養ってのは、あるようだ」
「それだけじゃねえ」
「他にも食える物は、なんでも食った」
「革の鞄《かばん》だろ……それから段ボール……あと、服も食ったな」
「生きるためだからな」
「落ちてる土とかも、つまんで食った」
「こうして俺は、なんとか、冬を越すことができたんだ」
「ふはっ……こんな一言で、簡単に言うときがくるとはね」
「まったく、寒い夜に一人っきりでいたあのときには、考えもつかなかったよ」
「で、春になったら、また虫が増えてきて、俺はそれを食えるようになったんだ」
「久しぶりに食えたときは、小さい奴だったけど、嬉しかったのを覚えてる」
「そのとき食ったのは、ゴミ虫だったと思う」
「あ……それにしても、ゴミ虫とは、いい名前だな」
「ゴミ捨て場にいるから、ゴミ虫」
「このうえなく、ぴったりじゃねえか」
「ははっ……」
「じゃあ、ゴミ捨て場にいるから、俺もゴミってわけだ」

「ふははっ」
「車もゴミだし、テレビもゴミ」
「タンスも冷蔵庫も扇風機も、みんなゴミ」
「この橋にあるものは、みんなゴミなんだ」
「だから、当然、俺もゴミ」
「で、ゴミの中に住んで、ゴミを食ってるってわけだ」
「ゴミ車、ゴミテレビ、ゴミ冷蔵庫」
「それに、ゴミ人間」
「ふはっ……」
「ああ、そうそう、そういや、看板があったな」
「まったく、笑っちまうよ」
「でかい看板でな、ゴミの中に落ちてたんだ」
「で、こう書いてあった」
「〝ゴミ捨て禁止〟」
「次が〝ここにゴミを捨ててはいけません〟って書いてあって」
「で、最後に〝神奈川県〟だとさ」
「ふははははっ、おもしれえだろ」
「ゴミを捨てるなって奴がよ、そいつ自身が、ゴミになって捨てられてんだ」

「これほど、おもしれえことはねえよなあ」
「ふはっ、ふはははは……」
「あー、そうそう、おもしろい話なら、まだあるぞ」
「この橋の下に、死体がプカプカ浮かんでたんだ」
「あれ……この話、もう言ったっけ……」
「まあ、いい」
「もう一度、言ってやる」
「あれはだな……」
「春が来て、それからまた、ちょっと暑くなりだしたころだったな」
「橋の下に、死体が浮かんでたんだ」
「はじめ見たときは、何か分かんなかった」
「橋から下の水までは、かなりの距離があるからな」
「そういうわけで、分かんなかったけど……よく見たら、人間だった」
「俺は、そいつが生きてるのか死んでるのか、確かめようと思った」
「で、錆《さ》びたアイロンを、上から落としてやった」
「すると、そいつのすぐそばに落ちて、水しぶきが上がって、そいつは揺れた」
「でも、動こうとはしねえんだ……自分からは、これっぽっちも」
「それで、そいつが死体だって分かったわけだ」

「で、俺は、上から物を落とすのが、けっこうおもしろかったから、もっとやってやった」

「今度こそ当ててやろうって思って、死体を狙《ねら》って、三輪車を投げ落とした」

「そしたら腰に命中して、そいつはゴロンってひっくり返り、仰向けになった」

「遠くてよく分かんなかったけど、青白い顔が、ぶくって膨らんでた」

「ぶくうーってな」

「ふはっ……変な顔だった」

「俺は、そいつに向かって、どんどんガラクタを落としてやった」

「そうやって何度も当ててるうちに、そいつの顔に命中した」

「大笑いしたね」

「顔だけ沈んだかと思うと、ちょっとしてから、離れたところに浮かんできたんだ」

「首のところで、ふはっ、顔が胴体からちぎれてやんの」

「髪の方を上にしたり、顔の方を上にしたりして、胴体からプカプカと離れていった」

「ほんと、おもしろかったよ、あれは」

「あんなおもしれえゲームは、まあ、他にねえだろうな」

「で、次は、まだ生きてる奴でやろうって思ってんだけど、あれから一度もねえんだ」

「水死体は、いくつか来るんだけどな」

「ひははっ……ははっ、ふひひひひ……」

少年はしばらく、ひひひひひと笑い続ける。

それから、ふと思い出したように、付け加えて言う。

「ああ、そうそう、死体って言えば、それ以外にもあったな」

「橋に捨てられたんだ、死んだ人間が」

「あれは、いつの夜だったたっけな……」

「たしか、俺がここに来て二年か三年目の、春か夏か秋の初めくらいだったと思う」

「とにかく夜だったけど、それがいつだったか、はっきりとは覚えてねえんだ」

「なんせ、ゴミを捨てに来る奴が多すぎて、いちいち覚えてられねえんだよ」

「小さい車とか、でかいトラックとか、毎日一台は絶対、ゴミ捨てに来てるからな」

「四人乗りくらいの車だと、だいたい電気製品とか小さめの家具とか、捨てていってる」

「電子レンジとかパソコンとかラジカセとかエアコンとか……ま、そういった奴だ」

「トラックだと、もっとでかいのになる」

「俺のときもそうだったみたいに、冷蔵庫とかな」

「あと、タンスだろ、本棚、ベッド、ソファとかバイクとか、そういうのを捨ててくんだ」

「で、もっとでかいトラックだと、同じものをドサッとまとめて捨てていく」

「例えば……ドラム缶とかね」

「いくつもあって、中には黒いドロドロした油が入ってんだ」

「それが少しずつ漏れてって、あちこちが油まみれの真っ黒になった」

「橋の下にも流れてったな」

「一度、その油の上で滑って転んじまって、身体中が油まみれになったことがあった」
「まったく……チッ……今でもムカつくぜ」
「他にも、キツイ臭いのする泥を捨ててく奴もあったな」
「鼻だけじゃなくて、目や喉《のど》の奥にもツーンときて、吐き気がする泥だ」
「今じゃ、乾いて、硬い土になってるけど、まだ臭い」
「虫も、そこにはほとんど寄りつかねえでいるくらいだ」
「あと、タイヤとか、パチンコ台とかあったな」
「それから、なんだかよく分かんねえプラスチックの塊とかもあった」
「そういうのが、塊になって、橋のあちこちにあるんだ」
「あと、本もあったな」
「真新しい奴で、雑誌だった」
「コンピュータの雑誌だ」
「分厚くて、やたら重たいんだ」
「それが何冊も、もう数え切れねえほどあるんだ」
「千や二千どころじゃなくて、もっとたくさんだ」
「どっしりと積んであって、ほとんど壁みたいになってた」
「それが、包みも解かれてなくて、まったくの新品なんだ」
「たぶん、まだ誰も読んでなかったんだと思う」

「ゴミ捨て場にいた俺が、初めて中身を見たってわけだ」

「そんなもの、捨てるくらいなら、初めから作んなきゃいいのによ」

「そうだろ」

「バカな奴だぜ」

「で、えーと……、えー……」

ガチャッ。

ガチャッ。

「ああ、悪い悪い」

「巻き戻して、前のところを聞いてたんだ」

「死体の話をしてたんだったな」

「話を元に戻そう」

「たしか、ここに来て三年ぐらいだったかな……」

「ま、いつかはよく覚えてねえけど、いつかの夜だった」

「白いバンが来て、二人の背の高い奴……たぶん男だろうな」

「そいつらが車から降りてきて、何か捨てていったんだ」

「俺はその様子を、橋の真ん中にのびてる柵《さく》の陰から、隠れて見てた」

「奴らは、でかい黒のビニール袋を、二人がかりで車から出した」

「やけに重そうにしてるなって、そのとき俺は思った」

「で、そう思ったとき、俺はガタッて音をたてちまった」
「そしたら奴ら、『誰だ！』って怒鳴って、こっちを見やがった」

25

ガチャッ。
少年の声はなくなり、雑音だけになる。
それからしばらくして、カタン、と小さな音が起こる。
テープのA面が終わり、反転を始めたのである。
B面も、雑音から始まる。
部屋にいる者たちは、そのほとんどが、うんざりしたような顔をしている。
ガチャッ。
そして再び、少年の声が聞こえてくる。

26

「……ああ、これでいいみたいだな」
「おっと、あんたには、まだまだ聞いてもらうぜ」

「えーと、奴らに見つかっちまったところまで、話したよな」
「で、それからだ」
「俺はヤバイって思って、逃げた」
「その前にも、何度か、橋に来た奴に追いかけまわされたことがあったんだ」
「奴ら、『汚い』とか『臭い』とか言いながら、そのくせ、しつこく追っかけてくる」
「で、棒で叩いてきたり、物を投げつけてきたりしやがるんだ」
「だから、そのときも、俺は、さっさと逃げたってわけだ」
「奴ら、追いかけてくるかと思ったけど、来なかった」
「で、俺は、少ししてから、戻ってみた」
「そしたら、誰もいなくて、車もなかった」
「奴らがいたところまで行ってみたら、黒いビニール袋は、置き去りになってた」
「で、見てみたんだ、中を」
「死体が入ってた」
「黒いビニール袋が二枚、頭の方からと足の方から、かぶされてあった」
「初めは、死体だとは思わなかった」
「だけど、触ってみたら冷たかったんで、死んでるって分かった」
「大人の、まだ若い男だったな」
「で、その夜は、そのまま放っといて、俺は寝た」

「朝になって、起きて見に行くと、カラスやカモメがそいつにたかって、肉を食ってた」
「ああ、猫も一匹いたっけ」
「で、そのとき俺は、いいことを思いついたんだ」
「まず俺は、鉄パイプを振りまわして、そいつらを追い払った」
「で、そのいくらか食いちぎられた男を、車の中に運んだ」
「そこは俺の家とは別の車で、その中に入れて、鳥に食われねえようにしたってわけだ」
「で、それから俺がやったことは、こうだ」
「大きな透明のプラスチックの箱と、棒切れとロープで罠《わな》を作った」
「箱をひっくり返して、下に隙間ができるように、それを棒切れで支えたんだ」
「棒切れにはロープが結んであって、それを引っぱると、箱が下に落ちる仕掛けだ」
「で、その罠の中に男を入れた」
「もちろん、そのままじゃ大きすぎるから、包丁で切って細かくした奴を入れた」
「そいつがエサってわけだ」
「で、罠を仕掛けて待ってると、すぐにカラスが来て、エサに食いついた」
「俺は、ロープを引っぱった」
「バッと箱が落ちて、カラスはその中だ」
「羽をバタバタやってたけど、出られねえでいた」
「で、俺は余裕で、そいつを捕まえて、食った」

「そうやって俺は、簡単に鳥を捕まえれるようになったんだ」

「鳥だけじゃなくて、ネズミも」

「たまには猫もだ」

「で、死体から肉がなくなると、次は捕まえた鳥の肉を、おびき寄せるエサに使った」

「それでまた捕まえた奴の肉を、いくらかエサにした」

「その次も、その次の次も、ずっと順々にそうやっていった」

「で、そういうふうにして、俺は、あんまり食い物に困らねえようになってったんだ」

「ああ……」

いきなり、ため息のような声を出す。

「ああ……」

「そうだ……」

「このころだったんだ」

「次は、あの子のことを話さねえとな……」

少年の口調は静かなものになっている。

「あの子……エリハは、そのころ橋に来たんだ」

「来たところは、見てねえ」

「夜のうちだったんで、俺は寝てたんだ」

「ほとんど毎日、誰かがゴミ捨てに来るから、いちいち見てられねえしな」

「で、朝起きて、そのへんを歩いてたら、泣き声が聞こえてきたんだ」
「すすり泣きだ」
「俺は、そっちの方へ行ってみたんだ」
「そしたら、地面に敷いた段ボールの上に女の子が座ってた」
「見たこともない女の子で、しくしく泣いてた」
「それが、エリハだった」
「エリハは、俺の歩く音にビクッとして、こっちを見た」
「その顔を見て、俺はそのとき、不思議な感じがしたのを覚えてる」
「髪の色が茶色がかってて、それに目が青いんだ」
「すごく不思議だった」
「ハーフって奴なんだ、あの子は」
「どこの国の奴の血が入ってんのかは、知らねえけど」
「で、目はいつもは黒っぽいんだけど、光の加減で、青く見えるんだ」
「それで、そのとき、ものすごく綺麗《きれい》な青に見えた」
「だから、エリハと初めて会ったとき、俺は、しばらくその目に見とれてた」
「そうしてると、あの子は突然立ち上がって、逃げようとしたんだ」
「俺は『待って』って言った」
「あの子は動きを止めた」

「けれど、それでも、少しずつ後ろへさがろうとした」

「怖かったんだろうな、俺のことが」

「そこで俺は、大丈夫だ、手は出さねえっていうふうに、その場に座ってみせた」

「で、『俺は何も悪いことはしねえよ』って言ってやった」

「それから、『しようたって、俺は、このとおり片足がねえんだ』って」

「『逃げようと思えば、おまえの方が速く走れるだろ』って」

「そしたらエリハは、ちょっと安心したようになって、段ボールの上に座った」

「そして、『足って……どうしたの？』って訊いてきた」

「俺は、トラックに轢かれて、潰れたってことを、言った」

「それから、橋の外は危ねえってことも、教えてやった」

「で、『おまえも捨てられたのか？』って、俺は訊いたんだ」

「そしたら、あの子は泣き出した」

「俺は困っちまった」

「で、話を聞いたんだ」

「あの子は泣きながら、自分のことを話した」

「どうして自分がここにいるのか、よく分かんないって言った」

「昨日の晩、いつものように寝て、で、朝、気がついたら、ここにいたんだそうだ」

「寝てる間に、捨てられたってわけだ」

「そう言ってやると、エリハは泣いて『違う』って言い張った」
「『違う、違う、そんなんじゃない』って、泣きじゃくるんだ」
「俺はどうしたらいいのか分かんなくて、よけい困っちまった」
「俺だって『違う』って言ってやりたかった、できることならな」
「だけど、そんなわけねえことは分かりきってたから、どうしようもなかった」
「なんて言ったらいいのかも分かんなかったから、俺は黙ってた」
「そうやって、あの子が泣いてるのを、聞くしかできなかった」
「泣きじゃくるのはやめてたけど、静かにすすり泣いてたな」
「それで、ずっと泣いてるんで、いくらかしてから俺は『もう泣くな』って言ったんだ」
「でも、あの子は泣きやみそうになかった」
「で、俺は、何か別のことで気をそらしてやろうって思った」
「空を飛んでたカモメを指さして、『今度、あれを食わしてやるよ』って言ったんだ」
「そしたらあの子は、まだ涙を流したままだったけど、顔を上げて、こっちを見た」
「『ほら、あれだ』って、俺は指さしながら言った」
「でも、あの子はこっちを見つめたままだった」
「そのとき俺は、また不思議な感じになったっけ」
「で、俺は目をそらして、『俺の顔ばかり見てても仕方ねえだろ』って言った」
「『鳥を見ろよ、ほら、あの白い鳥だ』って、空を見上げて」

「そしたら、あの子はこう言ったんだ」

「『あたしには見えないの』って」

「とても悲しそうにな……」

「あの子は目が見えねえんだ、両方とも」

「真っ暗なんだ」

「目を開けてても、つぶってるのと同じなんだって言ってた」

「たぶん、それで捨てられたんだろうって、俺は思う」

「あ、で、そのときの俺は、他のことで気をそらさなきゃって思ったんだ」

「で、とりあえず、名前を訊いてみた」

「あの子は『エリハ』って答えた」

「それから、逆に、俺の名前を訊いてきたんだ」

「俺は、それに答えられなかった」

「それまで、俺は、名前なんてなかったんだ」

「いや、あったかもしれねえけど、名前で呼ばれたことがなかった」

「覚えてるかぎりでは、いつも『おい』とか『おまえ』とかで呼ばれてたんだ」

「だから、答えられねえでいた」

「でも、もう一度名前を訊いてきたんで、仕方なく『名前は、ねえんだ』って答えた」

「そしたら、エリハ、なんて言ったと思う？」

『ネーン？』って、聞き返してきたんだ」

「ふふ、エリハは俺の名前が『ネーン』なんて変なもんだと思ったんだ」

「俺は『違う』って言ったけど、かと言って、名前を答えられやしなかった」

「で、もういっそのこと、それでいいやって思って、『ネンって名前だ』って言ったんだ」

「ネーンじゃなくて、ネン」

「短い方がいいだろって、そのとき思ったんでね」

「そのときから、俺はネンって呼ばれるようになった」

「で、エリハはそれを聞いて、変わった名前だって、ちょっと笑った」

「俺はホッとしたよ」

「可愛い笑顔だった」

「それで、なんだか嬉しくなったのを覚えてる」

「エリハはもう泣きやんでた」

「で、『ここには鳥がたくさんいるの？』って、訊いてきた」

「『いるよ、いっぱいいる』って、俺は言った」

「エリハは、『何がいるの？』」

「『カラス』」

「『他には？』」

「『スズメ』」

「『他には？』」

「俺は言葉につまって、思わず肩をすくめた」

「鳥の名前なんて、カラスとスズメくらいしか知らなかったんだ、そのころの俺は」

「で、『他にもいるけど、名前は知らねえ』って、俺は言った」

「そしたらエリハは、次に『ここは、どこなの？』って、そう訊いてきた」

「『橋の上だ』って、俺は言った」

「それ以外には答えようがなかった」

「俺だって、ここがどこなのか、はっきりとは知らねえんだから」

「だから、そのあとどこの橋なのか訊かれたけど、『分かんねえ』って、俺は答えたんだ」

「ただ、ここがゴミ捨て場だとは、言えなかった」

「なんで言えなかったのか、よく分かんねえけど、とにかく言わねえ方がいいって思った」

「だから、エリハが、まわりにある物はなんなのか訊いてきても、ゴミとは言わなかった」

「ここはいろんな物が置いてある場所なんだって、俺は嘘《うそ》をついた」

「いろんな奴が、倉庫の代わりに物を置きに来るんだって」

「ま、なんかそんなことを言って、ごまかしたんだ」

「ゴミとは言えねえような、けっこう新しい物がいろいろあったから、疑われなかった」

「でも、もしかしたら、エリハは気づいていたのかもな」

「あの子、勘が鋭かったし、頭も良かったから」

「もし気づいてたとしたら、悲しかっただろうな」
「そんなこと、今じゃあ、分かんねえけどな……」
「で、そんなことをやってるうちに、エリハは涙も乾いて、元気になった」
「それから、二人で、いろいろ話をしたんだ」
「そのとき、エリハは九歳で、俺より物知りだった」
「いろいろ教えてもらったよ」
「字とか、計算とか、時計の読み方とか」
「あと、歌とか……」
「橋に来る白い鳥が、カモメっていうんだって知ったのも、そのときだ」
「それにエリハは、とても優しかった」
「他の奴みたいに、汚いとか言わねえし、バカにしたりもしねえ」
「初めて会ったときから、ずっと優しかった」
「だから、話は楽しかった」
「だいたい、どうってことのねえことばっかり話してたけどな」
「あんまり楽しかったもんだから、あっという間に時間がたってた」
「気がついたら、とっくに昼を過ぎてた」
「それも腹が減ったから、それに気づいたくらいだ」
「エリハも腹が減ってるってんで、メシにすることにした」

「干してあった肉を持ってきて、二人で分けて食った」

「エリハは変な臭いがするとか言ったけど、『ま、一口食べてみな』って俺は言ったんだ」

「で、一口食べたら、エリハは『おいしい』って……」

「俺もそのときは、なんだかいつもよりうめえような気がした」

「そうやって食ったあと、俺はエリハを自分の家につれてった」

「エリハは目が見えねえから、手を引っぱっていったんだ」

「右手に杖を持って、左手でエリハの手を握って」

「で、家についたら、エリハが言うんだ」

「『車に乗って行くの？』って」

「ドアを開けただけで、だぜ」

「俺がドアを開けたその音だけで、車だと分かったんだ」

「目が見えねえ分、エリハは耳が鋭いんだ」

「あと、鼻も鋭いし、手触りで物を言い当てるのもすごい」

「で、そのときだけど、俺は『どっかへ行くんじゃなくて、車が家なんだ』って言った」

「そしたらエリハは、少しも驚かずに、『おもしろそう』って、嬉しそうに言ったんだ」

「なんだか、こっちも嬉しくなったよ」

「で、家に入ったら、エリハはすぐに眠っちまった」

「疲れてたんだろうな」

「俺は、あの子が寝てるのを眺めてた」

「見とれちまう、寝顔なんだ」

「可愛いし、とても……なんていうか、その、安らかって言うのかな、ま、そうなんだ」

「で、知らねえうちにまた時間が経ってて、気がついたら夕方になってた」

「俺は罠を仕掛けに行って、待ってたら、すぐにスズメを三匹ほど捕まえることができた」

「で、それを殺して、包丁で切って、持って帰った」

「家に戻ったら、エリハは外に出て、泣いてた」

27

田中がテーブルに突っ伏すようにして、うたた寝している。

「ちょっと……」

島田が、彼の脇腹を指でつつく。

「ん……なんだい？」

田中は起き、眠たげな顔で島田の方を向く。

島田はひそめた声で言う。

「いびき、かいてましたよ」

「ああ、すまない……うるさかったかい？」

「いえ、それほどうるさくは……」

「なんだ、なら、いいじゃないの」

「そういうわけにもいかないでしょう？」

「あらら、あのテープ、まだ終わってないんだね」

田中はスピーカーの方に目をやる。

そこから、少年の声が次々と現れてくる。

28

「エリハは泣きながら、『ネン！　ネン！』って叫んでた」

「そのときはまだその名前にピンとこなかったけど、俺の名前を呼んでたんだ」

「そうやってエリハは、手探りであたりを歩いてて、で、何かにつまずいて転んだ」

「俺は、あわてて走り寄った」

「杖を突きながらじゃ、あんまり速くねえんだけどな」

「行ってみたら、エリハは別に怪我はなくて、俺は安心した」

「だけど、エリハは泣いたままだった」

「どうしたのか訊くと、抱きついてきた」

「で、泣きながら、『どこかへ行っちゃったのかと思った』って」

「目が覚めたとき、俺がいなくて、それで、また一人きりになったと思ったみたいなんだ」

「俺は、『どこにも行ったりしねえよ』って、エリハに言った」

「エリハは『ほんとに？』って訊いてきて」

「で、『ほんとだよ』って、俺は言った」

「『ずっと、そばにいる』って」

「『だから、エリハも俺のそばにいてくれ』って、俺は言ったんだ」

「そしたらエリハは、『うん』って肯《うなず》いた」

「なんて言ったらいいのかな……」

「俺は、ものすごく嬉しかった」

「エリハは、俺といっしょにいることを約束してくれたんだ」

「で、その日は、さっき言ったスズメを食ってから、また、しばらく話をしてた」

「もう太陽も沈んで、夜になってて、涼しい風が吹いてた」

「俺たちは家から出て、横倒しになった自動販売機の上に、並んで座ってた」

「エリハは、『ここは静かなのね』って、驚いたふうに言った」

「それから、『あ、海の匂《にお》いがする』って」

「俺には、海の匂いってのは分かんなかった」

「だけど、ここから海は見えるから、『そうだね』って言った」

「そしたらエリハは、前に海へ行ったときのことを話してくれたんだ」

「『去年、お父さんとお母さんに、つれていってもらったの』って」
「どこの海岸って言ってたか、忘れちまったけど」
「で、そのときエリハは、生まれて初めて海へ行って、とても楽しかったそうだ」
「二人に手をつないでもらいながら、波打ち際へ行ったんだ」
「初めは怖くて、嫌だったけど、波が足を濡らしたら、とっても気持ち良かったって」
「それで、海のことが好きになったって」
「だから、波の音も波の感触も、それから匂いもよく覚えてるんだって話してた」
「でも、海のことを話したあと、エリハはまた泣き出したんだ」
「どうしたのか訊くと、エリハはこう言った」
「『お父さんもお母さんも、死んじゃったの』って」
「エリハは両親のことを思い出して、泣いてたんだ」
「あの子の両親は、交通事故で死んだんだそうだ」
「二人とも、いっぺんに……」
「それからエリハは、独りぼっちになってしまった」
「で、親戚《しんせき》の家へ行くことになった」
「でも、そこじゃあ、あんまり可愛がってはもらえなかったらしい」
「エリハは虐《いじ》められてたとは言わなかったけど、たぶん虐められてたんだと思う」
「でなきゃ、こんなところに捨てられたりはしねえ」

「エリハは、『たぶん、お金足りなくなって、だから仕方がなかったのよ』って言った」
「『だから、悪くないの』って」
「エリハはそんなことを言ってたけど、そんなのは理由にならねえはずだ」
「ペットを捨てに来る奴は多いけど、人間を捨てに来る奴はめったにいねえからな」
「しかも、死んだ人間じゃなくて、生きた人間だ」
「そんなのは、ここじゃあ、俺とエリハの二人しかいねえ」
「人間を捨てた奴が悪くねえなんて、そんなわけはねえんだ」
「俺がそう言っても、エリハは涙ぐみながら、首を横に振るだけだった」
「で、俺は何も言うことがなくなって、それでも、なんとかしてやりたいって思った」
「泣いてるエリハを見たら、誰だって、そう思うだろうな」
「心ある奴だったら、そうだ」
「で、そのときの俺は、他に何も思いつかなくて、エリハの身体を抱きしめたんだ」
「そして、そのまま二人で、じっとしてた」
「あたりは静かで、エリハは眠ってるみたいだった」
「でも起きてて、長い間そうやってたあと、『ねえ』って声をかけてきた」
「見たら、エリハは上を向いてた」
「空を見てたんだ」
「実際は、見えてねえはずなんだけど、見てた」

「で、俺も空を見上げた」

「そしたらエリハは、『星、見える？』って訊いてきた」

「晴れてても曇ってても、ここからじゃ、あんまり星は見えねえ」

「でも俺は、『見える』って答えた」

「『すごくよく見えるよ』って」

「嘘をついたわけじゃねえ」

「あのときは、ほんとにそんな感じがしたんだ」

「見渡すかぎり、空じゅうに、星があふれてるような気がしたんだ」

「少なくとも、エリハには、空いっぱいに星が見えてたんだと思う」

「その証拠に、エリハは、俺にいろいろと教えてくれた」

「いろんな星や、いろんな星座のこと」

「でも、そのときの俺には、あんまり分かんなくて……」

「実際には、星はほとんど見えてねえんだから、星座も分かんなかった」

「目をこらして見てみたんだけど、エリハの言う星座の形に、どうしてもならねえんだ」

「でも、そのことを言うと、エリハがガッカリしそうだったから、言わなかった」

「星座が見えてるふりをしてた」

「だけど、長いことそうやってるうちに、一つ見えたんだ」

「オリオン座だった」

「見えたんだ、はっきりと」
「エリハの言うとおりに、星が形になったんだ」
「俺は思わず、『見えた、見えた』って、大きな声を出して、エリハを驚かせちまった」
「でも、エリハは、すぐに嬉しそうな顔をしてくれた」
「嬉しかったな、俺も」
「本当に嬉しかった……」
「……エリハは星や星座のことを、エリハの父親から教わったんだそうだ」
「大きな円《まる》い板に、小さな玉を貼《は》り付けた物を、何枚も作ってくれたんだって」
「それは、ちょうど空の星と同じように、玉が並べられてあるんだ」
「で、エリハは、それを手で触って、空にある星を知ることができたんだそうだ」
「だから、エリハは、空が曇ってても、たとえ昼間でも、閉じた目の中に星を見れるんだ」
「春でも夏でも秋でも冬でも、どんなときの夜空をも、いつでも見ることができるんだ」
「で、エリハは、エリハの父親から教わったことを、今度は俺に教えてくれた」
「俺たちは、ほとんど毎晩、二人で並んで座って、星を見てた」
「で、ある日、俺にも見えたんだ」
「目を閉じてみたら……空いっぱいに輝く星が」
「エリハが見てるのと同じ空だ」
「そのときは、メチャクチャ嬉しかった」

「オリオン座のとき以上に大声で、『見えた』って叫んでた」

「『見える、見える、見えるよ』って」

「『星空って、こんなに綺麗だったんだ』って」

「俺は、ずっと星空を見つめた」

「鈴虫が鳴いてて」

「その声を聞きながら、エリハと並んで座って……」

「……あ」

「で、エリハと初めて会った日のことに戻るけど……」

「あのとき、俺はオリオン座を見つけてから、ずっとそればかり見つめてたんだ」

「そうしてるうちに、エリハが肩にもたれてきて」

「見ると、エリハは眠ってた」

「スースーと小さな寝息をたててね」

「で、俺はエリハをおんぶして、家の中へつれてった」

「それからエリハを後ろの座席に寝かせた」

「俺は前の席で寝た」

「他にも捨ててある車なんか、いくつもあったから、そっちへ行ってもよかったんだけど」

「なんていうか、エリハといっしょにいたかったんだ」

「起きてるときだけじゃなくて、寝てる間もそうしてたかったんだ」

「だから、それから毎晩、俺は前の席に、で、エリハは後ろの席に寝た」

「次の日の朝、起きてから後ろを向いて、それで俺はホッとした」

「ちゃんと、エリハが後ろの席にいたからだ」

「その前の日のことは夢じゃなかったんだって、そのとき、はっきりと分かった」

「で、それから俺とエリハは、二人で暮らした」

「まず、俺は、家のまわりに落ちてるガラクタを、かたっぱしから片づけた」

「エリハがつまずいて転んだりしねえようにしたんだ」

「それから、食い物を、前よりもたくさん手に入れることにした」

「肉や草をたくさんとって、あと、雨水を貯めとくバケツも増やした」

「それから……えーと、捨ててあった人形をいくつか見つけてきて、エリハにあげた」

「エリハは喜んで、その人形たちに名前をつけてたな……」

「捨てられてた人形の方も、喜んでるように見えた」

29

「ねえ」

長野が、内田に声をかける。

「今、思い出したんだけど……」

「なに？」

「相原さんの弟さんのこと、知ってる？」

「ええ。交通事故で死んだって、夫婦で」

「そう。で、その人の子供が失明したんだって」

「初耳だわ。それ、ほんと？」

「嘘じゃないわよ。相原さん自身が前にそう言ってたんだから」

「へえ、じゃあ、あの、エリなんとかっていう子、相原さんが捨てたってわけ？」

「もしかしたら、そうかなって……」

「まさか」

「わたしも、まさかって思うけど、もしかしたらって」

二人は相原の方を見る。

彼は平然としている。

内田は、長野に目を戻す。

「違うみたいだけど？」

「そうね、そんなわけないわよね。子供を引き取ったなんて話、聞いたことがないし」

「そうよ、別人よ」

「そうね。目が見えなくて、両親が事故死したなんて子、探せばいくらだっているわよね」

「そうよ。それに、だいたいさ、テープで言ってることが本当のことだとは限らないわよ」

「そうね」
「そうよ」

30

「あの子は、いろいろと俺に教えてくれた」
「俺は物の名前とか、ま、いろんな言葉を、それまでは、あんまり知らなかった」
「けど、エリハのおかげで、いっぱい覚えたんだ」
「いっぱいいね」
「エリハがいなかったら、今しゃべってることだって、ちゃんと言えなかっただろうな」
「あと……次は、何を言おうか……」
「ああ、そう、エリハは身体が弱かった」
「よく風邪《かぜ》をひいたんだ」
「夜、寝ているときに、急に咳《せ》きこんだり……」
「ときどき疲れたふうにしていたし……」
「虫団子を食ったとき、俺はなんともならなかったのに、エリハは後でゲエゲエ吐いてた」
「あのときは、俺、エリハがどうにかなっちまったんだと思って、びっくりした」
「だけど、次の日になったら、元に戻って、もう元気になってたんで、ホッとしたよ」

「そのこと以外は……」
「ああ、そのことってのは、エリハのことを心配するってことだ」
「そのこと以外は、エリハとの暮らしは、一人のときよりも、ずっと良かった」
「ずっと、ずっと、ずっとな」
「だけど、その暮らしを壊しにくる奴らもいた」
「エリハが橋に来てから、三ヶ月くらい経《た》ったころだと思う」
「いつになく暑い夜だった」
「空には雲がなくて、月も出てなくて、星がよく見えてた」
「俺とエリハは家のすぐ外に出て、風に当たってたんだ」
「そしたら、うるさいバイクの音が、遠くから響いてきて、それがこっちに近づいてきた」
「で、急にその音が止まった」
「俺は、なんか、その、むしょうに嫌な予感がした」
「で、エリハにそこにいるように言ってから、音のした方へ行ってみた」
「橋の入口のすぐ外のところに、バイクが二台あった」
「近くに男が二人いて、なんか大声で話したり、笑ったりしてた」
「俺は隠れて、そいつらを見張ってた」
「で、しばらく奴らはそうしてたんだけど、そのうち、こっちへ来だした」
「何をするともなく、ブラブラとこっちへ来るんだ」

「そこらへんの物を蹴っ飛ばしたり、棒で叩いたりしながら」
「で、俺は、奴らを見張りながら、家の方へ戻っていった」
「そのとき俺は、もう、だいたいのことが分かってた」
「奴らは俺に悪さをしにきたんだ」
「たぶん、前にも来たことがあったんだと思う」
「俺を追っかけまわして、叩いたり蹴ったりした連中のうちの、誰かだろう」
「俺は、奴らが引き返してくれればいいのにって思ったが、奴らはそうはしなかった」
「奴らは、ゆっくりだけど確実に、俺たちの家の方へ来てた」
「このままでは、家にいるエリハまで虐められちまう」
「俺はそう思って、近くにあった物を奴らに投げてやった」
「追い返してやろうとしたんだ」
「で、それは、片方の奴の頭に当たって、そいつはブッ倒れた」
「俺はもう一度、今度は置き時計か何かをつかんで、それを投げてやった」
「だけど、二回目は外れちまって、で、奴らは怒って怒鳴ってきた」
「倒れてた奴も立ち上がって、二人して、こっちへ走ってきやがった」
「俺は横へ逃げた」
「後ろへ逃げたら、奴らをエリハの方へつれてくことになるからな」
「奴らは、『待ちやがれ』とか『この野郎』とか怒鳴りながら、追っかけてきた」

「タイヤのねえフォークリフトがあったんで、その後ろに逃げこんで、陰に隠れた」

「そしたら奴らは、俺がどこに行ったのか分かんなくなったみたいだった」

「『出てこい』とか言って、バカみたいに、全然違うところを探してた」

「あたりは暗かったから、奴らにはまわりのことがさっぱり分かんねえんだ」

「奴らと違って、俺は、このへんのことに詳しいから、平気だった」

「で、俺は、また何か投げてやろうかと思ったけど、やめて、じっとしてた」

「奴らは俺を見つけられなくて、イライラしてた」

「わめきながら、棒でテレビの画面を割ったり、タンスを倒したりしてた」

「何かに身体をぶつけて呻《うめ》いてたときは、こっちは笑いをこらえるのに一苦労だった」

「俺は、そのうちあきらめるだろうって思って、奴らを放っておいた」

「そしたら、エリハの声がしたんだ」

「『ネン、どうしたの？』って」

「騒ぎを聞いて、心配になって、こっちへ来たんだ」

「奴らの一人が、『おい、杖を突いてるのが、もう一人いるぜ』って言うのが聞こえた」

「エリハも杖を使ってたんだ」

「目が見えねえから、杖で前を確かめながら、いつも歩いてたんだ」

「だから、奴らが、あの子を見つけちまったことが、分かった」

「俺は、すぐにそこから飛び出した」

「奴らは、エリハの方へ行こうとしてた」

「で、俺は奴らに、『バーカ、おまえらの相手は、こっちだ』って言ってやった」

「奴らと、それからエリハも俺に気づいて、エリハは『何があったの？』って訊いてきた」

「俺は『エリハ、戻るんだ』って言った」

「どうしたかって訊いてきたけど、俺は答えなかった」

「『とにかく、早く家に戻って、カギをかけろ』って言った」

「だけど、エリハは、そこに立ちつくしたままだった」

「何が起こってるのか分かんなくて、戸惑ってたんだと思う」

「そこへ、あの二人組が近づいていったんで、俺も奴らを追いかけた」

「俺はエリハに逃げるように言ったけど、エリハはすっかり怯《おび》えてて、動けずにいた」

「で、奴らに捕まった」

「奴らは、エリハの杖を取り上げて、乱暴に腕をつかんだ」

「俺は奴らに、『エリハに何をするんだ』って言った」

「そしたら奴らは、『ゴミには、何やったっていいんだ』なんて言いやがった」

「で、エリハを引き倒して、取り上げた杖で、叩きはじめた」

「しかも、ゲラゲラとおもしろがりながらだ」

「エリハは泣き叫んでた」

「俺は『やめろ』って言ったけど、奴らはそんなこと聞こうとしなかった」

「エリハを虐めて喜んでた」
「服を引っぱったり、髪を引っぱったり……」
「で、片方の奴が、『おい、こいつ、目が見えねえようだぜ』って言った」
「だから俺は、エリハのところへ急ぎながら、『そうだ、だから、俺にしろ』って言った」
「『目の見えねえエリハを、もう虐めるのはやめてくれ』って」
「でも、奴らは、全然やめようとはしなかった」
「そのときほど、俺は、自分の右足に腹が立ったことはねえ」
「できるだけ急いだってのに、なかなかエリハのところへ行けねえんだ」
「目の前で、エリハが虐められてるってのにな……」
「で、やっとのことで、エリハたちのところへ行けた」
「俺は、杖を持ってねえ方の手で、奴らの一人に、つかみかかっていった」
「『エリハから離れろ』って、怒鳴って」
「でも、奴らの方がずっと強くて、俺は簡単に、はねとばされちまった」
「で、『心配しなくとも、後でてめえもヤッてやるよ』なんてことを、そいつに言われた」
「俺は、どうしようもなく腹が立った」
「で、すぐに起きあがって、もう一度、そいつにつっかかっていった」
「だけど、また、突き飛ばされちまって、その上、杖を放り投げられた」
「で、そいつが、『そういや、こいつ、家とか言ってたよな』って言い出した」

「奴らは、『行ってみようぜ』ってことになり、エリハを引っぱっていった」
「俺は、すぐに追いかけようとしたけど、杖がなかったんで、それができなかった」
「杖なしじゃ、時間がかかりすぎるんで、俺は杖を拾いにいった」
「で、拾って、追いかけようとしたときは、もう奴らは家のそばまで行ってた」
「『ボロい車』とか『これが家かよ』なんて声が聞こえてきた」
「エリハはもう泣き声をあげてなくて、その分、よけいに怖がってるのが分かった」
「で、俺はまた、『やめろ』って叫んだ」
「だけど奴らは無視して、『こんなゴミの家、ブッ壊しちまおうぜ』なんて笑ってた」
「でも、そのおかげ……って言っちゃなんだが、俺はその言葉から、いい方法に気づいた」
「こっちも、奴らの大切な物を壊してやろう……って」
「実際にやらなくても、そう脅してやれば、慌てるはずだ」
「悔しいけど、奴らは、俺たちをゴミあつかいしてる」
「ゴミならどうでもいいはずだから、脅してやれば、エリハには手を出さなくなるだろう」
「そう考えて、俺は奴らに、大声で、言ってやった」
「『おまえたちのバイクを、壊してやる』って」
「で、すぐにバイクの方へ向かって、急ぎ足で歩いていったんだ」
「そしたら、思ったとおり、奴ら、大慌てしやがった」
「いろいろ喚きながら、こっちへ走ってきた」

「今度は奴らの方が、『やめろ』って怒鳴る番だった」
「俺は、もちろんそれを無視したわけだ」
「で、できるだけ、エリハから奴らを離そうと思って、俺は急いだ」
「でも、そのうち追いつかれそうになったんで、物陰に隠れた」
「で、陰から陰へ、這うようにして、伝っていった」
「奴らは、俺を見失ったみたいで、二人とも、あたりをキョロキョロやってた」
「俺はそのまま隠れてようかと思ったけど、それじゃまた、奴らがエリハに悪さをする」
「で、俺は、物陰から出ていった」
「欄干のすぐそばにある車の上に登って、そこから怒鳴ってやったんだ」
「奴らは、『そこか』って、こっちへ向かってきた」
「俺はまた隠れて、二人を待ちかまえた」
「こっちへ来たら、杖で殴ってやるつもりだったんだ」
「でも、奴らは二人とも、車の上に登った」
「で、俺は陰から飛び出して、奴らの一人の腹を杖で突いてやった」
「そいつはバランスを崩して、もう一人の肩をつかんだ」
「俺はとっさに、そのもう一人の方も、グッと突いてやった」
「奴らは、わあって叫んで、落ちていった」
「その車は端にあったから、奴ら二人とも、欄干を越えて、下の水へ落ちたんだ」

「暗くて、どうなってんのか見えなかったけど、助かりっこねえことは、分かってた」

「ずっと前に、自殺しにきた奴がいて、そいつが橋から飛び降りたことがあったんだ」

「そのときは、身体がグチャグチャのバラバラになって浮かんでた」

「だから、奴ら二人も、たぶんそうなったんだろう」

「次の日、見に行ったときは、何も見えなかったけど、そうなったに違いねえ」

「で、そのあと、俺は、エリハのところへ戻った」

「エリハは、家の前に座りこんで、片膝を抱えて、震えてた」

「俺が声をかけると、泣きながら、しがみついてきた」

「で、奴らはどうしたのか訊いてきたんで、俺は起こったとおりのことを答えた」

「そしたら、『殺したの？』って」

「エリハは、そう言った」

「『殺したの？』って、悲しそうに……」

「俺は驚いちまった」

「まさか、そんな悲しそうな顔をされるとは、思ってもみなかったんだ」

「俺は、『殺した』って答えた」

「『どうして？』って、エリハは訊いた」

「『どうしてって……殺さなくちゃ、俺たちが酷い目にあわされるじゃねえか』」

「『でも、殺すなんて……』」

「そう言って、それっきりエリハは黙ってしまった」
「で、その夜は気まずいまま、俺たちは寝た」
「俺は疲れてたから、すぐに寝入ったけど、エリハは眠れなかったようだった」
「そうなんだ、エリハは」
「優しいんだ」
「優しすぎるんだ」
「そうだ……」
「それから五日も経ってなかったと思う」
「そのときにも、同じようなことがあった」
「あれは、夕方近くだったな」
「猫の鳴き声がしたんだ」
「で、俺はそいつを探しにいった」
「すぐに、青っぽい、珍しい色をした猫を見つけた」
「だけど、猫の方も、こっちを見つけちまった」
「そうなると、奴らはいつも警戒するんで、俺はそこから動けなくなった」
「少しでも動いたら、奴らは一目散に逃げ出すんだ」
「で、そうやって手が出せずにいたら、エリハの声がした」
「どうかしたのか訊いてきたんだ」

「その声で猫がビクッとなって、俺は、こいつは逃げられたなって思った」

「でも、驚いたことに、猫は逃げ出さねえで、エリハの方へ走っていったんだ」

「で、エリハにじゃれたり、撫でてもらったりしてた」

「そのとき俺は、初めて捕まえたときの猫のことを、なぜか思い出した」

「あのときは『おいで』って言っただけで、猫は寄ってきたんだ」

「それが、とっくの昔に、そんなことをしても逆に警戒させるだけになったけどな」

「でも、エリハには簡単に近寄っていった」

「俺は感心して、エリハのところに行った」

「で、猫を捕まえて、素早く包丁で喉を切って、殺したんだ」

「そしたら、いきなり、エリハは叫んだ」

「俺はびっくりして、『どうしたんだ？』って訊いた」

「そしたら、『何をしたの?!』って」

「『猫を殺したんだ』って言うと、エリハは、わあって泣きだした」

「で、どうして殺したのかって、俺を責めるんだ」

「そのときも、俺は、そんなことを言われるとは思ってもみなかった」

「だから、ちょっと戸惑ったけど、こうエリハに言った」

「『殺さなきゃ、食えねえだろ』って」

「エリハは驚いた顔をして、『食べるの？』って訊いた」

「『そうだ』って言うと、『可哀想《かわいそう》だわ……』って」
「優しいにも、ほどがあるんだ」
「そこがエリハの良いところなんだけど、このときは、俺もちょっとムカついた」
「殺さなきゃ、食えねえ」
「食うためには、殺さなきゃなんねえ」
「このことを、エリハに言ってやったよ、何度も」
「あのときのエリハは、ここに来たばかりで、まだ何も分かっちゃいなかったんだ」
「今まで俺が持ってきた食い物も、俺が殺してきた肉だと思ってもみなかったんだそうだ」
「で、俺は、そのとき、ちゃんといろいろ教えたよ」
「エリハにはいろんなことを教えてもらったけど、俺の方から教えたこともあったんだ」
「で、俺の教えた方が、生きていくためには大事なことだったんだ」
「エリハは、初め、俺が言うことに顔をしかめてた」
「で、あんまり納得してねえ顔つきで、しぶしぶと俺の言葉に肯《うなず》いた」
「ちゃんと分かってくれるまで、だいたい、十日ぐらいかかったと思う」
「ま、それも仕方ねえんだけどな」
「俺も、初めは、そんなこと知らなかったんだから、偉そうには言えねえ」
「捨てられて、橋から出て、あの犬が猫を食ってるのを見て、そのときやっと知ったんだ」
「それに、俺もそのとき、びっくりしちまったしな」

「ふは……」
「で、その結果、片足が潰れちまったわけだ」
「ほんと、偉そうには言えねえや」
「今から思えば、エリハには、もう少し優しく言えばよかったかもしれねえな」
「俺もエリハも、橋に来るまでは、そんなこと、かけらも知らなかったんだから」
「で、そのことがあってから、俺たちは、また気まずくなった」
「それに、エリハはあまりメシを食わなくなった」
「あの、猫を殺した日は、一口も食わなかったし、次の日からも、ほとんど食わなかった」
「俺が『もっと食いなよ』って言ったときに、ちょっぴり口に入れるだけだった」
「そんなことだから、エリハは、少しずつ元気がなくなった」
「身体がフラフラしてて、歩いてはいるんだけど、しょっちゅう休んでるのが見えた」
「俺は心配になった」
「で、なんとかたくさん食わせる方法はねえかって考えたけど、何も思いつかなかった」
「そんなふうにして、猫を殺した日から、十日くらい経ったころだった」
「俺は罠を仕掛けて、獲物がかかるのを待ってた」
「そこへ、向こうからエリハが来るのが見えた」
「一瞬、罠から離れようかと思ったけど、そのままいることにした」
「そしたら、そのとき、鳩《はと》が一匹、罠の中に入った」

「俺は紐を引っぱって、そいつを箱に閉じこめた」

「で、そいつをつかんで、包丁を取り出した」

「そのとき、エリハが『待って』って言った」

「あの子は、こっちへ急いで来るところだった」

「俺は包丁を戻したけど、『こいつを逃がしてやったりはしねえぞ』って言ってやった」

「そしたら、エリハは『そんなつもりじゃないの』って言った」

「俺は、そのとき、エリハがなんのつもりなのか分かんなくて、そのまま待ってた」

「エリハは、俺のすぐ近くまで来て、鳴き声から『鳩ね』って言い当てた」

「それから、『その鳩、あたしに持たせて』って言った」

「俺はもう一度、『こいつは逃がさねえんだぞ』って、エリハに言った」

「『このごろ、鳥に罠がバレてきて、あまりかかんなくなってきたんだ』とも言った」

「そしたらエリハは、やっぱり『逃がしたりしないわ』って言った」

「だから俺は、エリハに鳩を渡した」

「エリハは鳩を片手に抱いて、『包丁も貸して』って言った」

「俺は、エリハのやろうとしてることがよく分かんなかったけど、言うとおりにした」

「『あたし、ネンのやってることを探ってたの』って、エリハは言った」

「『ネンは一生懸命やってるんだって、分かったわ』って」

「それから、『どこを刺せば、この子は死ぬの？』なんて訊いてきた」

「俺はびっくりして、何も言えなかった」

「そのときは、まさかエリハがそんなことを言い出すとは思ってもみなかったんだ」

「で、俺がぼんやりしてたら、エリハはもう一度、鳥の殺し方を訊いてきた」

「俺は、エリハの包丁を握る手を、鳩の首筋のところに持っていってやった」

「で、『ここをグッと切ってやれば、苦しまねえで死ぬんだ』って教えてやった」

「エリハは肯いて」

「で、それからしばらく、じっとしてた」

「どういうわけか、鳩もじっとエリハに抱かれてた」

「しばらくして、『やっぱり俺がやろうか？』って訊いたら、エリハは首を横に振った」

「で、一気に、鳩の首を包丁で切った」

「鳩は一、二回、バサッと翼を動かしただけで、すぐに動かなくなった」

「エリハの両手両腕は、血で真っ赤になってた」

「服にも、いっぱい血がついてた」

「あまり馴《な》れてなかったのと、包丁を刺したままじっとしてたんで、そうなったんだ」

「で、エリハはそのままの姿勢で、顔だけを俺に向け、ニッコリと笑った」

「それで、こう言ったんだ」

「『あたしも、自分の手で殺したわ』って」

「そう言ってからエリハは、フラッと倒れかかったんで、俺は慌てて身体を支えた」

「エリハはそばの物に手をついて、『大丈夫』って言った」
「それから、ふいに、『これは……』って呟いた」
「鳩と包丁を俺に返して、エリハは何かを確かめるように、手をついた物を撫でた」
「で、『ピアノだわ』って言った」
「そのときの俺はピアノを知らなかったんで、またエリハの言葉が分かんなくなった」
「それで、ピアノって何か訊くと、『見てて』って言って、鍵盤《けんばん》の上の蓋《ふた》を開けた」
「それから、『ううん、見ててって言うより、聞いててね』って、楽しそうに言い直した」
「で、エリハは血まみれの手で、ピアノを弾き始めたんだ」
「綺麗な音だった」
「それまでに聞いたことのねえ、綺麗な響きだった」
「当たり前だけど、それからも、エリハの弾くピアノ以上のものはなかった」
「エリハは、『このピアノ、少し音が狂ってる』って言ってたけど、そんなことはねえ」
「俺にとっては、いちばんの音だ」
「そのとき俺は、知らねえうちに、泣いてた」
「涙ってのは、嬉しいときにも流れるんだな」
「そのとき、俺は初めて知ったよ」
「で、あのピアノは、不思議と、エリハじゃねえと綺麗な音を出さなかった」
「俺じゃあ、うまく弾けねえんだ」

「で、俺は、それから毎日、エリハにピアノを弾いてもらった」

「エリハはピアノを弾くのが好きだったし、俺はそれを聞くのが好きだった」

31

部屋には乾いた空気が満ちている。

村上が口を開く。

「まだ、終わらないのかね？」

その声に、うたた寝していた田中が、顔を上げる。

「最後まで、口を挟まないで聞いたらどうですか？」

「ほほう、おまえさんこそ、聞いてなかったようだが」

「私たちは、ここに来る前から、相原さんの意見には賛成ですからね」

カチリ。

味方の声があがると、相原はテープを止める。

村上が訊ねる。

「終わったのかね？」

「いいえ、まだ」

「では、なぜ、止める？」

「テープを聞いていらっしゃらない御様子なので」

そこへ、田中が軽い調子で口を挟む。

「まあ、ごちゃごちゃ言わずに聞きましょうよ」

「なにも、聞かないとは言ってない」

村上は、不機嫌な調子になる。

その言葉に、田中は笑って言う。

「と、言うわけだから、相原さん、テープ回して」

相原は、再生ボタンを押す。

カチリ。

32

「そのことがあってからは、もう、ほんとに楽しい毎日だった」

「俺とエリハは、いつも同じメシを食って、同じ家で寝た」

「エリハはピアノを弾いて、俺はそれを聞いた」

「夜になったら、いっしょに星を見た」

「で……」

言葉が途切れる。

しばらく雑音だけが流れ、そのあと少年の声が続く。

「それで……」

「その年は、いつもより早く、秋になった」

「ああ、それは、ま、良かったんだ」

「涼しくなって、過ごしやすくなった」

「でも……」

「どういうわけか、鳥がほとんど来なくなったんだ」

「来たとしても、滅多に罠にかかりやしなかった」

「それから、虫も、いつもより、ずっと少なかった」

「鳥は虫をエサにしてたから、虫がいねえせいで、鳥も来なくなったのかもしれねえな」

「それから、草もだ」

「草も、それまでの年よりも、早く枯れちまった」

「要するに、一言で言えば、食う物が少なかったんだ」

「しかも一人じゃなくて二人分必要だったから、なおさらのことだった」

「太陽の出てる時間が短くなって、夜になると冷えるようになった」

「で、何日か続いて冷たい雨が降ったりやんだりして」

「それがすむと、酷く寒くなってた」

「俺は何度か冬を経験してたから、食い物を貯《たくわ》えるくらいのことは毎年してたんだ」

「でも、その年は食い物の貯えがほとんどねえまま、冬になっちまったんだ……」
「風が冷たくて、顔や手がヒリヒリ痛んだ」
「で、もっと厚い服を探してきて、エリハに着せた」
「……いつもより、ずっと厳しい冬だった」
「朝になると、あちこちに氷が張ってて、家の中にいても、吐く息が白かった」
「雪が降り始めた頃には、もう、まったく食い物がとれなくなっちまった」
「で、俺は、初めての冬のときみたいに、木や革や土を拾ってきた」
「ほんとは、エリハには、そんなものを食わしたくはなかった」
「だけど、仕方なかった」
「他に食う物がねえんだから……」
「なんとかして残してあった、肉や虫団子は、できるだけ少しずつ食った」
「ほんとに残りが少ねえもんだから、俺は食わねえで、エリハに食わせた」
「でも、エリハは、俺も食ってるのかって、いつも訊いてくるんだ」
「自分も辛《つら》いくせに、俺のことを心配してくれるんだ」
「だから俺は、肉を食ってるふりをしなくちゃならなかった」
「そうしねえと、エリハは自分も食べようとはしなかったんだ」
「それからも、冬は、どんどん厳しくなった」
「冷たい、金属みたいな風が、ピューピュー吹いた」

「台風のときよりも、エリハは怯えてた」
「夜、家の中にいると、外から風の吠えてる声が聞こえてくるんだ」
「悲しげに泣き叫んでるような声で、夜じゅう、大きく響いてた」
「それだけじゃねえ」
「風は雪を飛ばしてきた」
「氷の粒みたいな奴を、身体中に打ちつけてくるんだ」
「家の中にいても、窓に当たって、バチバチと音がした」
「窓が割れるんじゃねえかって、何度も思った」
「家の中でも寒くて、エリハも俺も、毎日、ガタガタ震えてた」
「いろいろ物を燃やして、それにあたってるときだけは、あったかくしてることができた」
「夜に焚《た》き火《び》をするのは、まあ、春でも夏でも楽しかった」
「だけど、この冬のときは、楽しみってのは、こいつだけだった」
「寒くて暗い夜に、あったかくて明るい火を、二人で並んで見るんだ」
「綺麗だし、身体もあったまる」
「でも、風が強かったり、雪や氷が降ってたりすると、それさえもできなくなる」
「で、そういうときは、鳥肌を立てながら震えるしかねえんだ」
「なのに、寒さは日に日に、さらに酷くなってった」
「毎日のように雪が降って、降らねえ日なんて、ほとんどなかった」

「雪は厚く積もって、ドアが開かなくなったくらいだ」
「ほとんど車が埋もりかけてて、俺は窓からしか出れなかった」
「で、そうやって出て、家の上や周りだけ、雪を取り除いていった」
「だけど、また次の日になれば、積もっちまってるんだ」
「雪が降ってねえときでも、積もった雪が風で舞い上がって、降ってるみたいになった」
「そして、雪が増えてくにつれて、食い物は減っていった」
「あんまりメシが食えねえんで、身体がフラフラしてきて、雪かきも一苦労だった」
「エリハも、歩くと眩暈《めまい》がするようだった」
「俺もエリハも、そのころになると、眠ったり微睡《まどろ》んでたりする時間がやけに長くなった」
「眠ってる間は辛くなかったし、寒さや空腹を忘れることができた」
「それに、寝てる方が、あまりメシを食わずにすむし、あまり体力を使わずにすんだ」
「だけど、眠ってる間にエリハがどこかへ行っちまうような気が、時々した」
「心配だった……」
「……雪があまり降ってねえときは、俺は、食い物を探し歩いた」
「けれど、歩き疲れるだけで、食い物はほとんど手に入らなかった」
「そうやってるうちに、エリハが熱を出した」
「朝、起きたら、エリハが呻いてて、酷く苦しがってたんだ」
「で、おでこを触ってみたら、すごい熱だった」

「俺はびっくりしたけど、前にエリハ自身から聞いたことを思い出して、看病した」
「まず、雪をビニール袋に入れて、それでエリハの頭を冷やした」
「それから、残してあった食い物を、エリハに食わせた」
「エリハは食欲がないとか、俺が食うようにとか言ったけど、無理矢理に食わせた」
「それで、何度もビニールの中の雪を入れ替えてるうちに、熱が下がっていった」
「あのときほど、ホッとしたことはなかったと思う」
「で、二日ほどしたら、完全に熱は下がった」
「それは、良かったんだ」
「エリハの病気は治った」
「だけど、そのとき、最後の食い物がなくなっちまったんだ」
「俺はエリハを寝かせたまま、食い物を探しにいった」
「だけど、何も見つからなかった」
「鳥も虫も、どこへ行っちまったのか、一匹もいやしねえんだ」
「もちろん草もねえ」
「木や紙や革なんかもなかった」
「あるのは電気製品や車ばかりで、たとえあったとしても雪に埋もれてて分かんなかった」
「で……」
「その日から、俺たちは、何も食えなくなった」

「口にできたのは、雪だけだった」
「雪を溶かして、水にして飲んだんだけど、寒くてなかなか溶けなかった」
「でも、水だけじゃ、どんどん力が抜けていった」
「立っているだけでも辛くて、ほとんど一日中、家の中にいた」
「前の席じゃなくて、エリハといっしょに後ろの席にいた」
「二人で身を寄せあってる方が、少しでも、あったかくしてられたからだ」
「俺たちの身体は、日ごとに弱っていった」
「特にエリハは、病気が治ったばかりだったから、俺よりも先に弱っていった」
「エリハの細かった身体が、さらに細くなっていった」
「しかも、だ」
「それだけでも大変だったのに、ある日、さらに寒くなったんだ」
「これまでにはねえ、キツイ寒さだった」
「家の中でも、肌が凍りつきそうなんだ」
「顔や手足の先が、真っ赤になった」
「俺とエリハは、一つの毛布の中で抱き合って、身体をあたためあった」
「だけど、そうしてるだけでも、どんどん体力が減っていくのが分かった」
「特にエリハは、ほとんど声も出せねえ状態だった」
「手足も酷く冷たくなってて、体温がなくなっちまいそうな感じだった」

「寒さと空腹がその原因だってことは、痛いほどよく分かってた」
「で、天候はどうしようもねえけど、食い物の方はなんとかなるって思った」
「いや、なんとかしなくちゃならねえって思ったんだ」
「外は吹雪だったけど、俺は食い物を探しに出ていった」
「エリハを一人にしておくのは心配だから、できるだけ早く見つけなきゃならなかった」
「外に出ると、あたりを粉雪が吹きつけてた」
「白く飛び交っていて、それが霧みたいになってて、先が見えなかった」
「その中を、雪に足を取られながら、食える物を探して、俺は歩きまわった」
「けれど……」
「やっぱり、何も見つかりはしなかったんだ」
「俺はトボトボと家へ戻ったよ」
「でも、このまま手ぶらで帰るわけにはいかなかった」
「なんとか食い物を持って帰らなきゃ……」
「で、そのとき、俺の目に映ったのが」
「左手だった」
「俺は、左腕の袖《そで》を肘のところまでまくりあげて」
「それから、包丁を取り出した」
「そして、左腕をそばにあったコピー機だか何だかの機械の上に置いた」

「で、包丁を腕の中ほどに押し当てて、一気に切った」
「刃のねえ方に右手を当てて、で、そこに体重を乗せたから、一気に切れたんだ」
「ものすごい痛みが走った」
「エリハに声を聞かれねえように歯を食いしばってたけど、気がつくと、叫んじまってた」
「それだけ痛かったんだ」
「腕は骨や血管ごとスッパリと切れ、血が噴き出した」
「白い雪の上に赤が散らばって、滲《にじ》んでいった」
「俺は血を止めるために、紐で腕をきつく縛った」
「まあ、そんなことしなくとも、すぐに凍って、血なんか止まってただろうけどな」
「で、それから俺は、包丁で腕や指の肉を細かく切った」
「味見しようと一つ食ってみると、腹が減ってたからかもしれねえけど、すごく旨かった」
「で、細かくするのが終わると、急いで家に持って帰った」
「エリハは俺が出たときは寝てたけど、戻ったときには起きてて、弱々しげな声を出した」
「俺は風が入らねえように、素早く家の中に入って、『食い物を持ってきた』って言った」
「エリハは力のねえ手で、俺にしがみついてきた」
「俺がいつのまにかいなくなってたんで、心細かったみたいだった」
「俺はもう一度、食い物を持ってきたことを言って、肉の一つをエリハの口へ運んだ」
「だけど、エリハは血を舐めただけで、肉を食わなかった」

「そのときのエリハには、もう肉を噛む力さえなかったんだ」
「だから俺が、代わりに肉を噛んでやった」
「で、そうやって細かくしたものを、吐き出して、エリハに食べさせた」
「それでもエリハにとっては、飲みこむだけでも、なかなか大変なようだった」
「エリハは三切れ分ばかり食っただけで、口を閉ざして、もういいってふうに首を振った」
「もう食わねえのかと訊くと、肯いて、『あとはネンが食べて』って、小さな声で言った」
「ほんとに小さい、弱々しげな声だった」
「俺は、その前に一切れ食ってたんで、あと二切れだけ食った」
「残りの肉は、食わずに、とっておいた」
「それから、唇を湿らすようにして、水を少しエリハに飲ませた」
「そうすると、エリハは暖かさを求めるように、俺の胸にもたれかかってきた」
「俺たちは二人とも後ろの席にいたんだ」
「俺は座ってて、で、エリハの方は頭を俺の膝の上に置いて、横になってた」
「エリハは、すぐに眠りについた」
「俺は、エリハの寝顔を眺めながら、そのすっかり長くなった髪を撫でてた」
「外では、あいかわらず、雪が降り続いてた」
「で、エリハを見つめてるうちに、俺は、うとうととしちまったんだ」
「どれくらい寝てたのかは、分かんねえ」

「分かんねえけど、ふと目が覚めたとき、エリハが苦しがってた」

「走ってもねえのに、ハアハアと酷く荒い息をしてたんだ」

「俺は『大丈夫か?!』って言って、エリハの名前を呼んだ」

「そしたらエリハは起きてて、俺の声を聞いて、何か言いたげに唇を動かした」

「『何、エリハ、何が言いたいんだ?』って訊くと、小さな声でエリハは言った」

「『そばにいて……』って」

「何度も息をつきながら、かすれて消えてくような声で、そう言ったんだ」

「俺は『いるよ、いるよ』って、何度も約束して、エリハの手を握った」

「エリハは喘《あえ》ぎながら、涙を流してた」

「『どうして泣くんだ?』って、俺は訊いた」

「『泣く理由なんて、何もねえじゃねえか』って言った」

「でも、エリハは泣いてた」

「呼吸は次第に浅く短くなって、ほんとに苦しそうだった」

「俺はエリハの手をしっかりと握りしめて、『大丈夫だよ、大丈夫だよ』って言い続けた」

「いくらかして、エリハは、急に激しく咳きこみだした」

「俺は、慌ててエリハの上半身を抱え上げた」

「左腕を首の後ろにまわして、で、右手でエリハの背中をさすった」

「それでも、エリハの咳は止まらず、ほとんど息ができてねえ状態だった」

「俺は背中をさすり続けた」

「そしたら、始まったときと同じように、急に咳はおさまった」

「息は荒かったけど、一つ一つは酷く小さくなってた」

「で、エリハは苦しげに息をしながら、まるで目が見えてるみたいに、俺の顔を見上げた」

「そして、何か言おうとして、唇を動かした」

「俺は『何？』って訊きながら、耳をエリハの口のそばまで持っていった」

「小さくて早い息をつきながら、エリハは『ネン……』って、俺の名前を言った」

「それから、まだ何か言おうとしたみたいだったけど、声になってなかった」

「で、続きの言葉を言わねえうちに、『はあっ……』と、ため息みたいな声を一つ出した」

「それきりだった……」

「エリハは息をやめちまってて、俺は何が起こったのか分かんねえでいた」

「初めは、ただ眠ってるだけのように見えたんだ……」

少年の声には、少しずつ涙が混じっていく。

「でも、吐息がなかった……」

「少しも息をしてなかったんだ……」

「俺は、エリハが死んでしまったことに、気づいた……」

少年は、すすり泣きを始める。

泣き声が続く。

そして、しばらくの間があってから、涙声で話し始める。

「それから俺は、エリハの名前を何度も何度も呼んだ」

「エリハは、ほんとに、ただ眠ってるだけみたいだった」

「名前を呼びかけながら、身体を揺すってやれば、今にも起き出すような気がした」

「だけど、起き出しはしなかった……」

「返事もなかった」

「エリハは二度と目覚めはしなかった……」

「ふと、気がつくと、あたりはとても静かになってた」

「雪は、もうやんでいた」

「風も吹いてなかった」

「雲もどこかへ行ったみたいで、月が姿を出してた」

「で、その月から降ってくる光が雪にきらめいてた」

「すべてのものが青白く輝いてた……」

ガチャッ。

いきなりテープは中断される。

しかし、すぐに再開される。

ガチャッ。

「待たせたな」

少年の声は元に戻り、涙っぽさは、すっかり消えている。

「電池が切れやがって、代わりの奴に入れ替えてたんだ」

「さてと、話の続きだったな」

「あの夜、俺は眠らずに、ずっとエリハのそばにいた」

「次の日も、その次の日もだ」

「で、二日目の夜が過ぎて朝になったとき、もう別れなくちゃいけねえなって思った」

「その前にも、別れのことは、ぼんやりと考えてたんだけど、やっと決心できたんだ」

「エリハは前に、『お父さんとお母さんは、星になったの』って、言ったことがあった」

「『星になって、あたしを見てくれているの』って」

「だから、エリハも星になるようにしなくちゃいけなかった」

「星になった両親のところへ、つれていかなくちゃいけなかった」

「いつまでも、エリハを俺のそばに閉じこめておくわけにはいかなかった」

「普通のやり方だと、墓ってところに埋めるんだそうだが、ここにはそんなものはねえ」

「で、エリハは海が好きなんで、俺はエリハを海へつれていくことに決めた」

「だけど俺は、どうすれば海へ行けるのか知らなかった」

「でも、エリハが『水はどこかで海とつながってる』って言ってたのを、思い出したんだ」

「そこで、橋の下の水へエリハを流すことにした」

「ほんとは、もっと綺麗な水のところが良かったんだけど、そこしかなかった」

「で、俺は、エリハの身体を毛布で包んで、橋から落とした」

「薄く張ってた氷を破って、エリハは水の中へ入っていった」

「きちんと毛布で包んであったんで、バラバラになったりはしなかった」

「きっと、綺麗なままで海まで行ったと思う」

「そして、今ではもう、ちゃんと星になったはずだ……」

ここで間ができる。

しばらくしてから、鼻で笑ったような音がする。

「ふはっ……」

「もう、話すことはねえ」

そこへカラスの鳴き声がする。

「くそっ」

「あっちへ行きやがれ、バカガラス！」

何かを投げたらしき音がし、「ギャア」とカラスの叫びが起こる。

「ふはっ、赤いな」

「赤いカラスだ」

「ふはっ……」

「ふはっ、話は終わり」

「これで、おしまいだ……」

ガチャッ。

33

カチリ。

相原が、テープを止める。

「以上です」

「やっと終わったか」

村上が、聞こえよがしに言う。

相原は、それを無視し、部屋にいる全員に向かって言う。

「これでD－ブリッジ……」

「いえ、横浜ベイブリッジの、現在の状況が、これでお分かりになられたことと思います」

相原の声には、確信がこもっている。

「現状が非常に悪いのは分かった」

村上が言う。

「だが、そこまで行くと、もう手のほどこしようがないと思うが」

彼の言葉に、賛同の声が、いくつか上がる。

それに対して、相原が言う。

「ええ、このまま放っておけば、そうなるでしょう——」

「ですから、今のうちに手を打っておきませんと」

そこへ、内田が口を挟む。

「あんなところに、多額のお金をかける意味があるのかしら？」

田中が、それに答える。

「あんなところだからこそ、意味があるんじゃないかな」

「私としては——」

吉田が言う。

「とにかく、あんなところは綺麗に潰してしまった方がいいと思うわ」

このあと、会議は一〇分ばかり続く。

そして、旧臨海区域開発計画へ多額の予算がおりることが決定される。

34

その夜、相原はいつも通りに帰宅する。

妻が出迎える。

服を着替えるとき、ポケットにテープが入ったままになっていることに気づく。

書斎の椅子に座って、ブランデーを飲む。

相原は立ち上がり、本棚の一部を占めているデッキにテープを入れる。

椅子に戻ると、机の上にあったリモコンを手にし、再生ボタンを押す。

カチリ。

テープは再び回りはじめる。

雑音が続く。

「やはり、もう終わりだな」

相原は停止ボタンを押しかける。

しかし、そのとき、かすれた声がする。

「なんだ、こいつ。まだ生きてやがったのか」

相原はリモコンを机に置く。

35

「あんた……」

「この前は俺、おしまいだって言ったよな」

「だけど、まだ言いたいことがあるんだ」

「……もう少し聞いてもらう」

「いいか、ちゃんと最後まで聞けよ」

「俺は、な」

「俺は……」

「……俺は」

「俺は……ここにいる」

「そうだ……」

「ここにいるんだ」

「ここにこうして、ちゃんといるんだ」

「俺は、いるんだ」

「俺っていう奴は、ここにいるんだ」

「ここで、息をしてる」

「あんたが聞いてることを、今、喋《しゃべ》ってんだ」

「分かったか？」

「なあ、分かってんのか？」

「俺は、ここにいるんだよ」

「ほら、ここに」

「俺の声を聞け」

「絶対に聞け……」

「誰でもいい」

「何年後でもいい」

「何十年後だろうと、何百年後だろうと」

「俺が死んだ後でもいい」

「このテープの声は、ずっと永遠に残るんだろ」

「だから、もう、いつでもいい」

「とにかく聞け」

「聞くんだ」

「聞いて、俺がここにいたってことを知るんだ」

「俺のことを知れ」

「知るんだ」

「俺の存在を知るんだ」

「俺はここにいる」

「俺は生きてたんだ！」

「生きてたんだ」

「一生懸命にな……」

少年の息は荒くなっていく。

「俺は……」

「俺は……」

「俺は死にたくねえ」

「死ぬのは嫌だ……」

「こんなところで死んじまったら、俺もゴミになっちまう……」

「ほんとに、ただのゴミになっちまって、虫や鳥に食われちまうだけだ」

「嫌だ」

「嫌だ……」

「そんなのは嫌だ！」

「このまま誰にも知られずに死んで、ゴミになって、エサになって」

「で、俺という存在が、跡形もなくなっちまうなんて……」

声はかすれ、息はますます荒くなっている。

「それに、このテープも」

「こんなもの、橋の外にいる奴らにとっちゃ、ゴミなんだ」

「分かってんだよ、俺には」

「俺の声が入ったテープも、あたりにあふれてる他のゴミと何も違いはねえんだ」

「ただのゴミなんだ」

「誰も聞きやしねえんだ」

「俺がここにいたことなんか、誰も覚えちゃいねえんだ」

「分かってるのなら、いい加減にすればいいだろうに」

36

相原は呟く。

ブランデーを飲み、窓の外を眺めている。

37

「ふはっ……」

「くそっ」

「くそったれ！」

声と声の間隔が、しだいに長くなっていく。

「……くそっ」

「聞いてくれ……」

「聞いてくれよ……」

「……ふはっ」

「ふははは っ」

「俺は死ぬ」
「もうすぐ死ぬ」
「もう立つこともできねえ」
「もう長くはねえんだ」
「こうやって喋るだけだ」
「どういうわけか、喋る力だけは、どこからか湧《わ》いてくるんだ」
「ふはは、ははっ」
「誰も聞きやしねえ、無駄なことだって分かってんのにな」
「……ふ」
「なあ……」
「頼む……」
「頼むよ」
「俺が、ここに、いたってこと……」
「知ってくれよ……」
「俺と……」
「そして、エリハは」
「……ここに」
「この橋に……いたんだ」

声は急激に弱々しくなっていく。

「なあ……」

「俺は、今……一人だけど」

「ちゃんと、ここに……」

「今、ここに……」

「いるんだ」

「……いるんだよ」

「知ってくれ……」

「ああ……」

「俺は、もうすぐ」

「死んでいく……」

「もう、まわりが、見えねえ……」

「赤い……」

「赤い、空しか、見えねえ……」

「はあ……」

「空も、雲も……赤いな……」

「俺は……」

「死ぬ」

「でも……」

「いた、んだ……」

「……俺は」

「いたんだ……」

「俺は……」

「……俺は……」

「……ここに」

「いた……」

「……んだ……」

小さな、切れ切れの息づかい。

カラスの声。

息づかいが、途切れる。

雑音。

38

カチリ、という音がして、テープは自動的に止まる。

相原は笑う。

残っていたブランデーを飲みほす。
そして、D－ブリッジを眺める。
そのとき、ふと、目の前が赤くかすんだような気がする。

39

その日は、今年初めての真夏日だった。
太陽は生きている者にも死んでしまった者にも平等に、光を投げかけていた。
D－ブリッジに捨てられた乗用車にも、強い日差しが降った。
乗用車の、タイヤの下には、ゴミがあった。
乗用車の近くを、ゴミが、取り巻いていた。
乗用車から遠いところにも、やはり、ゴミがあった。
ずっと、ゴミが並んでいた。
ゴミ、ゴミ、ゴミだった。
ゴミばかりだった。
車の窓は閉め切ってあった。
フロントガラスに、ヒビの入った虫眼鏡が貼り付けられてあった。
レンズが作る光の焦点となるあたりには、新聞紙が散らばっていた。

車の中には、油が撒《ま》かれてあった。
新聞紙から白い煙が出るとほぼ同時に、車は爆発した。
炎が吹き上がった。
周囲のゴミへと、火は広がっていった。
やがて、橋にあるすべてのゴミが燃え上がった。
黒い煙が、大量に立ち上った。
巨大な爆発が起こった。
橋もゴミも吹き飛んだ。
海へ、陸へ、空へ。
すべてが赤くなった。

第十回
日本ホラー小説大賞
《短編賞》受賞作
（二〇〇三年）

白い部屋で
月の歌を

朱川湊人

朱川湊人（しゅかわ・みなと）

一九六三年大阪府生まれ。慶應義塾大学卒業後、出版社勤務を経て二〇〇二年、「フクロウ男」で第四十一回オール讀物推理小説新人賞を受賞しデビュー。〇三年「白い部屋で月の歌を」で第十回日本ホラー小説大賞《短編賞》を受賞。〇五年『花まんま』にて第百三十三回直木賞を受賞。他著に『わくらば日記』『かたみ歌』『アンドロメダの猫』『鬼棲むところ』など多数。

「恐怖小説としては相当に高いレベルの作品である。最後の場面の美しさが格別だ」

——高橋克彦（第十回日本ホラー小説大賞選評より）

あなたは、月が啼《な》くのを聞いたことがおありでしょうか。

いえ、ふざけているのでも、気取った物言いをしているわけでもありません。実際に月は啼いているのです。

繊細なガラスの細工物が震えるような、あるいは童話の小人が静かに奏でる笛のような、柔らかく清浄な音色で、確かに月は啼いているのです。

その音の高さは満ち欠けの具合に関係しているらしく、細い三日月の夜は鋭く、明るい満月の夜はのびやかに啼きます。まるで月にも心があって、浮かんでは消える喜び哀しみを、気持ちのままに歌っているように聞こえます。

もっとも、その音色はとても小さいので、あなたが住んでいらっしゃる大きな街では、耳にするのは難しいかもしれません。私が日々を過ごしている山の奥のような場所でなければ、あのかすかな歌は聞き分けられないでしょう。

もちろん山の中も、虫や鳥がせわしく鳴いていたり、風や雨に緑が踊ったりするので、まったく静かというわけではありません。ですが、人も機械も怒鳴りちらしている街の中よりは、よほど静かです。

月が奏でる音色に耳を澄ますのが、私は好きです。

あるかないかのその歌を聞いていると、胸の中に静かな振動が芽生え、ゆっくりと体の隅々に行きわたっていくような気がします。その感覚に身を任せていると、私は不自由な身も忘れて、とてもやすらいだ気持ちになれるのです。

あの清らかな音色を、たとえ一度でも、あなたに聞かせてあげたい――いつの頃からか、私はそう思っていました。あなたはそんなことに、少しも興味がないかもしれないのに。

あぁ、『白い部屋』で二人、あの月の歌に耳を傾けることができたなら、どんなに私は幸せでしょう。そしてその美しさを、あなたが愛してくれたなら。

けれど、それも今は叶《かな》わぬ願いでしょう。

私の心は、もうすぐ死にます。

1

女の人が泣いています。

「どうして……どうして私ばっかり、こんな思いをしなくちゃいけないのよう。私が何をしたって言うのよう」

だいたい三十歳くらいの年齢でしょうか。白地に細いストライプが入った、品のいいスーツを着ています。胸元に挿した赤いバラのコサージュが少し唐突な感じでしたが、それはきっと最後の日、彼女が自分自身に手向けた花なのでしょう。

「あの女が現れるまでは幸せだったのに……何もかもうまく行ってたのに……ちくしょう……みんな、あの女のせいだ」

邪《よこしま》な呪文のように繰り返しながら、女の人は床を何度も何度も叩《たた》いています。

そこはいつもの『白い部屋』の中でした。

一つの壁が四メートルほどの真四角の部屋で、あまり広いとは言えないでしょう。家具は何もなく、窓も扉もありません。ただ白い壁、白い柱、白い床だけがあり、天井だけが鈍い銀色です。光はどこからも入ってはこないのに、部屋の中がぼんやりと明るいのは不思議でした。

その部屋の隅に座り込み、壁に身をもたせかけている彼女を、私は少し高いところから見下ろしていました。

私はこの部屋の中を、どの位置からでも見ることができるのです。小さな人形の家を眺めるように、距離も角度も思いのままです。

けれど部屋の中にいる彼女には、私の姿は見えません。その気になれば、こちらの方から声をかけることもできますが、とても彼女と言葉を交わす気は起こりませんでした。

彼女の煩悶《はんもん》は続いています。

長い髪がカーテンのようにかかっていて、顔を半分以上隠していました。時おり苦しげに歪《ゆが》めた口元が見え、そこから覗《のぞ》く歯が湿った光を放っています。その歯は血にまみれて、錆色《さびいろ》でした。

突然女の人の首が、がくりと前に倒れました。

彼女は片方の手で自分の顎《あご》を持つと、ゆっくりと元の位置に戻しました。その首の真ん中あたりに細い朱色の革ベルトが食い込んでいて、首全体を砂時計のようにくびれさせています。

彼女は首を吊《つ》って、自らの命を終わらせてしまったのでした。その時、華奢《きゃしゃ》な骨が砕けてしまったようです。

「誰?」

不意に女の人が叫びました。今度は首が後ろに倒れます。その拍子に髪が振り払われ、赤く腫《は》れた顔が露《あらわ》になりました。ぶよぶよになるまで熟れてしまった赤い果実のようです。

彼女は両手で首を支え起こして、部屋の中をゆっくりと見回しました。赤く潤んだ眼球が、得体《えたい》の知れない生き物のようにぐりぐりと動いています。

「私を見てるんでしょ？　誰なのよ」

こんな時でも、私は目を背けることができません。この部屋をどこからでも見られるということは、この部屋を見続けなければならないということでもあるのです。

私は彼女に恐怖を感じていました。その気配を捉《とら》えられたのでしょうか、彼女は私のいる方向を悟ったようです。見るものすべてを凍らせてしまうような瞳《ひとみ》で、鋭く私の方を睨《にら》みつけました。

「人が苦しんでいるのを眺めるのは、そんなに楽しいかいっ！」

氷の刃《やいば》のような怒りの念が、彼女から無数に飛び散りました。部屋の壁に阻まれ、私の元に届くことはありませんでしたが、それはいっそう私を怯《おび》えさせました。

（先生！）

心の中で叫んだ、その瞬間です。

銀色の天井を突き破って、巨大な鋏《はさみ》が部屋の中に出現しました。

鋏といっても、紙や布を切るようなものではありません。先端が輪になった、いわゆる鉗子《かんし》というものです。

「何なの？　やだ、やめてっ！」

それが何のために姿を現したのか、すぐに悟ったのでしょう。バラのコサージュをつけた女の人は叫びました。

人間の体以上に大きな鉗子の先が、匂いを嗅《か》ぎ回る生き物のように部屋の中をさまよっています。それを見る彼女のおののきが、そのまま私に伝わってきました。

できれば私は、これから起こることを見ずに済ましたいと思いました。それは何度見ても恐ろしいのです。馴《な》れることなど、けしてできないのです。

「やだよう、助けてぇ！」

ぐらつく首を押さえながら、彼女は必死に鉗子の先端から逃げています。

（ジュン、ちょっと手を貸して）

外から先生の声がしました。そのお言葉に、逆らえるはずもありません。覚悟を決めて、逃げ回る女の人に向かって私は手を伸ばしました。

部屋の中に私の両腕だけが出現し、彼女の肩をつかみました。どういうわけか、この部屋の中では、私の体は現実以上によく動きます。

「やめてぇ！　放してっ」

泣き叫ぶ女の人の体を、私は白い壁に押しつけました。その手に、彼女の体の柔らかさが伝わってきます。

「放せっ、この野郎！」

今までこの部屋を訪れた人のほとんどが、いつもこの時になって私を罵《ののし》ります。そのたび、その言葉が鋭い針になって、全身につき刺さるような気がしました。けれど、こうすることがその人たちの――行き場をなくした霊たちのためになることなのです。

私は心を石にして、暴れる彼女を力いっぱい押さえつけました。

やがて鉗子の先が、彼女の頭を探り当てました。次の瞬間、その先端が巨大な獣の顎のように大きく開かれます。目を背けることはできません。

「イヤだ、イヤだよう」

死してなおもこんな目に遭わされるのは、不幸としかいいようがないでしょう。けれどどうする他に、彼女を救ってあげる方法がないのです。

「大丈夫です、大丈夫です」

私は初めて声をかけました。けれど彼女の心には、まったく届いていないようでした。

巨大な鉗子が、彼女の頭を挟みました。

摘まれた葡萄《ぶどう》の粒のように、顔ごと細長く変形します。

そのまま上に引っぱられて、白いスーツの体が浮きあがりました。

そのタイミングに合わせて、私は押さえていた手を放します。ばたばたと苦しげに足を動かす様子が、彼女の臨終の光景を思わせました。

鉗子はゆっくりと天井の銀色の中に戻っていき、彼女の体も一緒に天井にめり込んでいきます。

顔が見えなくなり、バラのコサージュが見えなくなり、腰が見えなくなりました。暴れていた足は観念したように力を無くし、だらりとぶらさがって、その美しい曲線を私に見せつけました。

やがて爪先《つまさき》までが銀色の中に消えてゆき、同心円の波紋が数秒間だけ天井に残りました。

（ジュン……ありがとう、全部済んだわ）

しばらくして、優しそうな先生の声が頭上から響いてきました。

そこで私は初めて、大きな溜《た》め息をつきました。どうにか無事、仕事を終わらせることができたようです。

（今すぐに戻してあげるからね）

先生のお言葉と同時に、陽炎《かげろう》越しに見る光景のように、部屋の壁がゆらぎ始めます。そのゆらぎは次第に大きくなって、ついには激しく泡立ちます。何もかもが、きらきらと踊る光の粒になったかと思うと、不意に一つに溶け合って、すっと遠ざかっていきました。

突然、言いようのない重さが体にのしかかってきます。

腕一本、指先一つ動かすのにも凄《すさ》まじい労力が必要な世界に、私は帰ってきたのです。

「ジュン……お疲れさま」

そう言いながら、先生が体を起こしてくださいました。

目を開いた私が初めに見たものは、薄暗い部屋の中で蒼白《そうはく》の表情を浮かべた、四、五人の大人の男女でした。年齢はまちまちですが、みんな同じような青いスーツを着ています。おそらくは、この部屋の持ち主である不動産屋さんにお勤めの方々でしょう。一部始終を目の当たりにしてショックを受けたのでしょうか、誰もが無言で私を見つめていました。耐え切れずに、涙を流している女性もいます。私はその無遠慮な視線が嫌で、わざとその人たちの方を見ないようにしました。

「ご苦労だったな」

床に敷いた毛布の上から私を抱きあげながら、リョウさんが小声で言いました。タバコ臭い息が鼻について顔を背けたくなるのを、私は必死で堪《こら》えました。

「仕事はすべて終わりました。もう窓を開けていただいて結構ですわ」

先生がおっしゃると、スーツ姿の若い男の人が、勢いよくカーテンと窓を開けました。今日のために特別に吊ってもらった、青い遮光カーテンです。

窓の外には、美しい夕焼けが広がっていました。今まですべての流れが止まっていた部屋の中に、時間と風が戻ってきます。

私たちがいるのは、ある大きな街のマンションの一室でした。

空室なので、家具らしいものは何もありません。前の住人が観葉植物の鉢でも置いていたのでしょう、窓際の床に大きな円の跡が残っているのが目につきました。

「本当に部屋の雰囲気が変わってるわ」

夕日の差し込む部屋を見回しながら、一人の女性が感じ入ったように言いました。私はリョウさんに車椅子に座らせてもらいながら、当たり前なことを……と思いました。先生の手にかかれば、この程度の除霊は朝飯前です。あのバラのコサージュの女の人がこの部屋に姿を現すことは、もうないでしょう。

「さすがはシシィ姫羅木《ひめらぎ》先生……こんな光景を見せられれば、霊魂の存在を信じないわけにはいきませんな」

ハンカチを額に当てながら、太った初老の男性が言いました。

禿げ上がった頭頂に残りの髪を集めた、奇妙な髪形をしている人です。どうやらこの人が、今回のスポンサーのようです。

「私もこの歳まで生きてきましたが、正直、こんなことが現実に起こるとは」

そう言いながら、男性はちらりと私の方を見ました。その目には、恐れと戸惑いの色がはっきりと現れています。

いつものこととはいえ、私はそんな風に見られるのが嫌でした。

仕事中の姿を自分で見ることはできませんが、以前、リョウさんからその様子を聞いたことがあります。何でも意識を無くした私の口から、中に入った霊魂の声が、まるでラジオのように流れ出ているのだそうです。普通の人から見れば、それは確かに恐ろしい光景に違いありません。

「これでもう、この部屋は大丈夫ですよ。安心して借り手を探してくださいな」

先生は白い位牌《いはい》を紫の布で包みながら、おっしゃいました。額に浮かぶ汗の玉が、尊い宝石のように輝いています。

バラのコサージュの女の人の姿を、私は心に思い浮かべました。彼女は今、あの位牌の中にいます。先生の偉大なお力で、あの中に封じられているのです。

「私たちの仕事は、ここまでです。後はよしなに」

先生が位牌の包みを差し出すと、初老の男性は驚いたように顔をあげました。

「先生、これをどうしろとおっしゃるんですか？」

「それはそちらさまの自由です。もともとこの部屋にいたものですから……事務所の飾り物にしようが、燃えるゴミの日に出そうが」

「そんな」

男性は、泣き出しそうな表情を浮かべました。

「そんなことをしたら、祟《たた》られませんか」

「その時は、またご一報いただければ参上しますわ。私どもはあくまでも除霊……その場から霊を取り除くのが仕事ですから、浄霊や供養は専門外なんですの。だから同業者の中には、『はがし屋』なんて失礼な呼び方をする人間もいるくらいで」

「急にそんなことをおっしゃられても、困りますよ」

初老の男性は差し出された位牌の包みを、小さな子供のように首を振って受け取ろうとしませんでした。

「どこかのお寺で、供養してあげればいいじゃありませんか。簡単なことですよ」

私の横にいたリョウさんが口を挟みます。

「まぁ、もっとも、これだけの霊を浄化できる人間が、あちこちに転がっているとは思えませんがね」

「ですからこそ、先生方のお力でどうにか」

男性は、深々と先生に向かって頭を下げました。そこにいた人たちすべてが、それに倣います。

しばらく考え込むふりをした後、先生はおっしゃいました。

「私が直にどうこうすることはできませんが、適切に霊の供養をしてくれる人間を知っていますわ。よろしければ、ご紹介してさしあげましょう」

先生のお言葉を聞いて、男性はうれしそうに顔をあげました。いつものパターンです。

「詳しいことはこちらの者に聞いてください。私は少し疲れましたので、先に失礼させていただきます」

そうおっしゃいながら、先生はリョウさんに位牌を手渡しました。リョウさんは白々しいほどの恭しさで、それを受け取ります。

「行きましょう、ジュン」

先生は私の顔に紫の絹布をかけ、車椅子を押してくださいました。

部屋を出てエレベーターに乗るまでは誰かが送ってくれたようですが、エレベーターの扉が締まると、私と先生は二人きりになりました。

「まったく、ちょろいわねぇ」

小さな声で先生が呟《つぶや》かれるのが、私にははっきりと聞こえました。

地下駐車場に停めたワゴン車の中で待っていると、リョウさんが戻ってきました。黒いフィルムを貼った窓ガラス越しに見ると、道具の入った大きなトランクを両手に下げたその影は、大きなやじろべえのようでした。

ふくよかな先生と比べれば、リョウさんは木の枝のように痩《や》せっぽちです。お酒ばかり飲んで、ろくに食べないからだと先生はよくおっしゃいます。

「簡単にまとまったよ、姉貴。供養料として百三十万上乗せ」

リョウさんは、トランクを車に積み込みながら言いました。

「やっぱり、そういう仕事はあんたに限るわね」

私の隣りで、先生が笑いながらおっしゃいます。実際の供養料は三十万円くらいらしいので、百万円の収入アップです。

リョウさんは運転席に乗り込むと、上着の内ポケットから位牌の入った紫の包みを引っぱり出しました。先生はそれをお受け取りになると、ハンドバッグの中から小さなコンパクトを取り出されました。中には特殊な油を染み込ませた木綿糸が入っています。

先生はいつもの呪文を小さな声で唱えながら、包みの上から位牌を糸でぐるぐる巻きになさいました。そうすることで、位牌からあの女の人の霊が出てこないよう、縛りつけるのだそうです。

「これでいいわ。あとはよろしくね」

「いつもの寺に入れとけばいいんだよな？」

先生から位牌を受け取ったリョウさんは、そのままそれを車のダッシュボードに放り込みました。私にはよくわかりませんが、どこかのお寺に納めて供養してもらうのだそうです。

「先生……あの女の人は、これで救われるんでしょうか」

私が問いかけると先生は優しくほほ笑まれて、温かな指先で私の頬と髪を撫《な》でてくださいました。

「大丈夫よ、ジュン。あの人はもう十年以上も前に、あの部屋で自殺した人なの。それ以来、ずっとあそこに居ついて、引っ越して来た人たちに自分の存在を訴え続けてきたのよ。なかなか気づいてもらえなくて、きっと寂しい思いをしていたでしょうね……でも、もう大丈夫。お寺で供養されれば、時間はかかるかもしれないけど、ちゃんと行くべきところに行けるわ」

私はダッシュボードの方を見ました。

先生のおっしゃる〝行くべきところ〟がどこなのか、私にはわかりません。けれど、彼女の魂が一日でも早く平安を取り戻せればいいと、心から思いました。彼女は十年も一人で恨み、嘆き続けてきたのですから。

「そうそう、今日のご褒美よ……リョウ、ちゃんと買っておいてくれたわね？」

車が走りだし、マンションの地下駐車場を出てから、先生がおっしゃいました。

ハンドルを握っているリョウさんは、助手席に置いてあったらしい紙袋を、前を向いたまま先生に手渡しました。

「何だと思う？　すごくいいものよ」

先生は顔いっぱいに笑みを浮かべて、袋から一冊の本を取り出してくださいました。

「これ、何ていう動物か知ってる？」

本の表紙には、水の中から飛び出している魚の姿が写っていました。その尖《とが》った鼻先には、カラフルなボールが浮かんでいます。きっとそのボールめがけてジャンプした瞬間を捉えた写真なのでしょう。

「これはイルカっていう動物よ。水の中に住んでいるんだけど、お魚じゃないの。ほら、見てごらんなさい」

先生は私の膝《ひざ》の上に、本を置いてくださいました。

「あぁ、すてきです……なんてきれいな生き物なんでしょう」

私は本の表紙を眺めました。イルカはとてもなめらかで、美しい体をしていました。それを見るだけで、言いようのないうれしさが心の中に広がっていきます。

「これは、なんと書いてあるんですか」

表紙の隅に書いてある文字を指差して、私は尋ねます。

「それは『よいこのどうぶつずかんシリーズ』って書いてあるの。ほら、お家にあるワンちゃんや猫ちゃんの本と同じシリーズなのよ」

私は部屋にある本を思い出しました。なるほど、本の大きさや厚さも同じですし、文字の形も同じです。

私はゆっくりとページをめくりました。自由に動かない指先でも、その厚いページなら楽にめくることができます。

大きな写真に、何か文字が書いてあります。これが読めたら、きっといろんなことがわかるのでしょう。けれど私は文字が読めませんので、写真を眺めるばかりです。先生が読んでくだされば楽しいのにとも思いますが、自分からお願いするのは、とても畏《おそ》れ多いことでした。

「大きな噴水の中に、イルカは住んでいるんですね」

その本の中で、イルカはコンクリートに囲まれた池にいました。お屋敷の庭にある噴水を、ずっと大きくしたような池です。

「違うわ。これは、どこかの施設で飼われているイルカなの。本当は海にいるのよ」

「海……ですか」

何となく聞き覚えのある言葉でしたが、それが何を意味するのか、思い出すことはできませんでした。

「何だジュン、お前、海を知らないのか？」

運転しながら、リョウさんが冷やかすような口調で言います。バックミラーに映っているその顔が大嫌いなネズミに似ていて、私はぞっとしました。

「もしかすると、お屋敷の前にある道を、ずっと行ったところにあるやつですか」

「ありゃあ湖だよ。海は、もっともっとデカいんだ。月は昇るし日は沈む」

そう言った後、リョウさんは大きな口を開けて笑いました。けれど私には、その言葉の意味がよくわかりませんでした。

「あんな山の中で暮らしてりゃあ、しょうがねぇか。よし、今度、近くまで行ったら見せてやるよ。いいだろ、姉貴？」

「近くに行く機会があればね」

先生は私の顔をごらんになりながら、優しくほほ笑まれました。

2

私は自転車に乗っていました。

どこか知らない街の歩道です。右手には車道があり、ひっきりなしに車が走っています。左手は公園なのでしょうか、背の低い格子の柵《さく》が続いています。その向こうに植えられた紫陽花《あじさい》が風に吹かれて小刻みに震え、まるで外に出ようとするのを格子に押し止められているように見えます。

細かな霧のような雨が絶えず顔に降りかかり、ハンドルを持つ手がぬめついていました。空には灰色の雲が、かなりの速さで流れています。その日は朝からずっと、そんな天気なのでした。

けれど私の心は、妙に浮き浮きしていました。まるで空気のいっぱい入った風船のようです。楽しみでたまらない何かに、心を支配されています。待ちに待った喜びの時間を、まもなく迎えようとしているのです。

やがて目の前に大きな道路が現れました。私はブレーキを握りかけましたが、幸運なタイミングで目の前の信号が青に変わりました。

（やった！）

私は少しもスピードを落とすことなく、横断歩道に飛び出しました。

その瞬間です。

巨大なダンプカーが、突然右手の方から現れました。同じ方向からやってきたその車が、一時停止することなく、一気に左折したのです。

叫ぶ間もないほどの出来事でした。

行く手を巨大な車体に遮られた私は、慌ててブレーキをかけながらハンドルを切りました。けれど到底間に合わず、回転している巨大な後ろのタイヤに、まともにぶつかりました。

あっと思う間もなく、私の体はその回転に巻き込まれ、自転車から引き剝がされます。

叫び声をあげますが、獣の咆哮《ほうこう》のようなエンジン音にかき消され、運転者の耳には届いていないようでした。

私の体はタイヤと泥除《よ》けの間に挟まれ、砕かれました。頭から温かいものが噴き出し、体中の骨が逆方向に捩《よ》じれます。

普通なら見えないはずの背後が、はっきりと見えました。歩道で何人もの人が、驚愕《きょうがく》と恐れの表情でこちらを見ています。その中に、バラのコサージュを胸に挿した女の人の姿があるのを、私は目の端で捉えました。

彼女は両手で自分の頭を支えながら、こちらを見ていました。伸び切った首には細い朱色の革ベルトが食い込み、砂時計のようにくびれています。

長い髪の隙間から見えるその顔は、確かに笑っていました。血で錆色に染まった歯をむき出しにして、私の体が砕かれてゆくのをうれしそうに眺めています。

痛みはありませんでした。ただ、凄《すさ》まじい恐怖があります。

私は叫びました。出せる限りの声を張りあげて、絶叫しました。

「ジュン！」

はっきりとした先生の声が聞こえます。

「ジュン、目を覚ましなさい」

体を起こされ、私は目を開きました。

「また怖い夢を見たのね？」

白いネグリジェ姿の先生が、目の前にいらっしゃいました。不安げに眉《まゆ》を寄せ、私をのぞき込んでいらっしゃいます。

そのお顔を見ても、恐怖はすぐには消えてくれませんでした。タイヤと泥除けの間に挟まり、体を砕かれていく感覚が生々しく残っています。

「とても怖い夢でした。大きなダンプカーに轢《ひ》き潰《つぶ》されるんです」

「かわいそうに……この間の子供の記憶ね」

そう言いながら先生は私の頭を抱きしめ、柔らかい胸に押し当ててくださいました。

私は数日前に、交通事故で亡くなった十歳の少年の霊を『白い部屋』に導き入れたことがあります。

彼は何年も前に、横断歩道を自転車で渡っている時に、左折してきたダンプカーに轢き殺されてしまったのです。お小遣いをためて、新発売のゲームを買いに行く途中だったといいます。

彼の霊は地場のエネルギーにつかまり、先生のおっしゃる〝行くべきところ〟に行けませんでした。そのために死んだ場所にとどまり続けることになり、やがて自転車に乗ったその姿が、たびたび目撃されるようになったのです。

いたたまれなくなったご遺族が、先生に仕事を依頼してこられました。先生は難なくその少年の霊を地場の拘束から引き剥がされ、死後もそのままにされていた部屋に送り届けました。その時、私の体の中に彼の霊を入れたのです。

私が見たのは、その少年の最後の記憶に違いありません。あの子は、こんなにも恐ろしい思いをして死んでいったのです。

「怖がらなくてもいいのよ……ジュンが見たのは、全部幻なんだから。あなたはちゃんと、自分のベッドの中にいるの」

先生は震える私の手を握り、優しい声でおっしゃいました。

あぁ、先生はなんてすばらしい方なのでしょう。

どんなに怖い時でも先生に抱きしめてもらえば、不思議なほど心が落ち着くのです。先生が近くにいてくださるだけで、勇気が出てくるのです。

「今日の仕事の女の人もいました……私を見て、笑っていました」

「かわいそうに」

そうおっしゃいながら、先生は私の髪を指先で撫でてくださいました。

私の仕事は憑坐《よりまし》です。

未熟な私に詳しいことはわかりませんが、地場から引き剥がした霊魂は、その状態では極めて不安定です。下手をすると、剥がすそばから別のエネルギーにつかまってしまうこともあるのだそうです。

それを防ぐために、私が仮の器になるのです。不安定な霊を一時的に私の中に導き入れることで、他のエネルギーの影響を受けないようにするのです。

霊が私の中に入り込んだ状態が、あの『白い部屋』です。

先生がおっしゃるには、実際にはそんなものはないのだそうです。中に入り込んだ霊と自分の心が混ざり合わないように、私が無意識のうちに境界線を作り出していて、それが部屋のような形に感じられているだけなのだそうです。

私にとっては、あの部屋は現実の世界以上に生々しいので、本当にはないとおっしゃられてもピンとはきません。けれど、先生のお言葉に間違いがあるはずもないので、きっとそうなのでしょう。

ですが、どんなに気をつけていようと、霊の心の一部が私の中に流れ込んでくるのは、どうしても防ぐことができません。『白い部屋』も、そんなに立派なものではないのです。多かれ少なかれ、私は霊の記憶や執念の影響を受けざるを得ないのです。

彼らが楽しい記憶を残していくことはありません。たいていは死んだ時の様子や、悲しかった思い出ばかりです。そしてその記憶が、夜、私の中で悪夢になるのです。

仕事の後、私は今のような悪夢に苦しめられます。

その日のうちに夢になる時もあれば、かなりの時間が過ぎてからのこともあります。それがいつ訪れるかは、まったく予想できません。いくつ仕事をこなしても大丈夫な場合もありますし、たった一度で強烈な悪夢になる時もあります。

「さぁ、落ち着いて……何も怖くはないのよ」

そう言って優しくほほ笑まれると、先生は私の唇に、そっとご自分の唇を重ねられました。先生の温かいお心がそこから流れ込んできて、私はようやく自分を取り戻すことができました。

「落ち着いた？」

唇を離した後、かすかに震えの残る私の手を、先生はそっと握ってくださいました。

こんな時、私はひどく自分が弱く、みじめな生き物のような気がします。何の力もない、ただそこにいるだけの存在のような気がするのです。

先生はいつも、そんな私の心を見透かしてしまいます。私の寂しさが少しでも癒《い》えるように、いつもよりずっと優しくしてくれるのです。

「怖い夢は、追い出してしまいましょうね」

そうおっしゃいながら、先生はそっとネグリジェの前をお広げになりました。そして大きな果物のような乳房を、そっと私の頬に押し当てられるのでした。

「何も怖いことなんてないの。あなたにはいつだって、私がいるんだから」

壊れ物を扱うように、先生は私をベッドの上に寝かせてくださいました。私は目を閉じ、あとはすべてを先生におまかせするのです。

その時ふと、また月が啼いているのが聞こえました。高いけれど柔らかな音色で、確かに啼いています。

窓の鎧戸《よろいど》を閉めているので、外の様子はわかりません。

けれど、きっと美しい月が、群青の空に冴《さ》えていることでしょう。その光は、この屋敷の屋根や外壁を明るく照らしているに違いありません。山の木々の葉にも降り注ぎ、森の闇はいっそう深くなっていることでしょう。

私は目を閉じたまま、その月を思いました。

「先生……月が啼いています」

「きっと、きれいな月なのね」

そうおっしゃいながら先生は、私をそっとご自分の中に迎え入れてくださいました。

先生のお心が、唇を合わせる以上に、私の中に流れ込んでくるような気持ちがします。

今、私と先生は『愛し合って』いるのです。

(あぁ、今夜の月はどんなにきれいなんだろう)

けれど、先生と一緒にベッドの上で跳ねながら、私はぼんやりとそんなことを考えていました。

愛し合う時は先生のことだけを考えるようにと、先生はおっしゃいます。ですから私は、その考えを心の中から追い出そうと懸命に努めました。けれど、どうしても月のことが気になってしまって——いえ、正直に申しましょう。

私は誰よりも先生をご尊敬申しあげておりますが、この一時だけは、どうにも好きになることができなかったのです。

優しく有能で、この世にできないことなど何もない先生が、まるで獣のようになってしまうのが少し辛《つら》いのです。結びあったところから、ぱちぱちとはぜている先生の心が伝わってきて、何だかとても苦しくなるのです。

やがて泣くような声で何度か叫ばれた後、先生は崩れるように私の上にのしかかりました。尊い乳房の向こうで打ち鳴らされる激しい鼓動が、私の胸に伝わってきました。

その音のずっとずっと向こうの高いところで、静かに月が啼くのが聞こえます。


「今日はいい天気だわ……ちょっとお庭に出てみる？」

明くる日の午後、部屋に入ってこられた先生がおっしゃいました。

私はその時も、窓際の椅子に座って外を眺めていました。きっとその様子をごらんになって、私が外に出たがっていると見通されたのでしょう。

「でも、今日はリョウさんがいらっしゃらないので」

私は口ごもりました。

自分一人の力では、私は歩くことができません。時間をかければ立ち上がるくらいはできますが、さすがに歩くのは無理です。

先生がおっしゃるには、憑坐としての能力を得てしまったために、その分、体の能力が落ちてしまったのだそうです。

ですから、外に出る時は（ほとんどが仕事の時なのですが）、リョウさんが私を抱いて階下に降ろしてくれるのです。けれどリョウさんは、この数日、営業だとかでずっと出かけていました。ですから私は、外に出ることをずっとあきらめていたのです。

「大丈夫よ。あなたは軽いから」

そうおっしゃいながら、先生は私の体を抱きあげてくださいました。

「申し訳ありません」

私はもったいない気持ちでいっぱいになりました。先生の手を煩わせるのは、本当に心苦しいのです。

「気にしないのよ、そんなこと」

私を抱いたまま、先生は広い階段を下りられました。足元が見えにくくなって、長いスカートの裾《すそ》を踏んだりしてしまわないかと私は心配でなりませんでした。

先生と私が住んでいる屋敷は、ずっと昔、お金持ちの別荘だったそうです。二階建てで部屋がいくつもあり、あちこちに美しい絵や花瓶が飾ってあります。どの部屋にも立派なシャンデリアがあり、廊下には長い絨毯《じゅうたん》が敷いてあります。

以前リョウさんに聞いた話によると、持ち主だったお金持ちは、戦争とかいうもののために没落してしまい、家族そろってこの屋敷で自殺したそうです。その一部が張りついていたために、ここは長い間、人が住める状態ではありませんでした。それを先生がお買いになったのです(信じられないほど安い値段だったと、リョウさんは笑って言っていました)。もちろん張りついていた家族の霊は、先生が何の造作もなく引き剝がしてしまわれたそうです。

私は先生に抱かれ、階下に降りました。

先生は私を応接用のソファーに座らせると、玄関先に置いてある車椅子を取りに行ってくださいました。

私はふと、右手の壁を見あげました。

そこには、大きな額縁が掛けられています。美しい彫刻が施され、まばゆい金色に塗りあげられた立派なものです。

けれど、その額縁が飾っている絵そのものは見ることができません。画面の上に、ご仏壇のような扉がつけられているからです。

「絵が見たいの？」

車椅子を押しながら、先生が戻っていらっしゃいました。

「昨日仕事に出る時にも、そんな風に眺めていたわね。中の絵が見たくなったのかしら」

「いえ、そんなわけでは……」

私は心を見透かされたような気分になり、少しばかり口ごもってしまいました。なぜかこの扉に隠されている絵を、私は時々、無性に見たくなるのです。

「いいわ、見せてあげる。でも、少しだけよ」

そうおっしゃると先生は絵に近づいていき、扉の止め金を外されました。

「前にも言ったけど、この絵は複製よ。本物が別にあって、それをそっくりそのまま写したものなの」

額の扉が左右に開かれました。中から、年若い女性の裸の姿が現れました。

彼女のお腹は何か悪い病気にでもなったかのように、アンバランスに膨れていました。

まるで大きな風船を飲み込んだかのようです。けして美しいとはいえない姿なのに、彼女はそれを恥じるどころか、ことさら見せつけるように体を横に向けています。

その女性の後ろに、禍々《まがまが》しい顔をした人間や骸骨《がいこつ》が並んでいました。恨みがましい目でこちらを睨みつけている者、半分壊れた顔を彼女に向けている者——一目で、この世の者でないことがわかります。あの『白い部屋』にやってくる霊たちに、よく似ています。

けれど、彼女は少しも恐れている様子を見せていません。その恨みの目をまったく意に介さず、裸の胸の前で手を組んで、顔をまっすぐこちらに向けています。その表情は、どこか誇らしげにも見えました。豊かな髪には可愛らしい花が散らされ、花の冠を頭に載せているようです。

この絵を見ると、私は不思議と心が落ち着くのを感じました。自分でもなぜだかわかりませんが、とても懐かしいような気持ちになるのです。

「これはクリムトという人が描いた『希望』という作品よ。この屋敷を買った時から、ここに掛かってたの。前の持ち主の趣味らしいわね。悪い絵じゃないから、そのままにしてあるけど」

「額縁に扉がついているのは、どうしてですか？　埃《ほこり》がつかないようにでしょうか」

「よくはわからないけど、この絵の本物も、そういう風になっているらしいの。何でもクリムトが文部大臣から、なるべく人に見せないようにと言われたんですって。で、本物のその絵を買ったお金持ちが、額にこんな風な扉をつけて、パーティーか何かの時にだけ人に見せてたらしいわ。だから複製の方も、その真似をしたんじゃないかって……リョウの受け売りだけどね」

「なぜ、人に見せないようにと言われたのでしょう」

私の言葉に、先生は首を傾げられました。

「今から百年前の話だからね。お腹の大きい女の人のヌードなんて、悪趣味だとでも思われたんじゃない？」

先生のおっしゃっていることが、私には理解できませんでした。

「実は前からお聞きしたいと思っていたのですが……この女の人のお腹は、どうしてこんなに大きいのですか」

「さぁ、なぜかしらね」

先生は私の頬を撫でながら、美しくお笑いになりました。

「もう、すっかり秋だわね」

先生に車椅子を押していただきながら、私は庭先に出ました。

庭といっても特に手も入れてはいないので、荒れるがままの地面に過ぎません。ずっと昔は芝生なども植えてあったのでしょうが、今はほとんどが枯れて、ところどころ茶色い土がむき出しになっているばかりです。女神と天使の彫刻が施された立派な噴水もあるのですが、ほとんど動かすことはありません。

「あれは何でしょう」

ふと私の目の前を、空を切り裂くように飛ぶ棒のような虫の姿がありました。その虫は凄《すご》いスピードで飛んでいたかと思うと、ぴたりと空中に止まりました。

「あれはトンボよ。知らなかった？」

「トンボ……ですか」

知っていたような気もします。

いつかの夏の終わりにも、やはりこんな風に見たような覚えがあるような、ないような――私は懸命に記憶をたぐり寄せました。けれどやはり、知っていたかどうかは判然としませんでした。

「そんなに真剣に考え込まなくてもいいじゃないの。トンボなんて知らなくたって、何も困りはしないわ」

先生はそうおっしゃって、背後から私の髪を撫でられました。

実を言いますと、私の中にはきちんとした記憶がありません。

さまざまな光景が頭の中にいくつも散らばっているのですが、いつ、どこで見た何の光景なのか、どうしても思い出せないのです。

私の頭の中は、バラバラにほどけてしまった本のようなものでした。ただ断片的な記憶が雑然とあるだけで、何がどう繋《つな》がるのか、どちらが前でどちらが後なのか、少しもわからないのです。

これも憑坐としての力を持ったためだと先生はおっしゃいますが、この記憶の乱れは、体が自由にならないことよりも私を悲しい気持ちにさせます。

たとえば、私が先生といつから一緒にいるのかも、はっきりとは思い出せません。ずっと昔から一緒だったような気もするのですが、まだ、ほんの一年ほどのようにも思えます。それ以前の記憶も、ぼんやりとしかありません。

ただずっと昔は、私の体は自由に動き、歩いたり走ったり、ごく当たり前にしていたようです。かすかですが、そんな記憶が残っているからです。

母と妹のことも覚えています。

私の記憶の中では、母は先生より少し若く、紺色に花の模様の浴衣《ゆかた》を着ています。白地に金魚の柄の浴衣を着た小さな女の子の手を引いていて、それは間違いなく私の妹です。

記憶の中で、二人は私に向かって優しくほほ笑みかけています。けれど悲しいことに、それがいつの記憶なのか、私には判然としません。それどころか二人の名前さえ、思い出せないのです。

先生にお伺いすれば、何か教えていただけるかもしれません。先生はきっと、私のすべてをご存じでしょう。私が何者なのか、先生だけはご承知のはずです。

けれど、私はそれを尋ねることができずにいます。聞いてしまうと、他の知りたくないことまでも知らされるような気がして、怖いのです。

「あ、あそこにトンボがとまったわ」

突然、先生が子供のような弾んだ声で言いました。顔をあげると、噴水の近くに据えられた石造りのテーブルの隅に、一匹のトンボが羽根を休めていました。

「こういうことはリョウが得意なんだけど……ちょっと見ててね」

先生は抜き足差し足で、ゆっくりテーブルに近づいていきました。トンボと同じ目の高さにしゃがむと、その頭の前に指を一本差し出し、ゆっくりと回し始めました。

(何て可愛らしい人なのだろう)

大変畏れ多いことですが、その先生のお姿を見て私は思ってしまいました。トンボをつかまえようとする先生のお顔は、まるで小さな女の子そのままだったからです。

先生は本当にすばらしい方です。

お優しく、お美しく、まさしく女神のようなお方です。

そのうえ、凄まじいばかりのお力を持っておられます。そのお力にはどんな妄執の霊でさえ、太刀打ちできません。がっちりとつかまれ、力ずくで地場から引き剥がされてしまうのです。

私は『白い部屋』の天井を突き破って出現する、巨大な鉗子の獰猛《どうもう》な姿を思い出しました。

あの部屋が本当にはないのと同じように、あの鉗子も実際には存在しないそうです。

霊を取り出そうとする先生のお力があまりに強大すぎて、私にはあんな姿に見えるだけなのです。やはりそれもピンときませんが、先生がおっしゃるのですから正しいのでしょう。

「あぁ、逃げちゃった」

先生が残念そうな口調でおっしゃいました。今までテーブルの端にとまっていたトンボが、気まぐれに宙に飛び上がるのが見えました。

「やっぱりダメねぇ」

先生は美しくお笑いになりました。

ちょうどその時、屋敷を囲む林のずっと向こうから、賑《にぎ》やかな声が響いてくるのを私は聞きました。

「先生、誰かがこっちにきます。ずいぶんたくさんの人です」

体の自由と引き換えにしたわけではないでしょうが、私の耳は普通の方より、よく聞こえます。かなり離れたところの物音でも、聞き分けることができるのです。

よく聞いてみると、その声は小さな子供たちの声でした。大人の声もいくつか混ざっています。どの声も元気で、楽しそうに弾んでいます。

私がその通りに申しあげると、先生は納得したようにおっしゃいました。

「ほら、この山の麓《ふもと》に幼稚園があるのは知っているでしょ？　ときどき仕事の帰りに寄っていくスーパーのすぐ前よ」

そのスーパーマーケットに寄る時は、私は駐車場に停めた車の中で留守番です。その時いつも、その幼稚園の子供たちを遠目に眺めて過ごします。どの子もみんな、お日様がそのまま人間の形になったみたいに元気でした。

「そこの子たちが、きっと遠足にきたんだわ。きっと、この先の湖でお弁当を食べるのね。大人も混ざっているんなら、親子遠足かしら」

私は耳をそばだてて、子供たちの声を聞きました。

「この林の向こうに、お化け屋敷があるって知ってる？」

「何だか気持ち悪い、デブのおばさんが住んでるんだって」

「きっと悪い魔女だよ！」

元気な声は、残酷でした。

3

その日の夜は、月が見えませんでした。

昼過ぎまでは晴れていたのに、夕方になってから急に雲が出てきて、かなり強い雨になったのです。

私は雨も嫌いではありません。

雨が降ると山の様子は変わります。いつもは静かにたたずんでいる森が、うれしげに身悶《みもだ》えします。無数の枝葉を揺すってはざわざわと音を立て、まるでお喋《しゃべ》りしているかのように賑やかになります。

私は窓べの椅子に腰かけて、森が蠢《うごめ》くのを眺めていました。風に乗った雨の滴がガラス窓に当たり、しがみついては流れていきます。その流れ方もまた面白《おもしろ》いので、私は遠くと近くを交互に見比べて楽しんでいました。

突然、階下で電話の音がしました。先生はいつもガウンのポケットに携帯電話を入れてらっしゃいますので、その音でどちらにいらっしゃるのかが知れました。

どうやら応接間のすぐ横の書庫のようです。きっと何か調べものでもなさっておられたのでしょう。

「その話は、あまり気が進まないわね」

電話の相手は、営業に出ているリョウさんです。

「あんたが言うみたいに、簡単なものじゃないの。成功するかどうか保証はできないわ。もし失敗でもしたら、評判が落ちるわよ」

先生が仕事に難色を示されるのは、珍しいことでした。

私はそのお声を聞きながら、いっそ、きっぱりとお断りになればいいのに……と考えてしまいました。実を言うと、あのダンプカーに体を砕かれる夢を見てから、私は少し仕事を休みたい気分になっていたのです。

どんな人間にも、必ず天から与えられた仕事があると教えてくださったのは先生です。

お金になるとかならないとか、そういうことには関係なく、人間には果たすべき使命があるのです。私の場合は、この身を以《もっ》て先生のお役に立つことが、その使命であるのは間違いないでしょう。

ですから本当なら、仕事にためらいを感じるどころか、喜びを感じなければならないはずです。休みたいなどと考えてしまうのは、私がまだまだ未熟なためでしょう。

けれど正直に言うと――私は、あの仕事がなかなか好きになれません。『白い部屋』にやってくる霊たちは、ほとんどが妄執の虜《とりこ》になっています。彼らは恨み、嘆き、悲しんでいるのです。その様を目にすることが楽しいはずはありません。そして、その後に訪れる悪夢も、やはり私には辛いのです。

やがて電話を終えた先生が、二階にあがってこられる気配がしました。

「ジュン、起きてる？」

ノックもせずにドアを開け、私が椅子に座っていることに少し驚いたご様子でした。

「どうしたの？　ベッドから出たりして」

「ちょっと外を見ていました」

私は椅子に座ったまま申しあげました。

「自分で起きたの？　呼べば良かったのに」

私は体の自由がきかないので、ベッドから起きあがるのも一苦労です。そんな私のために、先生はベッドサイドに小さなボタンをつけてくださいました。お家の呼び鈴のように、そのボタンを押せば部屋の外でチャイムが鳴るのです。

けれど私は、それを使ったことはありません。自分の雑用で、先生やリョウさんのお力添えをいただくのは心苦しいからです。今も自分の力だけでベッドから降り、苦労して椅子に身を移したのでした。

「仕事ですか」

「聞こえたの？　相変わらず耳がいいのね」

そうおっしゃいながら、先生はベッドの上に腰を下ろされました。どこかお元気のないご様子でした。

「急な話で悪いんだけど、明日なのよ」

「明日ですか」

私たちの仕事はとてもデリケートなものなので、日取りは先生がある特殊な計算をなさって決めるのが普通です。仕事に適した日をいくつか算出し、その中から依頼人に都合のいい日を選んでいただくのです。その場合、たいていは三日程度の余裕をみることが多く、今日決めて明日、ということは今まで一度もありませんでした。

「ちょっと一刻を争う状況でね。けれど、仕事をするかしないか、行ってみなければわからないの。もしかするとムダ骨かもしれないわ」

先生は浮かない顔でおっしゃいました。

「難しい霊なのですか？」

「難しいと言えば、難しいわねぇ……相手は生きている人間だから」

「生きている?」

　私は思わず聞き返してしまいました。

「そう……すごく珍しいケースなんだけどね。そういうことがたまにあるの。体は生きているのに、霊魂が抜けてしまうのよ」

　先生は私の髪を撫でながら言葉を続けられました。

「霊魂の抜けた人間って、どんな風かわかる?」

　私には想像さえできないことでした。

　霊魂はいわば心ですから、やはり眠ったままになったり、ものを考えることができなくなってしまうのでしょうか。

　私がそう申しあげると、先生は首をお振りになりました。

「そんな風に一緒に考える人が多いけれど、心と霊は違うのよ。私だって、全部知っているわけではないけどね。答えを先に言うと、人間は霊が抜けた状態でも、しばらくは生きていけるの。ものを感じることもできるし、話もできる。けれど、それだけなのよ」

「それだけ……ですか」

「そう。生きているけれど、自分がないのよ。誰かに言われたことに、そのまま反射するだけ。ご飯を食べろと言われたら食べるけれど、自分から食べようとはしない。話しかけられても、簡単な返事しかできない……そんな風になっちゃうのよ。どうしてかわかる？　生きる意思がなくなってしまうからよ」

難しいお話だと思いましたが、私は一生懸命、わかろうとしました。けれど結局、先生のお言葉をどの程度まで理解できたのか、私自身にもよくわかりませんでした。人間というものは、私のような未熟な者には簡単に理解できないものなのでしょう。

「それは大変なことなのよ。生きようとする意思がなくなれば、体はどんどん弱っていくわ。内臓の動きや新陳代謝が止まるのも時間の問題ね。もちろん、心臓だって」

それはつまり、急いで霊魂を戻さなければ、その人が死んでしまうということでした。一刻を争う、とおっしゃった先生の言葉の意味がわかりました。

「どういう方なのですか、その人は」

「ある会社の社長の娘さんでね。二十歳の女の子よ」

その女性の身に降りかかった出来事を、先生は丁寧に教えてくださいました。

彼女はお酒を飲ませるお店で働いている女性で、とても明るく快活な方だったそうです。みんなに慕われる性格で、お店の人気者でした。けれど、その人気が災いしたのか、ある時から若い男につきまとわれるようになりました。

私にはよく理解できませんが、先生がおっしゃるには、男と女の間というものは、捩《ね》じれたりほどけたり、なかなか面倒《めんどう》なことが多いそうです。

どういう感情のもつれがあったかはわかりませんが、その男の人は彼女を憎むようになりました。そしてとうとう半年前に、深夜の路上で彼女を刺してしまったのです。

刺し傷は全部で八か所もあり、彼女は生死の境をさまよいました。ですが、おそらく強い運の持ち主なのでしょう、幸い命だけは取り止めることができました。体の傷は快方に向かい、やがて完治して退院したのですが、家に戻ってきた彼女は以前とは大きく変わっていたのです。

自分から口を開くこともなく、ろくに食事もとらず、部屋に籠《こも》りきるようになりました。かといって何かしている様子もなく、ただ日がな一日、壁にもたれて座っているだけなのだそうです。

その変化はショックの大きさのためだと考えられ、家族は彼女を心の病院に連れていく相談をしました。その矢先に、彼女は倒れてしまったのです。私のように自力で起き上がることが困難になり、一日中ベッドで過ごすようになりました。お医者様に見せても体に故障はなく、原因がわかりませんでした。

不安に思った母親が、ある霊能力者に彼女を見てもらいました。

その霊能力者は〝見る〟ことにかけては一流で、一目で彼女の肉体から霊魂が抜けていることに気づきました。さらに頭上から出ている銀の糸(霊魂と肉体をつないでいる糸だそうです)をたどって、その霊魂の行方を探りました。

やがて霊能力者は彼女の霊魂を発見しました。驚いたことに彼女の霊魂は、凶行に遭った事件現場の地場につかまっていたのです。

「たぶん刺された時のショックで抜けてしまったんでしょうけど……まだ肉体から抜け

切ってない霊魂が、そのまま地場につかまるなんて考えられないことだわ」

先生は気難しそうなお顔で、おっしゃいました。

「その霊能力者の方には、連れ戻すことができないのですか？」

「その人とは付き合いも長いんだけどね、彼女は見るのが専門なのよ。私みたいに〝剝がす〟のは得意じゃないの」

私は、やはり、と思いました。あんな凄まじいことができる方は、この世に先生を措《お》いて他にいらっしゃるはずがありません。

「地場の力がそんなに強いなんて……その場所には、よほど悪いものが集まってるに違いないわ。きっと前にも、そこで血腥《ちなまぐさ》いことがあったに決まってる」

先生は窓の外に目を向けながら、呟くようにおっしゃいました。このお仕事に、あまり気が進んでいらっしゃらないご様子でした。

けれど人間には、必ず天から与えられた仕事があります。果たすべき使命があるのです。畏れ多いとは思いましたが、私は思い切って申しあげました。

「そのままにしていたら、その方は本当に死んでしまいます。助けられるのは、先生だけなのではありませんか」

驚いたような目で、先生は私をごらんになりました。僭越《せんえつ》な言葉が、気に障られたに違いありません。少し怖い気がして、私は膝の上に置いた自分の手に目を落としました。

「そうね、ジュン。とにかく、行くだけ行ってみましょう。考えるのは、それからね」

そっと私の手を取って、先生はほほ笑まれました。

「ジュンには、今まで以上にがんばってもらわないといけないかもしれないわ」

私は自分から、先生のその手に唇を押し当てました。


明くる日、私たちは長いこと車に乗り、見知らぬ街へと旅をしました。

メタリックグレーの小型のワゴン車で、私はいつも先生と一緒に後ろの座席に座ります。窓ガラスには黒いフィルムが貼ってあり、外からは中が見えないようになっていました。

出かける時は、どんな遠いところでもこの車で行きます。私の姿はどこに行っても人の目を集めてしまうので、飛行機や電車は使わない方がいいのです。

「いつもやってることと同じじゃないのか、姉貴?」

車を運転しながら、リョウさんはあっけらかんと言いました。

「相手が死んでいるか生きているかの違いだろう?」

「何も知らないくせに、簡単に言わないでちょうだい」

無神経なリョウさんの言葉に、先生は眉を顰《ひそ》められました。

リョウさんは先生の実の弟さんですが、特に何の力も持っていません。霊の姿を見ることもできないのだそうです。ですから少し、仕事を簡単に考え過ぎる部分がありました。

「何も考えずに位牌に押し込むのとは、わけが違うのよ。生きている人間はずっとデリケートなんだから……はっきり言って、やりたくないわ」

いつも自信に満ちた先生が、そんなおっしゃり方をするのは珍しいことでした。けれど私には、そのお気持ちがわかります。自分自身、生きている人間の霊を『白い部屋』に入れるのは初めてです。今までと同じようにいくのか、やってみなければわからないのです。

「もし失敗したら、ちょっと面倒だなぁ……電話でも言ったけど、父親の方がうるさい奴でさ」

「わかってるわよ。私のこと、インチキだと思ってるんでしょ」

先生は憮然《ぶぜん》とした口調でうなずかれました。リョウさんもハンドルを握りながら、大げさに肩をすぼめます。

「まったく中途半端にインテリぶった奴は、本当に質《たち》が悪いよ。霊能力どころか、霊魂の存在を信じないのが知的なんだと、今でも勘違いしてるんだからな。だったら、葬式や法事もするなってぇの」

「自分の目で見えるところまでにしか世界がないと思い込んでる連中と話すと、すごく疲れるわ。霊魂の存在くらい、いい加減に認めても良さそうなものなのに」

先生とリョウさんの間で同じような会話が繰り返されるのを、これまでにも何度か耳にしました。そのたび私は、不思議な気がしてなりませんでした。もし霊魂がないのなら、『白い部屋』に入ってくる彼らは、いったい何だというのでしょう。霊魂の有る無しを今さら論じあっている人がいるなんて、悪い冗談のようです。

「それにしても、よくそんな偏屈にギャラを出させたわね」

「そのへんは、まぁ簡単だったよ。あの旦那《だんな》、ほとほと女房には弱いらしくてさ。奥さんが泣いて畳に手をついて、今度だけお願いします……なんて言ったら、一発さ。よくあるパターンだな」

リョウさんはどこか楽しそうでした。

「まあ、旦那の気持ちもわかるよ。あの奥さん、けっこう色気があるからな。ああいう女が唇を噛《か》みしめて泣いてるところを見たら、たいていの男はウズウズしちまうだろうぜ。へへ、ジュンにもわかるだろ？　女の涙はたまらないよなぁ」

いきなり話を振られて、私は戸惑いました。

とっさに、先日のバラのコサージュの女性の姿を思い出しました。ただ恨めしく泣く彼女の姿を見て、辛くなったのは本当です。

「そうですね。女の人が泣いているのを見るのは、たまらない気持ちになります」

「お前にもわかるか、ジュン？　そうなんだよ、女の泣き顔はたまらないんだ」

いったい何がおかしいのか、リョウさんは大声で笑いました。

「ちょっと！　ジュンの前で変なこと言わないでよ。あんたの変態趣味の話なんか聞きたくないわ。まったくいやらしいんだから」

怒った口調で先生はおっしゃいましたが、私には話の筋道がよくわかりませんでした。

「ちぇっ、俺は怒られてばっかりだな。ジュンみたいにとは言わないけど、少しは優しくしてくれよ」

「なに言ってんの。ジュンは特別よ。この子は、私の大事な宝物なんだから」

そう言って先生は、私の頰にそっと口づけられました。リョウさんの前だったので私はどうしていいかわからず、思わずうつむいてしまいました。

「まぁ確かに、ジュンは特別だろうよ」

からかうような口調で、リョウさんは言いました。

リョウさんは、いつもどこかふざけているような感じがして、私はあまり好きではありません。嫌いなら嫌いだと決めてしまえるのなら気も楽なのですが、ときどきは先生と同じくらいに優しくしてくれることもあるので、なかなか難しいものです。

山の中の生活に不便がないようにといろいろ気を配ってくれますし、何より仕事を見つけてきてくれるのはリョウさんです。仲良くしなければなりません。リョウさん流に言うなら、私たちは『ビジネス・パートナー』なのですから。

私たちが依頼人の家に着いたのは、夕暮れと呼ぶにはまだ早い時間でした。

静かな住宅街にある、大きな家です。

高い塀に囲まれた煉瓦《れんが》造り風の建物で、住宅というより会社のビルのようにも見えました。もっとも、私たちに仕事を頼む人はたいていがお金持ちなので、その家の立派さも、とりたてて珍しくはありません。

「ジュン、すぐに帰ってくるから、おとなしく待っているのよ」

先生はそうおっしゃると、リョウさんと一緒に大きな家の中に入っていきました。

私はいつものように、車の中で留守番です。特にすることもないので、後ろの座席に座ったまま、フィルム越しの薄暗い外をぼんやりと眺めていました。

何だか落ち着かない気分でした。

その日は秋晴れの涼しい日でしたが、その家のまわりだけ、温度がわずかに高いように感じられました。

何かが空気の流れを邪魔しているように思えます。けれど、私よりずっと鋭い先生が何もおっしゃいませんでしたから、気のせいかもしれません。

そう思いながらあたりを見回すと、近くの塀の上に、白っぽい猫がいるのが見えました。ピンと立てた尻尾《しっぽ》をくねくねと左右に揺らしながら、どこか呑気《のんき》そうに歩いています。

街中では猫は珍しくないようですが、私が住んでいる山の中では、まず見ることはありません。もし街の猫が迷い込みでもしたら、二、三日もしないうちに死んでしまうでしょうから。

私はもっとはっきり猫が見たくなり、窓を開けるスイッチを押しましたが、作動しませんでした。車の電源スイッチが切れているからです。あとはドアを開けるしかないのですが、勝手に開けることはリョウさんに禁じられていました。

こっそり開けて、また元通りに閉めておくことが、私にはできません。ご存じの通り、車のドアは開けるのにはさして力もいりませんが、閉める時には勢いと強さが必要です。私の力では、閉めることができないのです。

私は仕方なく、フィルム越しに猫の姿を眺めました。

しぐさや身のこなしが、とても可愛らしい生き物です。『よいこのどうぶつずかんシリーズ』の写真でも十分にその愛らしさは伝わってきましたが、実際に動いているものの方が、何倍もすてきです。屋敷にもあんなのが一匹いれば、楽しいかもしれません。けれど先生は動物がお好きではないので、飼うことはずっとないでしょう。

しばらくして、正面から人が歩いてくるのが見えました。

薄い色の和服を着たおばあさんです。顔はよく見えませんが、きれいに髪を整え、身繕いもきちんとした人です。

その人がすでにこの世の人でないことは、私にはすぐにわかりました。

足取りがしっかりしているので、自分自身が死んだことにも十分気づいているようです。この世の最後の名残に、住んでいた家の近くを散歩しているのでしょうか。

今でも霊魂の有る無しを論じているという方々が、あのおばあさんの姿を見たら何と思うでしょう。あまりに普通なので、あのおばあさんが死んだ人だとは思わないかもしれません。けれど確かに、あの人の肉体はすでに滅んでいるはずです。

車の近くを通り過ぎていく時、おばあさんは私の視線に気づいて、こちらに顔を向けました。霊には黒いフィルムなどは無いも同じです。まるで古くからの知り合いのように、にこやかな笑顔で会釈してくれたので、私も懸命に首を動かして会釈を返しました。

おばあさんはそのまま行ってしまいましたが、しばらくの間、私は幸せな気分でした。あんな風な霊を相手にできるなら、きっと仕事も楽しいことでしょう。

けれどあのおばあさんのように、満たされて幸福な霊には、私や先生は必要ないのです。私たちが相手にするのは、たいていが恨みがましく世界を呪《のろ》っているか、深い孤独の中で心を歪めてしまった霊ばかりです。その心をすべて受け止めるのが、私の仕事なのでした。

そんなことを考えていた時です。

不意に足首あたりで、何かが蠢いているのに気づきました。

慌てて下を見ると、車の床から青白い手が突き出て、私の足首をつかんでいました。血管が浮き出るほどに、やせ細った右手です。土のような爪の色の悪さが、何よりも印象的でした。

(体だ)

(入り込める体だ)

その手からぬるい温感とともに、思考が流れてきます。

言葉ではありません。その手の持ち主は、私と意思を通じ合わせようなどとは、まったく考えていませんでした。ただ一方的に、思考を押しつけてくるのです。

（この体に入り込む）

（入り込んで、もう一度生きる）

車の床をすり抜けて、今度は左手が現れました。同じ足首をつかむと、まるでロープをたぐるように私の体を登ってきます。一歩一歩、慎重に手探りしながら。

自由に体が動かせない私は、その様子を見ている他はありませんでした。仮に手足が動いたとしても、その手を振り払うことなどできなかったでしょう。実体を持たないその手を払えるのは、先生がお持ちになっているような特別な力だけなのです。

やがてすり傷だらけの腕が現れ、続いて人間の頭が出現しました。

まだ若い男の人です。長めの髪が血に濡《ぬ》れて固まり、棘《とげ》のように逆立っています。後頭部が大きく欠けているのが、よく見えました。その周囲は、まるでゴムのようにべとついた血にまみれています。それなのに顔だけは傷一つなく、美しいままでした。

ヘルメットをかぶらずにオートバイに乗っていて事故死した若者の霊だと、私はすでに理解していました。霊が自ら語るまでもなく、接触した時点で伝わってくるのです。

（俺はまだ何もしてない）

（もっとやりたいことがある）

そういった思念が、私の中に絶えず流れ込んできます。若くして命を終わらせてしまったことが、彼自身、悔しくてならないのです。

若者はゆっくりと私の体を這《は》い登ってきます。彼は私が憑坐の能力を持っていることを知っていて、無理やり私の中に入ろうとしているのです。

やがて若者の顔が、私の鼻先にたどり着きました。私は必死になって、顔を背けました。

『抵抗したってムダだ』

若者は嫌な笑いを浮かべて、たった一言、言い放ちました。

砂と血で汚れた指先が、私の唇に触れました。彼は片手で私の顎《あご》をつかみ、顔を近づけてきます。抵抗など、何の役にも立ちませんでした。私の口を無理やりこじ開けた若者は、暴力的に唇を合わせてきました。

そこから生暖かい痺《しび》れのようなものが侵入してきます。それはゆっくりと喉元《のどもと》から胸へと降りていき、私のみぞおちあたりでうずくまります。

(先生……)

遠ざかる意識の隅で、私はその名を呼びました。

その瞬間、視野の端の方で巨大な鉗子がきらめきました。

実際には、あの鉗子は存在しないのです。先生のお力があまりに強大なため、私にはそんな恐ろしげな姿に見えるだけなのです。

「その子に手を出すんじゃないよ!」

先生は車の外から、お力を駆使されていました。

巨大な鉗子が車のドアをすり抜け、私の口から突き出ている若者の腰をつかみます。破れたズボンに包まれた足が、不様にばたつきました。

「図々《ずうずう》しい！」

怒気を込めた先生のお言葉と同時に、鉗子が若者を引きずり出しました。

（やめろ）

（邪魔するな）

（俺はこいつの中に入るんだ）

私の中を痺れが逆流していったかと思うと、若者は万歳するような姿で、私から離れていきました。

「あんたみたいな可愛くないのはお断りだよ！」

若者はそのまま車の壁を鉗子ごとすり抜けて、先生の方に引き寄せられていきます。その姿は見る見るうちに縮んでいき、先生が手にしていた小さな石ころに吸い込まれてしまいました。

「ジュン、大丈夫だった？」

先生は不安げなお顔で走り寄ってこられると、勢いよく車のドアを開けて、私を抱きしめてくださいました。

「怖かったでしょう……一人にしてごめんなさいね」

「いったい、どうしたってんだい？」

近くにいたリョウさんが、目を丸くしています。私に何が起こっていたのか、リョウさんにはまったくわからないのです。

「行き場のない奴が、ジュンの体に無理やり入ろうとしたのさ。たぶんこの近くには、あの女の子の体を狙って、こんなのがうようよしているはずだよ」

先生はあたりを見回しながら、おっしゃいました。

「どうだったのですか？　お話の方は」

「親父の方があんまりインチキ扱いするものだから、ヘソを曲げて帰ろうと思ったところよ。一か月以内に娘が治らなかったらギャラを返せ……なんて言われたから、引き受ける気がいっぺんで失《う》せちゃったわ」

確かに失礼な依頼人だと、私も思いました。

けれど先生のおっしゃる通り、この家のまわりには、行き場のない霊がたくさん集まってきているはずです。女の人が今まで無事だったのは、本当に奇跡のようなものでしょう。

あるいは子供を思う親御さんの気持ちが（おそらくはお母様でしょう）、彼女を守っていたのかもしれません。人を思いやる心にはそんな不思議な強さがあるのだと、前に先生から教えていただいたことがあります。

けれど、それがいつまで保《も》つかはわかりません。その思いさえ役に立たないような強い霊がやってくれれば、ひとたまりもないでしょう。

「先生、私からもお願いします。その女の人を助けてあげてください」

失礼を承知のうえで、私は先生に申しあげました。このまま手を引いて帰ると、きっと良くないことになると思えてならなかったからです。

先生は私の顔を拭《ふ》きながら、小さく溜め息をつかれました。

「ジュンの頼みじゃ、聞かないわけにはいかないね……いいわ、やるだけのことはやってみる」

そうおっしゃると先生は、あの若者の入った小石をリョウさんに手渡しました。すでにいつもの糸で、小石はぐるぐる巻きにされていました。

「そこのドブ川に叩きこんじゃいな」

「了解」

リョウさんはその石を、すぐ近くの川に勢いよく投げ込みました。ぽちゃん、と音を立てて、石は川底に沈み込んでいきました。

彼が浮かび上がってくることは、しばらくはないでしょう。

たとえば、その川が干あがるまで。

4

初めてあなたを見た時、私はキリスト様を思い浮かべました。

年若い女性のあなたと、男性であるキリスト様を重ね合わせるなんて失礼な言い方かもしれませんが、本当にそう思ったのです。なぜならあなたは、灰色のビルの壁、地上五、六メートルほどの高さのところに、両手を開き足を揃え、キリスト様そのままの姿勢で磔《はりつけ》になっていたのですから。

「驚いたわ」

あなたを見た先生も、目を見開いておっしゃいました。

「いったい、どうすればあんなつかまり方をするのかしら」

お酒を飲ませるお店がぎっしりと並び、色とりどりの熱を放つ看板の間を、影法師になった人間がさまよっている街――あなたがいたのは、そんな街の裏通りでした。表のきらびやかさが嘘のような、油臭い空気に満ちた暗い場所です。

私たちはその隅に車を停め、あなたの姿を見あげていました。すぐ近くを何も気づかない人たちが、楽しそうに会話を交わしながら通り過ぎていきます。

「これは、かなりまずいわよ」

緊張した面持ちで、先生はおっしゃいました。

「先生、娘さんが刺されたのは、このあたりだそうです」

先に車を降りていたリョウさんが、駆け寄ってきて言いました。

私たちの車の前には、一台の白い車が停まっていました。そのそばには、依頼人であるあなたのお母様が不安げな面持ちで立っていらっしゃいます。私たちの車を先導して、ここまで案内してくださったのです。リョウさんの言葉通りに、大変お美しい方でした。

「あそこが従業員入口になってまして、仕事が終わって出てきたところを襲われたらしいんです」

お母様の手前、リョウさんは仕事の時の口調で話していましたが、やがて車の窓から頭を差し入れると、声を潜めて言いました。

「いいところのお嬢さんが、キャバクラなんてふざけたバイトをしてるから、こんな目に遭うんだよなぁ」

「余計なことは言うんじゃないの」

先生が厳しい口調で注意されました。

「あんたにはわかんないと思うけど、娘さんはそのビルの三階と四階の間に張りついてるよ。ちょうど磔みたいな形でね。その横の空き地がまずいんだわ……不成仏霊の溜まり場になってる」

先生は現場を一目見ただけで、すべての事情をお知りになることができます。

あなたが張りついていたのは、細長いビルがいくつも並んだ一角でした。一か所だけ歯が抜けたように空き地になっている場所があり、そこに面したビルの側面の壁に、あなたはいたのです。

「昔、そこに建っていた建物で、七人以上死んでるね。たぶん火事じゃないかしら。だから取り壊したんでしょうけど、そのせいで行き場をなくした連中が、まだそこにいるわ。おまけに、魔に近いものになってる奴までいる」

その人たちの姿が、私の目にもぼんやりと見えました。

髪が逆立ち、体のところどころが赤く膨れあがった人が、何人か空き地にうずくまっています。おそらく火事で焼け死んでしまった人たちでしょう。ぼろぼろの服がかろうじて体にしがみついていますが、それがなければ男女の区別もつかないような惨《むご》い有様でした。

その焼死者霊たちの姿も異様でしたが、よりいっそう目を引くのは、壁を虫のように這い回っている霊たちです。

その姿は人間の霊というよりは、巨大なカマキリの妖怪《ようかい》でした。頭と胴こそはかろうじて人間を保っているものの、手足は木の枝のように細く長く伸びています。人間の体に、無理やり虫の手足をつけたような姿です。あれこそが、先生のおっしゃる〝魔〟です。

詳しいことは私にもわかりませんが、あまりに妄執が深すぎると、霊は魔になるそうです。我が身の不遇を恨むばかりでなく、他人をも巻き込んで災いを振りまく存在で、魔がいる場所には良くないことが絶えず起こると言われています。もしかしたら、ここであったという火事も、あのカマキリめいた魔の仕業なのかもしれません。

「刺されたショックで霊体が体から飛び出たところを、あの連中につかまえられちゃったんだわ……運が悪いね」

「どうだい、できそうかい？」

リョウさんはあくまでも呑気《のんき》そうな口振りでした。実際ここまできてしまえば、リョウさんができることはまったくと言っていいほどありません。

「普通なら、ノーと答えるわね。あんなにうじゃうじゃいる中から、どうして娘さんだけ剝がせるのよ」

先生は難しい顔をなさいました。けれど、けしてあきらめてはいらっしゃらないのが、私にはわかりました。

「やっぱりいつも以上に、ジュンにはがんばってもらわないといけないみたい……どう、気分は？」

「もう大丈夫です」

「あの子を助けたい？」

「はい……できることなら」

そう答えると、先生は美しく笑ってうなずかれました。

「たぶんそれは、あなたしだいよ」

先生は私の頰を指先で撫でて、車を降りていかれました。

しばらく、あなたのお母様とリョウさん、先生の三人で話し合っているのが聞こえました。

「恵利香の霊体は、本当にここにあるんでしょうか」

お母様の方はすでに涙声です。

「えぇ、そこにいますよ」

先生は優しい声でお答えになります。

「けれど、とても難しい状態です。うまく連れて帰れる可能性は、かなり低いですね」

先生の率直なお言葉に、あなたのお母様は声を放って泣きました。先生は、いつでもありのままをおっしゃるお方なのです。

私は車の中から、あなたを見ました。

お母様がすぐ近くにいるのに、あなたは気づいてさえいないようでした。壁に磔になったまま、ぼんやりとした目線であらぬ方向を見ています。薄暗い路地の壁に張りついた白いワンピース姿は、まるで断崖《だんがい》に咲く花のようでした。

人通りがなくなるのを待って、私たちは仕事にかかりました。

「今日はスピード勝負よ。でも、絶対に慌てちゃだめ」

そっと私を抱き起こされて、先生はおっしゃいました。

「うまいこと頼むぜ、ジュン」

先生と一緒に私を車椅子に乗せながら、リョウさんも小声で言いました。相変わらずタバコ臭い息でしたが、あまり気にはなりませんでした。私自身も緊張していたからです。

「ちゃんとやれたら、そうだな……今度は小鳥の本でも買ってやるよ」

そう言ってリョウさんは、私の顔にいつもの紫の絹布をかけました。

この布をかけるのは、私が『部屋』に意識を集中しやすくするためだと先生はおっしゃいます。けれど本当は、私の姿をあまり人目にさらさないためでしょう。自分の姿がちょっとばかり他の人たちと違っているのを、私はよくわかっているつもりです。だから布をかけられるのは何とも思いませんが、あたりの景色が見えなくなるのが少しだけ嫌でした。

「では、はじめましょう」

私は紫の闇の中を滑るように動きました。ふと動きが止まり、車椅子のブレーキがかけられます。

「あの…その方は」

あなたのお母様の訝《いぶか》しむ声がしました。

「お宅に伺った時にご説明しました憑坐です。この子の中にお嬢さんの霊体を入れて、連れて帰るのです」

それまで聞こえていたお母様の息の流れが、不意に止まりました。きっと驚いていらっしゃるでしょう。

「じゃあ、はじめますよ」

先生の指先が、そっと私の額に当てられます。布越しでも先生は、正確に私の眉間《みけん》を探し当てるのです。

「……………………………」

先生がいつもの呪文を唱え始めました。指が当たっている眉間が、じんわりと暖かくなります。

それと同時に、私の心がぼやけ始めました。

どんな形とははっきり申せませんが、今まで確かにあった心の形が崩れて、周囲の別のものと溶け合うような感覚が訪れます。たとえて言えば、コップの中に入っていた水が静かに違う形の器に流し込まれ、その形に従っていくのを水自身が感じているような気分……と言えば、少しは伝わるでしょうか。

そのうちに音や空気の感覚が、すっと遠ざかっていきます。それと入れ替わるように、目の前にぼんやりと白いものが見えてきます。

初めのうちはただの白い点に過ぎなかったものが、しだいに伸びたり広がったりしながら、私の視野を塞《ふさ》いでいきます。やがて私はその白さにすっぽりと包み込まれ、ふと気がつくと、いつもの『白い部屋』が目の前に広がっているのでした。

（ジュン、準備はいい？）

頭上から先生の声が聞こえます。

「大丈夫です」

（じゃあ、行くわよ……いつものように迎えてあげて）

先生がそうおっしゃってから、かなりの間があきました。

今の状態の私には、実際の出来事を知覚することはできません。すぐ横で何が起こっているのかさえも、知ることはできないのです。

おそらく先生はそのお力で、あなたの霊体をビルの壁から強引に引き剝がしているはずです。いつも以上に時間がかかっているのは、やはり他の霊たちが、つまらない邪魔をしているからでしょう。

現実の世界ではとても起こり得ないことが、この部屋の中では起こります。

しばらくして、目の前の白い壁の中心がかすかにたわみました。そこだけビニールの薄い膜になったかのように、小刻みに震え始めます。やがて大きくたわんだかと思うと、その真ん中に何か丸いものが突き出てきました。

それはしだいに、人間の背中の形になりました。あなたの霊体が、壁の向こうから強く押しつけられているのです。これを部屋の中に引き入れれば、回収は成功です。

私はいつものように、部屋の中に手を伸ばしました。この部屋への霊の出入りを手伝うことが、私の仕事のもっとも重要な部分です。

（ジュン、気をつけなさい！）

突然、先生の声が響きました。

それと同時に、壁の別の場所に、鋭く何かが当たりました。

その場所が大きな漏斗のような形にたわんで、一瞬、顔のようなものが中心に浮かび上がります。口を大きく広げた、浅ましい形相です。

私はすぐに理解しました。

まわりで蠢いていた霊たちが、あなたと一緒に私の中に入ろうとしているのです。先生の術の間をすり抜けて、正面から無理やりに突っ込んできているのです。

一つ、二つと当たってきたかと思うと、急に降り出してきた夕立のリズムのように、霊たちは壁に当たってきました。

壁にいくつもの顔形の突起が現れては、押し戻されていきます。誰もが、あの場所の地場から逃げ出そうと必死なのです。

壁が破られるのも、時間の問題のように思えました。もし壁が破られたら自分がどうなってしまうのか、私にもわかりませんでした。

(早く娘さんを引き入れて!)

悲鳴のような先生の声が聞こえます。

一瞬、どれがあなたなのか判断がつかなくなりました。私はとっさに、目の前の霊体をつかみました。それだけが、ただ一つ背中をこちらに向けていたからです。

壁を叩く凄まじい音を心に入れないようにし、気持ちを集中して、その背中をこちら側に引きました。硬いはずの壁面はゴムのように大きく伸び、人の形になったかと思うと、部屋の中に一人の人間を吐き出しました。

（ジュン！　うまく入ったの？）

「大丈夫……なようです」

私は床に倒れている人を見ました。

間違いなく二十歳くらいの女性のようです。着ている服も、さっき見たものと同じ白いワンピースです。

（まだ油断しちゃだめよ！　あなたの中には、一度に二つの霊は入れられないの。もし入られたら、最初に入った娘さんの霊は弾《はじ》き出されて、どこかに飛んでいってしまうわ！）

先生がおっしゃる間にも、霊たちは壁にぶつかってきます。私は部屋の壁を、必死に手で支え続けました。

（もう少しがんばって！）

しばらくは壁への激突が続きましたが、時間が経つにつれて数が減っていき、やがてはぴたりと収まりました。きっと先生が私の体を車に乗せて、あの場所を離れてくださったのでしょう。霊たちは地場につかまっているので、どこまでも追いかけてくることはできないのです。

「大丈夫ですか？」

私は床に倒れたままになっている女の人に、そっと声をかけました。

いつもはなるべく部屋に導き入れた霊と言葉を交わさないようにしているのですが、今回は特別です。

やがて女の人は顔をあげ、不審げにあたりを見回しながら体を起こしました。その人は間違いなく、コンクリートの壁に磔になっていた若い女性——あなたでした。

「ここはどこ？」

初めて目が覚めたように、あなたは言いました。

「何も心配することはありませんよ」

私はできる限り優しい声で答えました。

「あなた、誰なの？　どこにいるの？」

部屋の中を見回しながら、あなたは私を探しました。見せようとしない限り、あなたから私の姿は見えません。

「お母様に頼まれて、あなたを迎えにきた者です。このまま、お家までお連れしますよ」

「家に……？」

「あなたのお帰りが遅いんで、お母様はとても心配してらっしゃいます」

「私も帰ろうとしたんだけど、どうしてもダメだったんだ。体がちっとも動かなくて……ありがとう、迎えにきてくれて」

あなたはそう言って、初めてにっこりとほほ笑みました。どことなく、昼間見た猫を思わせるお顔でした。

その時、私は胸元が不思議と温かくなるのを感じました。今まで一度も感じたことのない感覚です。月が啼くのを聞くよりも、ずっと清らかなものに触れたような心地がしました。

「ここは暖かいね。あなたの部屋なの？」

部屋の中を見回しながら、あなたは言いました。

「まぁ、そんなところです」

「でも、何にもないんだね」

「確かにここには何もありませんけど……いえ、ここには、何もなくていいのですよ」

なぜか、私は慌てました。まるで自分の心が空っぽだと言われたような気がして、思わず言葉を繕ってしまいました。

「私の本当の部屋は、きちんとお屋敷にありますよ。そこにはベッドだってあります」

「ベッド？　やだわ、男って、そういうことしか頭にないんだから」

あなたは笑いましたが、どこがおかしいのか私にはわかりませんでした。

「ベッドばかりじゃありません。椅子だって、本棚だってあります。他にもいろんな物がありますよ。小さなバレリーナがくるくる踊るオルゴールもありますし、本もたくさんあります。可愛い猫や犬の本が……イルカの本だってあるのですよ」

今から思い返しても、私は不思議で仕方ありません。

私はあの時、いったい何をあなたに伝えたかったのでしょうか。あなたに何をわかってもらいたかったのでしょうか。

あんな風に必死な気持ちで言葉を並べたのは、あなたが『白い部屋』にいらした、あの時だけです。

「やっぱり顔が見えないと、話もしにくいわね。こっちに出てこられないの？」

しばらくして、あなたは言いました。

「行けないこともないとは思いますが……」

「じゃあ、こっちにきたら？」

私は戸惑いました。

この部屋の中に手を差し入れるのは、いつも当たり前のようにしています。けれど体全部を入れたことは、今まで一度もありません。その必要もありませんでしたし、むしろ妄執の霊たちに気配を悟られないよう、息を詰めている方が普通だったのですから。

「早くおいでよ」

あなたは何の屈託もなく言いました。

「わかりました。そのかわり、私を見ても驚かないでください」

今まで多くの人たちが、車椅子に乗った私の姿を見て眉を顰めました。普通の人たちにとって、私は理解できない人間、恐ろしい人間なのです。その人たちの表情が、頭の隅を掠《かす》めていきました。

私は意識を部屋の中に集中しました。そのまま手を差し伸ばせば、部屋の中に手だけが現れます。いつもはそこまでです。けれど私はさらに意識を集中して、自分自身が中に入ることをイメージしました。

やがて体がふわっと持ちあがったような感覚が訪れて、気がつけば私は『白い部屋』の中にいました。

「やだ、けっこうイケメンじゃない」

私の姿を見て、あなたは言いました。

「そうでしょうか」

私は落ち着かない気分で、部屋の中を歩きながら答えました。

この部屋の中では、現実の世界よりもずっと自由だということは知っていました。けれど実際に体まで入れてみると、そのあまりの動きやすさに驚きました。私はすっかりうれしくなって、ピョンピョン跳ねたり、ゆっくりとした速さで走ってみたりしました。

「入ってくるなり、落ち着かないわね。はしゃぐのが好きなの？」

あなたは呆《あき》れたように言いました。私は動きを止めて、恥ずかしさで胸をいっぱいにしながら、あなたの横に腰を下ろしました。

「驚くな、なんて言うから、お化けみたいな人なのかと思っちゃったわよ。名前は何ていうの？」

「ジュン……です」

どぎまぎしながら、私は答えました。

「私は恵利香。よろしくね」

そう言ってあなたは、本当に美しく笑ったのです。

5

そっと右足を一歩、前に出します。

体が揺れるのを必死に抑えて、どうにか倒れずに済みました。

その後、一生懸命にバランスをとりながら、左足を動かします。体の重心を崩さないように、慎重に滑らせます。何度かよろけて、どうにか右足の隣りに並べることができました。

再び、右足を前に送ります。成功すれば、新記録——壁に手をつかずに自力で十歩、歩けたことになります。

ゆっくり、ゆっくり右足を滑らせます。

突然、絨毯の毛先に爪先をとられ、ほんの少しバランスが崩れました。

足首がわずかに折れ、それがより大きな体勢の崩れを呼びました。頭が左右に大きくぶれ、とっさに手を出して壁につかまろうとしましたが、間に合いませんでした。

私の体は近くにあったテーブルの上に崩れ落ち、気がつくと、置いてあった積み木と一緒に床の上に倒れていました。新記録達成ならず、です。

再び体を起こそうとしていると、先生の足音が聞こえました。

「ジュン、あなた、さっきから何をしているの？」

ノックもせずにドアをお開けになるのは、いつものことです。先生は床に倒れている私を見て、驚いて駆け寄ってこられました。

「椅子から落ちたの？」

「いえ、ちょっと歩く練習をしていたのです。音を立てて、申し訳ありません」

「歩く練習？」

私を抱き起こしながら、先生は怪訝《けげん》そうにおっしゃいました。

「なんでそんなことをするの？」

「別に意味はないのですが……歩けるようになれば、先生やリョウさんに、ご迷惑をかけずに済むだろうと思いまして」

私はそう答えましたが、ひどく後ろめたい気分でした。もしかすると、私は先生に嘘をついているのかもしれません。

「そんなこと、考えなくてもいいのに」

先生は、床に散らばった積み木を拾い上げておっしゃいました。

「こんなことを言うのは辛いんだけど……あなたの体はね、もともと歩けない体なの。立ち上がったり手を動かせるだけでも、奇跡的なのよ」

「でも今、十歩も歩けるところだったんですよ。壁に手をつかずに」

「ジュンはがんばり屋さんなのね。でも、それだけでもすごく体に負担がかかっているはずよ。良くないことだわ」

私は少し悲しい気持ちになりました。

あんなにがんばったのが、本当はいけないのだと先生におっしゃられるのは、やはり辛いことでした。

「本当に、どうして急にこんなことを始めるの？」

さっきと同じことを、もう一度先生はお尋ねになりました。

「それは……先生やリョウさんに迷惑をかけないように……」

「じゃあ、やめてちょうだい」

私の言葉は、先生の強い口調に遮られました。

「あなたが体を痛めてしまう方が、私には辛いの。あなたを抱いて階段を下りたり車椅子を押すことなんて、それに比べれば何ともないことよ。逆に、好きなくらいだわ。だから歩く練習はやめてちょうだい」

「……わかりました」

私は、そう答えざるを得ませんでした。先生のお言葉に背くことなど、できるはずもありません。

「今日はもうおやすみなさいな……何か音楽かける？」

私は静かな方がいいと思いましたが、ご注意を受けたのが気まずくて、ゆっくりとしたピアノ曲のＣＤをお願いしました。

先生が明かりを消して部屋を出ていかれた後、私は闇の中で、少し悲しくなりました。きっと先生は、私が歩く練習をして憑坐の力を落としてしまうのがお嫌なのです。だから、あんなに強くおっしゃるのです。

ならば、私はいったい何者なのでしょう。私の命は、憑坐の仕事のためにあるのでしょうか？

私はふと、あなたの笑顔を思い起こしました。

そしてあの『白い部屋』で、二人だけで過ごした楽しい時間を思い出しました。

やがてゆっくり起き上がると、私は壁に手をついて歩く練習を始めました。そうしなければ、あなたがどんどん遠ざかっていくような気がしてならなかったのです。

あの『白い部屋』で、あんなにたくさん話したのは初めてです。

あの部屋にやってくる霊たちは、ほとんどの場合が妄執の塊です。泣いているか怒っているか、そうでなければ狂っています。

その霊たちの様子を見つめながらも、できるだけ関わりあいにならないよう、私は気配を消し続けてきました。ですから、あの部屋にやってくる霊とは、ほとんど言葉を交わしませんでした。交わしたいとも思わなかったのです。

けれど、あなたは違いました。

「今までご自分がどうなっていたか、知っていますか？」

あの日、私はあなたに尋ねました。あなたは猫のような切れ長の吊り目をきゅっと細めて、ほほ笑まれましたね。

「もちろん知ってるわ。ビルの壁に張りついて、ずっとあの街を見下ろしてたの」

「寂しかったでしょう？」

「そうね……家に帰りたいとは思ったけど、寂しくはなかったな」

そのお答えを聞いた時、初めは聞き間違いかとも思いました。けしてきれいとは言い難い街の路地裏で、ただ道行く人たちを眺めているだけの時間が、楽しいはずもないと思えたからです。

「上から見てるとね、あそこではいろんなことが起こっているの。いろんな人が愛し合ったり、憎み合ったり、二股《ふたまた》かけたり、優しくしたり、ズルしたり、泣いたり、怒ったり……そんなのを見てると、案外飽きないものよ」

あなたは、夢見るような顔で言いました。まるで今でも、あのビルの壁に戻りたいと思っているような口振りでした。

「あの街だけじゃなくて、この世界はきっとどこでも同じようなものなのね。そう思うと、この世界もなかなか面白《おもしろ》いわ」

そう言ってあなたは、白い床にごろりと寝転がりました。

その時、きっと私は不思議そうな顔でもしていたのでしょう、あなたはふっと私の方を見ると、子供扱いするような口調で付け足しました。

「ちょっとジュンくんには、まだわからないかなぁ」

私は、ひどく恥ずかしい気がしました。初めて会ったあなたに、すべてを見透かされているように思えたからです。

「こんな風に思うなんて、確かに自分でも不思議よ。きっとあの時、悟りを開いちゃったのね」

「あの時というと？」

「刺された時よ。あれは痛かったなぁ……まじめに死ぬかと思った」

自分の言ったことがいかにも面白かったかのように、あなたは声を立てて笑いました。

私はあなたが刺された時の様子を、現場に向かう車の中でリョウさんから聞いていました。ですから、あなたがその話を持ち出した時、見てもいないその光景が不思議と思い浮かんだのです。

あなたはご両親に内緒で、男性と一緒にお酒を飲んでお金をもらうアルバイトをしていました。あなたを刺したのは、数多いお客さんの中の一人だそうですね。

お店で出会ったあなたを独り占めしたくなったのに、あなたがその気持ちに応《こた》えてくれないので、頭に血が上ってしまった（と、リョウさんは言ってましたが）お客さんです。その人はあなたが仕事を終えるのを待ち、お店のあるビルからあなたが出てきたところを、突然襲いかかったのです。胸とお腹を、ナイフで八回も刺したと聞いています。

「何回目かに刺された時、私、自分が体から抜けるのがわかったの……頭に糸をつけられて、引っ張られるみたいに」

あなたは起き上がり、膝を立てて座りました。きちんとワンピースの裾を押さえるしぐさが、とても可愛らしく見えました。

「その時、本当にこのまま死んじゃうんだって思った。冗談じゃないわよ、なんで私が殺されなくっちゃなんないの……って真剣に思ったわ」

「あなたを傷つけた人のことは、好きだったんですか？」

「ぜーんぜんっ！　そりゃあ最初のうちはいい人だと思ったけどね。付きまとわれるようになってからは、もう顔も見たくなかったわ。どっか行っちゃってよって感じ。まぁ、あの人があんな風になっちゃったのは、私にも少しは責任があるんだけどさ」

あなたは自分の足の爪先を眺めながら、ふっとまじめな顔になりました。

「わかりますよ。男と女というのは、捩じれたりほどけたり、いろいろ面倒なことが多いですからね」

私は前に先生に伺った言葉を、そのまま繰り返しました。あなたは目を丸くして私を見つめましたね。

「ジュンくんも言うわねぇ。ちょっと生意気よ」

「すみません」

私は慌てて頭を下げました。

あなたは楽しそうに笑いながら、私の腕を軽く叩きました。その場所が、かすかに温かくなるのを私は感じました。

「でも、本当に不思議なんだけど……体から抜け出た時、私、少し高いところから自分が刺されてる光景を見たの。あの人、私の上に馬乗りになって、ナイフを振り上げてた。まるで泣いてるみたいな顔をしてね。それを見てると、何だか、その人がすごくかわいそうになっちゃった……何でだろうね」

「もう少し優しくしてあげればよかったって、思ったんですか？」

「違うわ。そんなんじゃなくて……何て言えばいいのかなぁ、自分の思いに振り回されてるその人が、本当に小さな子供みたいに見えたの。うまくは言えないんだけど、バカな子供を見るお母さんの気持ちみたいになってたのね」

私にはあなたのその言葉が、少しもわかりませんでした。

どうすれば、自分に危害を加える人間に哀れみを感じることができるのでしょう。あるいは、その気持ちを理解できないのは、私がまだまだ未熟だからでしょうか。

「そう感じたらね、世の中のことがすごくわかったような気がしたの。この世界に幸せな人なんか、きっと一人もいやしないのね。みんな、自分の思いに振り回されて生きているんだわ。少しでも幸せになりたいと思っているくせに、本当の幸せから、どんどん離れていくような生き方を選んでいるのよ。もちろん、私だってそうだったんだけど」

「本当の……幸せ？」

「そう。本当の幸せ」

その時、頭上から先生の声が響きました。

（ジュン、家に着いたわ。いつもみたいによろしくね）

あなたは驚いた顔で、銀色に輝く天井を眺めました。

「誰？　今の声」

「私の先生です。これから、あなたを体に戻すようです」

正直に言うと、私はもっとあなたのお話を聞いていたいと思いました。

本当の幸せがどんなものなのか、きっとあなたは知っているのでしょう。それをぜひとも教えていただきたいと思ったのです。

けれど突然、天井の銀を突き破って、いつもの巨大な鉗子が現れました。あなたはそれを見て、小さく叫びました。

飢えた生き物が食べ物を探すように、巨大な鉗子の先が部屋の中をさまよいました。

それを眺めるあなたの怯えた目を見た時、私はなぜだか胸が苦しくなりました。

あなたの美しい頭があの巨大な顎に挟まれ、無理やりにこの部屋から引きずり出されていくところを、できれば見たくないと思いました。

ですが、自分に与えられた仕事を投げ出すことはできません。私はいつものように、あなたの体を押さえようとしました。

「心配することは何もありませんよ。ほんの少しの間だけ我慢してください」

せめてそう言う以外に、私にできることはありませんでした。

ところが、あなたときたら──。

ほんの数秒ですべての事情を悟ったように、ぽんと手を打って、私に向かってニッコリと笑ったのです。

「わかった！　あのハサミみたいな奴につかまれば、体に戻してもらえるのね？」

そう言うが早いか、あなたは自分から鉗子の先に飛びつきました。すばらしく軽やかな動きでした。

「居心地がいいからもっといたかったけど、私には私の場所があるからね。ジュンくん、また、どこかで会いましょう！」

あなたは鉗子の先に片手でぶら下がり、もう片方の手を私に向かって振りました。

それから鉗子は静かに昇っていき、あなたの姿が天井に消えてしまうまで、大した時間もかかりませんでした。

本当に、あなたは何でも初めて尽くしでです。

あの『白い部屋』であんなに陽気にしていたのも、あんなにあっけらかんと部屋を出ていったのも、あなたが最初で最後です。

そして霊が出ていった後、私があの部屋を、あんなに寂しく感じたのも。

　ピアノ曲のCDが終わりに近づいた頃、先生は再び私の部屋にいらっしゃいました。

私はその気配に気づいて慌ててベッドに戻り、眠ったふりをしました。

先生は私に声をかけることもなく、ただ黙って服をお脱ぎになると、淡々と私と愛し合いました。

とても先生のお耳に入れるわけにはいかないことですが——なぜだか私は、その時初めて、その行為に嫌悪感を感じました。自分がひどくみじめな存在に感じられ、泣きたくなったのです。

先生と愛し合っている間、私はずっとあなたの言葉を思い出していました。

本当の幸せとは、いったいどんなものなのでしょう?

それは、こんな私にもたどり着けるものなのでしょうか?

せめてあなたの口から、それだけは聞いておきたかったと今も思います。

6

広いオフィスのほぼ中央のデスクに、その人はいました。メガネをかけた、まじめそうな若い男性です。

デスクの上には、書類の束を綴《と》じ込んだ分厚いファイルが何冊も積み上げられていて、その人は一冊ずつ丹念に眺めています。

「昨日、仕事を終えた時には、デスクの上には何もありませんでした。社員たちには、あの机は使わないようにと指示してあるのですが……やはり何か見えますか」

白髪頭の男性が、か細い声で先生に言いました。

この方が、今回の仕事のスポンサーのようです。怯《おび》えた顔色をして、額には汗がびっしょりと浮かんでいます。

「おわかりにはならないと思いますけど、その方は今もそこにいらっしゃいます。お仕事をしてらっしゃるみたいですよ」

スポンサーの方にはメガネの男性が認識できず、ただファイルのページが、ぱらぱらと動いているようにしか見えないのです。メガネの男性は体中が血にまみれ、けれど、きっと見えない方が幸せだったでしょう。

腰から上しかなかったからです。

「その方は仕事の上での失敗を苦にして、電車に飛び込んだということでしたけど……ここから見る限り、かなり疲れていらっしゃるようです。相当、無理をなさっていたのではないですか？」

先生のおっしゃる通り、メガネの男性は激しくやつれていました。目をぎらつかせ、追いつめられたように書類を眺めています。霊でも人間でも、あんなに必死な顔を見るのは私は初めてでした。

「確かに、仕事熱心ではありました。残業や休日出勤もよくしていたようです」

白髪頭の男性は、小さな声で答えました。

「かなり無理なさっていたご様子ですね。死の直前まで、仕事のことで頭がいっぱいだったようです。だから、亡くなった場所やご家族の元ではなくて、会社の方に現れるんでしょう」

「けれど、それは何も私どもが命じたことではありませんので……超過勤務はあくまでも彼の自由意思です」

「私は見える通りに申しあげているだけですわ」

先生はきっぱりとした口調でお答えになりました。

その間にも、メガネの男性は黙々と仕事を――いえ、仕事の真似を続けていました。その姿からは、働く喜びのようなものは、何一つ伝わってはきませんでした。ただ追いつめられた苦しさだけがあふれています。

あの人の場合は、亡くなった場所のエネルギーにつかまってしまう『地縛霊』ではありません。それよりももっと強い、自らの執念のようなものに引かれて、ここに居ついてしまったようです。それほどまでに、仕事のことで頭も心もいっぱいだったのでしょう。

私は少し気の毒に思いました。

亡くなった後も会社のデスクに縛られてしまうような生き方を、あの人はさせられていたのです。

「とにかく、このままでは社員が怯えてしまって……何卒《なにとぞ》一つ、よろしくお願いします」

「承知いたしました。すぐに仕事にかかりますわ」

先生が振り返って、目で合図をなさいました。

「ジュン、今日もよろしく頼むぜ」

リョウさんは小声でそう言いながら、いつもの紫の絹布を私の顔にかけました。私の目の前に、紫の闇が訪れました。

やはりいつものように先生は私の眉間に指先を置き、耳によく馴染《なじ》んだ呪文を唱え始めます。

少々不遜《ふそん》な言い方になりますが、仕事的には、さして難しい要素はありませんでした。ビルの壁にめり込んでいたあなたを剝がすことに比べれば、先生が使われるお力も、ずっと少なくて済んだでしょう。地場のエネルギーを断ち切らなくてもいい分、霊の回収だけに気を集中できるのですから。

私の目の前に、白い点が現れます。それが生き物のように大きく伸びていき、視野いっぱいに広がっていきました。

やがて、見慣れた『白い部屋』が現れたのですが——私はそこにいる見慣れない影を見て、驚きの声をあげてしまいました。

壁も柱も床もすべてが白い部屋の中央に、あの日のままの姿のあなたが、ちょこんと座っていたのです。

その時の私の気持ちが、あなたにご想像できるでしょうか？　もう二度と会うことはないと思っていたあなたに、こんなに早く再会できるなんて。

「どうしたんです？」

私は再び自ら部屋の中に入り、あなたに駆け寄りました。

「もう体に戻られたと聞きましたが、どうしてここに……」

あなたのその後のことは、先生から伺っていました。

あの日あなたは、自らこの部屋を出ていかれました。その後、先生の手で、ベッドの中に横たわっている体に戻されたのです。

あなたの体に霊体を戻す仕事に関して、先生ご自身、かなりのご苦労を覚悟されていたようです。確かに、空っぽの位牌に押し込むのとはわけが違うでしょう。

ところが、仕事はあまりに簡単でした。

あなたの霊体を体に近づけると、水が高いところから低いところへ流れるように、ごく自然に体の中に吸い込まれ、あるべき場所にきちんと戻ったそうです。自然の摂理はこんなところにまで行き届いているものなのだと、先生は感動を覚えられたとおっしゃっていました。

一か月以内にあなたが元に戻らなければ、ギャラを全額返すお約束をあなたのお父様と先生はなさっていましたが、結局それは返さずに済みました。

「いったい……これは」

その夜あなたはぐっすり眠って、翌日目覚めた時には、すっかり元のあなたに戻っていたからです。体の方も目覚ましく回復し、それからわずか十日もたたないうちに、すっかり健康を取り戻されたと聞いております。

そのあなたが、なぜ『白い部屋』にいるのでしょう。

「ここは暖かいわね。気に入ったわ」

私に笑いかけながら、あなたは立ちあがって大きく伸びをしました。これからもずっと、この部屋で暮らそうと思っているような口ぶりです。

私は混乱しました。

(ジュン、行くわよ)

頭上から先生の声が聞こえてきます。

「待って……待ってください！」

『白い部屋』には、一度に一体の霊しか入れません。無理やり二体入れると、先に入れた霊が弾かれて、どこかへ飛び散ってしまいます。

部屋の壁が、いつものようにたわみました。あのメガネの男性の霊を、先生が押し入れようとしているのです。

「お願いです、少し待ってください！」

私は慌てて壁を押さえました。

(ジュン！　いったいどうしたっていうの？)

「別の霊がいるんです……この間の恵利香さんが、まだ部屋の中にいるんです！」

私は声を限りに叫びました。

（そんなはずはないわ。彼女はもう体に戻ったんだから）

「でも、いるんです。本当に、ここに」

始めてしまった仕事は、途中で止めることはできません。

もし途中で止めれば、先生のお力では、二度とその霊を剝がすことはできなくなります。霊の方が先生の気配を覚え、警戒するようになるからです。

（それは、あの子じゃない。ただのイメージみたいなものよ。そのまま追い出しなさい！）

先生が強い口調でおっしゃいました。

私は壁を押さえながら、あなたの方を振り返りました。あなたはあの日のままの笑顔で、じっと私を見つめていました。

「……できません」

白い壁が、人の背中の形に膨らんできます。先生が向こう側から、霊体を押しつけているのです。いつもなら私がこの背中を引いて、部屋の中に導きます。それが私の大切な仕事です。

「できません！」

私は力を込めて、その膨らみを押し返しました。

「もし、これが本当の恵利香さんなら、彼女が飛び散ってしまいます」

（ジュン！）

壁に体を押しつけ、私は先生のお力に抗《あらが》いました。

この部屋の中では、私は驚くほど自由です。私はその自由をすべて力に変えるつもりで、壁を押し続けました。


「何てことをしてくれたの、ジュン」

帰りの車の中で、先生がおっしゃいました。

「あの程度の仕事を失敗するなんて……信用がガタ落ちだわ」

「申しわけありません」

私はただうつむいて、お詫《わ》びの言葉を繰り返すしかありませんでした。

「私たちの業界は、口コミですべてが伝わるの。一度失敗したら、信頼を取り戻すのにかなりの時間がかかるわね」

先生の一言一言が、胸に刺さりました。私は本当に、その場から消え去ってしまいたい気分でした。

「あなたの中に別の霊がいるかどうかなんて、私には一目でわかるのよ。あの時、何度見ても、あなたの中に別の霊はいなかった。まったくいつもと同じ状態だったのよ。今だって、いない」

先生はそうおっしゃいながら、私の頰を撫でました。その指先が、いつもより冷たく感じられます。

「それでもジュンには、前の仕事の女の子が……えっと、何て言ったかしら？」

「恵利香」

ハンドルを握っているリョウさんが、ぼそりと答えました。

「その恵利香さんが見えたのね？」

「はい、前の時と、まるで変わらないご様子でした」

「何から何まで同じ？」

「そうです。だからこそ、まだ抜け切れていなかったのかと思ったのです」

私がそう答えると、先生は不意に口をつぐまれました。かなり長い間黙りこくっておられたかと思うと、やがて苦いものを無理に飲み込むような切ないお顔で、おっしゃいました。

「それはとてもいけないこと……とてもまずいことよ」

その先生のお顔を高速道路の街灯が、まばたきするような明かりで照らし出していました。

「その女の子の姿は、ジュンの記憶が形になったものに違いないわ。あなた、彼女に執着を持っているわね？」

私は答えるべき言葉を失って、ただ先生のお顔を眺める他ありませんでした。

「彼女を忘れたくない、彼女にずっとその部屋にいてほしい……そう思っているんじゃない？」

リョウさんが奇妙な声をあげました。

「それって恋したってことかい？」

「あなたは黙ってなさい！」

振り払うような、強い口調でした。

「あんたにも、後で聞きたいことが山ほどあるからね。覚悟しときなさいよ」

燃えるような目で、先生はリョウさんを睨みつけました。今までに見たことのないような、厳しいお顔です。

リョウさんは押し黙り、車の運転に戻りました。その背中から、ひどくピリピリした気配が立ちのぼっていました。

「とにかくね、ジュン」

優しい口調に戻られて、先生はおっしゃいました。

「それはあなたにとって、あまり良いことじゃないのよ」

「どうしてですか」

「あなたは……普通の人間ではないから」

先生の言葉があんなにも冷たく聞こえたのは、あの時が初めてです。

その夜、また月が啼きました。私は窓べに立って、その静かな歌に耳を澄ませていました。

あなたのことが、ふと思い出されます。

この静かな歌を、あの部屋であなたと聞くことができたら、どんなに幸せだろうと思いました。

先生のお言葉を思い出せば辛くなりますが、今もあの『白い部屋』にはあなたがいると思うと、心は不思議と安らぎました。

自分自身であの部屋を訪れる力は、私にはありません。先生の指を眉間に当ててもらい、そこから先生のお力をいただかなければ、あの部屋を見ることさえできないのです。けれど、たとえ見ることはできなくても、そこにはあなたがいる——たったそれだけのことが、なぜこんなにもうれしいのでしょう。

私は月の歌を聞きながら、その波長に合わせるように、ゆっくり足を踏み出しました。先生に禁じられた歩く練習を、私は密《ひそ》かに続けていたのです。

本当のあなたに会うことは、もう二度とないかもしれません。おそらく、ないでしょう。私はあなたが、どこに住んでいるのかさえ知らないのです。

けれど万に一つ、いつか出会えた時、あの『白い部屋』で会ったのが私だとわかってもらえるように、私は少しでも、あの時の私に近づいておかなければなりません。あなたが知っている私の姿は、あまりに現実とは違い過ぎますから。

ふと、母と妹の姿が思い出されます。

二人とも浴衣を着ています。母は紺色に花の模様、妹は白地に金魚の柄です。二人並んで手をつなぎ、私に向かってほほ笑みかけています。この世のどこかにいるはずの、私の愛《いと》しい家族。

（なぜ、離れてしまったのだろう）

私はゆっくりと足を動かしながら考えました。

なぜ私は、家族と離れ離れになったのでしょう。

なぜ立つことも歩くこともままならない姿になって、何の繋《つな》がりもない先生と一緒に生活しているのでしょう。

ふと、山の麓にある幼稚園の子供たちの姿が思い浮かびました。

お母様やお父様たちと手をつないで、弾むように歩いている子供たちです。私もかつては、彼らのような時間を持っていたに違いありません。それなのに、なぜ……。

（もしかすると）

私はその時まで、ただの一度も考えなかったことを考えました。

（もしかすると、私はさらわれたのかもしれない）

先生を悪く思うなんて、ただそれだけで体が震えてきます。あまりの畏れ多さに、そのまま地面に伏してお許しを乞《こ》いたくなります。

けれど、その心のどこか隅の方で、今まで感じたことのない興奮を感じるのはなぜでしょう。体の芯《しん》から熱を発しているような、荒い心持ちになるのはなぜでしょう。

「まったくあんたには裏切られたわ！」

階下から、先生の声が聞こえました。リョウさんと言い争いをしているのです。

「弟だと思えばこそ、何の能もないあんたの面倒を見てやってるっていうのに……見損なったわよ！」

「だから、こうして謝っているじゃないか。俺が悪かったよ」

先生のご立腹は相当なものでした。

私にはよくわからないことですが、リョウさんがこっそりとしていたことは、かなり大きなことのようです。

「今度ばかりじゃないでしょう！　正直に言いなさい！」

普段の先生からは想像もできない、激しい怒り方でした。きっと私が仕事を失敗させてしまったのも、影響しているに違いありません。

「ちゃんと別の銀行に預けてあるんだ。明日、全部返すよ」

リョウさんがぼそぼそと答える声がします。それでも先生は、まるで獣が吠《ほ》えるように、罵《のの》り続けました。

今まで『白い部屋』を訪れてきた霊たちの声に似ている、と思いました。

7

明くる日、先生はお元気がありませんでした。いつもの時間に私の部屋にお顔を出す以外は、ほとんどご自分の部屋に籠《こも》られているご様子です。私が歩く練習をして転んでも、様子を見にくる気配もありませんでした。

リョウさんの姿も、まったく見えませんでした。明け方近くに、走り去っていく車の音を聞きましたが、それはきっとリョウさんがどこかへ行ってしまった音だったに違いありません。

「先生……リョウさんはどちらにいらしたのですか」

昼過ぎに先生が部屋にいらした時、私は思い切ってお尋ねしました。

「もう事情はわかってると思うけど」

先生は疲れ切った顔でおっしゃいました。

「リョウは、私を裏切ってたの。仕事のギャラを水増し請求して、差額をポケットに入れていたのよ。あの子は昔から、そういう小細工が好きでね……あれでも昔はけっこういい会社に勤めていたのよ。でも、やっぱり、せこい横領をしていたのがばれてクビになったの。全然懲りないんだから」

先生は大きな溜め息をつかれました。

「出ていってしまったのですか？」

「本当は私もクビにしようかと思ったんだけど……やっぱりきょうだいは甘いわね。今回だけは、特別に許すことにしたわ」

「そうですか」

私はホッとしました。

今回のことは私が仕事をしくじってしまったことが発端でしたから、このままリョウさんが帰ってこないようなことになるのは、嫌だったのです。

「通帳を、東京の貸金庫に隠してあるんですって。それを取りに行かせたのよ。朝になってからでいいって言ったんだけど、あの子ったら、夜が明ける前に飛び出して行っちゃって」

「きっと本当に反省していることを、先生にわかっていただきたかったからですよ」

私はリョウさんの気持ちが、よくわかるような気がしました。

私たちは、先生と一緒でなければ生きていけないのです。先生のご信頼を損ねたら、全力で回復しなければなりません。私もリョウさんなら、きっとそうするでしょう。

「昨日は明け方まで起きてたから、眠くてしょうがないわ。ちょっと横になるわね。何か用があったら、遠慮なくチャイムを鳴らすのよ」

やがて先生はそうおっしゃると、小さな欠伸《あくび》まじりに、自分のお部屋に戻っていかれました。

『白い部屋』にいるあなたのことを一言もおっしゃらないのが、何だか不思議でした。

それから私は、一人で過ごしました。

今までの私なら、一人でできることはたかが知れています。絵本を眺めたり、先生がセットしてくださったCDを繰り返し聞いたりするくらいでしょうか。

けれど今は、こっそり歩く練習をしたり、積み木を重ねて手を動かす練習をしたりしています。

あまり自由ではない体を無理に動かすのは、けして楽なことではありません。けれど少しでも進歩が見られると、とてもうれしいものです。十歩がクリアできたら次は十五歩、その次は二十歩と、私はどんどん練習を重ねてきました。今では調子がよければ、一人で部屋の中を一周するくらいはできるようになりました。この調子でがんばれば、いつかあの部屋でしたように、走ることさえできるかもしれない——私は一人密かに、そう思っていました。

けれど、結局その日は訪れてはくれませんでした。すべてが終わってしまう時が、突然にやってきたからです。

それが起こったのは日暮れ時、森の向こうに美しい満月が顔を出した頃です。

その時の私は歩く練習に夢中になり過ぎて、少しばかりくたびれてしまっていました。何だか頭までぼんやりしてきたような気がして、窓べの椅子に腰を下ろし、何気なく外の景色を眺めていたのです。

森の上に浮かんでいた月は、初めは赤く不気味でしたが、空高く上がっていくにつれて、柔らかく青白い光になりました。その光に照らし出されたお屋敷の庭は、なぜだかとても清らかに感じられました。

そこで見たのです。

いったいいつから、そこにいたのでしょう。ふと気がつくと、庭の噴水の近くに一人の女の人がたたずんでいたのです。

私はその人に見覚えがありました。

細いストライプの入った白いスーツの胸に、真っ赤なバラのコサージュ。ぐらつく頭を両手で押さえ、細い首には細い革ベルトが食い込んで、砂時計のようにくびれています。

（探したわよ）

血で汚れた錆色の歯をむき出して、彼女は私に向かって笑いかけました。

（うれしいわ……また会えたわね）

彼女の心の声が伝わってきます。私は言葉を返すこともできませんでした。

彼女は『白い部屋』から先生の鉗子で引き出され、位牌に押し込められたはずです。今ではどこかのお寺に納められ、供養されているはずです。

有り得ない話でした。先生のお力で封じられた霊が自由に歩いているなんて、絶対にあるはずがありません。

私はベッドサイドのボタンを初めて押しました。

「どうしたの、ジュン？」

やがて先生は、眠そうな目でお部屋にこられました。きっとベッドでまどろんでいらしたのでしょう。

私は慌てて窓の外を指さしました。

「前に仕事をした女の人が、庭にいます！」

「何ですって？」

先生は慌てたように、窓の外をごらんになりました。

「別に……誰もいないじゃないの」

「噴水の近くですよ。胸にバラをつけた女の人が」

私も先生と一緒に窓の外を見ました。けれど、そこに彼女の姿はありませんでした。

「何かの見間違いじゃないの？」

「今、確かにいたのですよ。私に話しかけてきました……探していたと」

念のために先生は目を閉じて、神経を集中されました。そうすれば、近くに霊がいるかどうか、わかるのだそうです。

「やっぱり何もいないわねぇ」

先生の目は、どこか私を哀れむようにも見えました。

「ジュン、あなた……もしかして、また歩く練習をしていたんじゃない？」

部屋の中をゆっくりと見回して、先生はおっしゃいました。私は思わず口をつぐんで、うつむきました。

「前にも言ったけど、あなたは普通じゃないのよ。体を使いすぎると、心に悪い影響が出るの。だから、いない霊まで見えてしまうのよ」

先生は私のベッドに腰を下ろしておっしゃいました。

「あなた、普通になりたいのね？」

私は何も言い返せませんでした。

「あの女の子のために、普通の人間になりたいんでしょう？　リョウじゃないけど、あなたは、あの女の子に恋をしてしまったんだわ」

先生は私の手を取って、ご自分の隣りに座らせました。

「まったく、あんな派手な子のどこがいいんだか……私には理解できないわね」

そうおっしゃいながら先生がお浮かべになったほほ笑みは、今までに見たことのないような、ひどく冷たいものでした。

その時初めて、先生は獲物を飲んだばかりの蛇に似ている……と私は思いました。

「夕べも言ったけれど、それはあなたには、あまりいいことじゃないの。あの子のことは、早く忘れた方がいいわ」

先生はごく普通の口調でおっしゃいます。きっと先生にすれば、取るに足らないことなのでしょう。

先生のそのお言葉を聞いた時、何だか胸のあたりから、とても熱い水が昇ってくるような気がしました。今まで、ただの一度も感じたことのない感覚です。

「やはり、憑坐の力が弱くなってしまうからですか？」

私は畏れ多い気持ちを必死に撥《は》ね返して、先生にお尋ねしました。

「仕事ができなくなってしまうからですか？」

この言葉を口にした時、心の中に巻き起こった激しい感情を、世の中の人たちは何と呼ぶのでしょう。『怒り』とは、この気持ちのことでしょうか？　それとも『哀しみ』でしょうか？

私はさらに叫びました。

「仕事ができなくなった私には、価値がありませんか？　普通でない私は、自分の大切なものを守ることさえもいけないのですか？　それなら私は……」

先生の形の良い眉が、引き攣《つ》るように動きました。

次の瞬間、その指先が素早く私の眉間に当てられていました。

「そんなことを言い出すなんて、あなたらしくないわね、ジュン。大丈夫、何の心配もいらない。あなたの心に引っ掛かっているゴミさえ取ってしまえば、つまらない悩みを持つこともないの」

眉間に指を当てたまま、先生は私の体をベッドの上に押し倒しました。

「あなたは今、ほんの少しだけ普通じゃなくなってるの。でも、心配しないで。ちょっとお掃除すれば、すぐに治るから」

先生が、素早くいつもの呪文を唱えました。

すでに私の体は、その力に勝手に反応するようになっていました。どんなに抗《あらが》おうとしても、目の前の光景が遠ざかっていき、闇が訪れます。やがて静かに白い点が現れ、またたくうちに『白い部屋』が出現しました。

そこにはやはり、あの日のままのあなたがいました。私の気配に気づいて、どこかうれしそうにほほ笑みました。

「に、逃げてください！」

私はすぐさま部屋に飛び込み、あなたに向かって叫びました。

我ながらバカなことを言ったものです。この部屋には、入口も出口もありませんのに。

「どうしたの、ジュンくん」

何も知らないあなたは、不思議そうに首をかしげました。

（すぐ済むわ、ジュン）

頭上から先生の声が響いたかと思うと、銀の天井を突き破って、あの巨大な鉗子が飛び込んできました。

「先生、お願いです！　やめてください！」

鉗子とあなたの間に割って入り、私は叫びました。

（それは本物の彼女ではないのよ。あなたの心が作り出した、ただの幻なのよ）

そんなことは、わかっています。

けれど今の私にとっては、何よりも大切な幻でした。この幻をなくすことは、私の中に芽生えた大切な何かを失うことでもありました。それを失ってしまったら、私は生きている意味さえなくしてしまうでしょう。

鉗子の顎が大きく開かれ、あなたを求めて部屋の中をさまよいました。私はあなたを守りながら、部屋中を逃げ回りました。

けれど先生の偉大なお力から逃げるのには、限界があります。先生はすでに何十回も、この巨大な鉗子で部屋の中をまさぐってこられたのです。その経験と勘は、たとえこの部屋が見えていなかったとしても、的確に獲物を探し当てます。

とうとうあなたの小さな肩が、鉗子の先に嚙まれてしまいました。

「ジュンくん、助けて！」

あなたは泣き出しそうな声で叫びました。

方法は一つしかありませんでした。

私は素早く鉗子の先に自分の腕を潜り込ませ、隙間を作ってあなたの肩を抜きました。

その次の瞬間、鉗子が素早く動き、私の頭をつかんだのです。

私の頭は凄まじい力に挟まれ、ぎりぎりと締め上げられました。それは痛みというより、激しい熱さでした。

(今、ゴミを取ってあげるからね)

先生は、あなたをつかんでいると思い込んでいらっしゃるようです。鉗子がゆっくりと天井に向かって昇り始め、私の足が床を離れました。

私が抜かれてしまったら、この部屋はどうなるのだろう。目の端であなたの顔を見下ろしながら、ぼんやりと考えました。

先生のお力を以てすれば、私を再び体に戻すことは簡単でしょう。

けれどその時の私は、きっと今の私ではないだろうと思うのです。きれいに掃除されたて何もかも忘れ去った、別の私に違いありません。今の私は、ここで終わりです。

それでもいいと思いました。

新しい私は、きっと今の私がしたことなど、考えつきもしないでしょう。けれど、そんなことはどうでもいいのです。

私は、私が選んだ道を行くのですから。

闇が訪れました。

『白い部屋』にやって来た霊たちは、こんな風な道を通って去っていったのかと、私はぼんやりし始めた頭で考えていました。

「ぎゃあああああっ！」

突然の凄まじい悲鳴が、私を現実の世界に引き戻しました。

目を開けると『白い部屋』は消し飛んでいて、私の鼻先に先生の歪んだ顔がありました。

大きく開かれた口からは、言葉とは言い難い音を吹き出しています。見開いた目の中では、瞳が恐ろしい早さで回転しています。

やがて前髪の間から、どろりとした赤い筋が流れ落ちてきました。

それは鼻で左右に分けられ、頬でさらに分けられ、口に流れ込んだり、顎先から私の顔に滴り落ちました。

「人がおとなしくしていりゃあ、いい気になりやがって！」

血にまみれた先生のお顔が、勢いよく遠ざかります。そのかわりに目に入ったのは、顔を耳まで赤くしたリョウさんの姿でした。

「こんなもんじゃ済まねぇんだよ！」

リョウさんは長い髪を引っ張って、先生を床に転がしました。手には、小さな斧《おの》が握られています。

「このブタ女！　ブタ女！」

狂ったように叫びながら、リョウさんは斧を先生の体めがけて何度も打ち下ろしました。

最初の後頭部への一撃で深い傷を受けてしまったらしく、先生はほとんど抵抗をなさいませんでした。ただ一度、弱々しく右手を前に差し出されましたが、それもリョウさんが振った斧に弾《はじ》き飛ばされてしまいました。根元が繋《つな》がったままの小指と薬指が、部屋の壁に勢いよく当たりました。

先生が動かなくなっても、リョウさんは斧を振るうのをやめませんでした。肉を裂き骨を断つ不快な音が、しばらくの間、ヒステリックに響き続けました。

やがてリョウさんは手を止めると、肩で激しく息をしながら、床に転がる先生だった物を満足げに見下ろしました。

「よう、ジュン……邪魔しちまって、悪かったな」

夥《おびただ》しい返り血にまみれた顔を私に向け、リョウさんはニヤリと笑いました。

「リョウさん、何て恐ろしいことを」

私はベッドの上で固まったまま、やっとの思いで言葉を吐き出しました。声がうわずり、自分の声のように思えませんでした。

「ん？　なんだ、また睦《むつ》み合ってたんじゃなかったのか？　俺はてっきりブタ女がお前に乗っかってるもんだとばかり思ったけどな」

リョウさんは血まみれの手を振って、部屋の壁に血を飛ばしながら言いました。

まるで仏様の光背のように、その背中にたくさんの霊が乗っているのが、私にははっきりと見えました。

どれも見覚えのある顔ばかりです。あのバラのコサージュの女性もいます。彼女は私と目が合うと、さっきと同じように笑いかけてきました。

「リョウさん、仕事の後の位牌は、きちんとお寺に納められましたよね？」

恐る恐る尋ねると、リョウさんはいつものように、大げさに肩をすくめて見せました。

「初めのうちは、こいつの言う通りにしてたけどな。今日び、寺だって安かねぇんだ。どうせ出てこられなくしてあるんなら、わざわざ高い金を払うこともねぇだろ」

『こいつ』というところで、リョウさんは先生のお顔を勢いよく踏みつけ、冬の霜柱を砕くように歯を何本もへし折りました。

「だから銀行の貸金庫に、俺の通帳と一緒に放り込んどいたよ。別にどうってことねぇだろ」

高らかに笑うリョウさんの後ろで、無数の霊たちが一斉に低く笑っています。

「もっとも今、全部燃やしてきたけどな」

なんと大それたことをしたのでしょう。

おそらくリョウさんは、銀行の貸金庫に隠していた通帳を取りに行き、その時、一緒に入れておいた位牌の包みも引き上げてきたのです。そして始末に困って、どこかで火をつけてしまったようです。

封印の糸が切れ、さらに居場所の位牌までなくなれば、霊たちが間近にいる人間の体に飛び込むのは当然のことでしょう。

「さて、次はお前だ」

先生の血にまみれた斧で、リョウさんは私を指しました。私の背筋を、冷たい痺《しび》れのようなものが駆け昇りました。

「もっとも、姉貴がこんな風になっちまった以上、お前もじきに動かなくなる。その後で骨董品屋に売るか、暖炉にくべちまってもいいかもしれねぇな」

リョウさんはそう言って、愉快そうに身を揺すって笑いました。その言葉の意味が、私には理解できませんでした。

「いったい何をおっしゃってるんです？」

「おいおい、お前、まさか」

血に染まった顔の中で、目だけが大きく白く開かれました。

「お前……まさか、本当に自分が人間だと思っていやがるのか？」

弾けたように笑いながらベッドに近づいてくると、リョウさんは私の左腕をつかんで、勢いよく引っ張りました。

　ぶつりと何かが切れる音とともに、私の左腕が肩から抜けました。

「よく見ろ！　これが人間の腕か？」

私の腕を目の高さに持ち上げて、リョウさんは叫びました。それは、球体の関節がむき出しになった人形の腕でした。

「お前は人形なんだよ！　人形！」

　次の瞬間、リョウさんは手にしていた斧を私に向かって振り上げました。避ける間もなく、斧の刃先は無造作に私の眉間に食い込みました。

　痛みはありませんでした。もとから、私は痛みを感じません。

「こんな風に叩き割ったって、血も出やしねぇ。当たり前だ、お前は木でできてるんだからな……わかったか、ピノキオ野郎！」

斧の刃先を抜きながら、リョウさんは言葉を続けます。確かに私の体には、何の変化も起きませんでした。

「お前はもともと、この屋敷に転がってた人形なんだ。昔、ここに住んでた金持ちの趣味だったんだろうが、ははは、良くない趣味だぜ。何せ、でっかいアレまで作ってあるんだからよ。寂しい奥さんの欲求不満解消用か、それとも旦那が、女と人形の睦み合いを見て喜ぶ変態野郎だったのか……どっちにしても、お前はそういう人形なんだよ」

そう言いながらリョウさんは、抜けた私の左腕をがちゃがちゃと弄《もてあそ》んでいます。

「その旦那が事業に失敗して、狂い死にしたっていうのは知ってるか？　その時、女房も子供も道連れにしたんだ。こんな風に、全員斧で叩き殺してよ」

そう言いながらリョウさんは、斧を何度か振り下ろしました。背後に張りついた霊たちが、うれしげにざわめいています。

「ここから先は姉貴の話だけどな……殺された女房の腹の中には、赤ん坊がいたらしいんだ。哀れな母心ってやつなんだろうなぁ、旦那に叩き殺される瞬間に、腹の子供だけは助けたいと思ったんだ。その思いがあんまり強すぎて、腹の子供の霊が、近くにあったお前に飛び込んじまったらしい。もっとも霊といっても、それこそ右も左もわからない、原始的なやつらしいが」

私は階下にある、扉に隠された絵を思い出しました。

どこか誇らしげに張り出したお腹を見せる女性、その周《まわ》りを囲む禍々しい者たち——絵の題名は確か『希望』。

「俺たちがこの家に来るまで、その霊はお前の体の中で眠ってた。母親の腹の中と勘違いしてたのかな？　はははは」

話す間にも、リョウさんは斧を素振りするのをやめませんでした。

きっとご本人も、後ろに張りついた霊たちが自分の心を支配していることに気づいてはいないのでしょう。霊たちは途切れることなく、リョウさんに悪意と憎悪を流し込んでいます。

「姉貴の奴も止《よ》せばいいのに、お前を見つけて喜んでたよ。何でも言うことをきくペットにするんだってな。ちょっと風変わりな育成ゲームってやつだ」

「待ってください……私の中には、記憶があります」

私は言いました。

「お母様と、妹の記憶があります。昔、自由に歩いていた記憶があります。私が人形だとしたら、これは誰の記憶なのですか」

「決まってるだろう、お前の中を通り過ぎていった霊たちのだよ」

事も無げにリョウさんは答えました。

「お前、仕事の後で何度も悪い夢を見ただろう？　それと同じことさ。霊たちが残していった記憶のカスのいい部分を、お前は自分の記憶だと思い込んでいるんだ。お前が自分の記憶だと思ってるものは、きっとほとんどが、ただの勘違いだぜ。まぁ、今のご時世、本で読んだりテレビで見ただけで、何でもわかったような気になっている連中が多いんだ。それと同じようなものだと思えば、お前も案外現代風なんじゃないか」

リョウさんはさもおかしそうに、身を揺すって笑います。

「もっとも、それもぼんやりしてきてるだろうが」

そう言われて、私はお母様と妹の姿を思い出そうとしました。

けれどリョウさんの言葉通り、はっきりと思い出すことができませんでした。顔も姿も浴衣の柄も、厚い霧の向こうにあるようにぼやけています。

「お前、ときどき姉貴と寝てただろう？」

リョウさんは、先生がよくしてくださったのを真似して、私の頬を撫でました。その指先は血に濡れて、粘ついていました。

「あれは、ただ姉貴が欲求不満を解消してただけのことじゃねぇんだ。ま、半分はそうだったんだろうが……お前は、あぁやって姉貴から性エネルギーみたいなものをもらわないと、動くことも話すこともできねぇんだよ。もちろん、ものを記憶していることもな」

リョウさんの指が、斧で割られた眉間の傷を撫でました。裂け目の内側に指先が触れた時は、叫びたくなるほど不快でした。

「昔、サラリーマンだった頃な。新入社員のバカな奴が、うっかり仕事中のパソコンの電源を切っちまったことがあったよ。もちろん昔の話だから、データは全部消えちまった。お前もそうなんだ。お前も姉貴からもらったエネルギーが切れると、全部なくなっちまうんだよ」

「そんな……そんなバカな」

私は恐れました。

確かに記憶がぼんやりしています。時が経てば、このまますべてを忘れてしまうのでしょうか？

「ジュン、猫ってどんなものだ？」

リョウさんが、からかうような口調で尋ねます。

けれど私には、その言葉が何を指すものか、まったく思い出すことができませんでした。

「じゃあ、イルカは？　この間、本を買ってやったろう」

イルカ――イルカ。イルカって何だったでしょうか？

さっきリョウさんが、じきに私も動かなくなるといった意味がようやくわかりました。

私が歩く練習をするのを先生が嫌っていたのも、きっとこのためだったのでしょう。

よけいに動けば、それだけ早くエネルギーがなくなるのですから。

私はちょうど、霊体をなくしていた時のあなたと逆さまだったのです。

霊だけがあり、命がない人形だったのです。

「わかったか、ジュン……自分ってものがよ」

そう言ってリョウさんは、先生のご遺体の足元に立ちました。

「あぁ、畜生、まだ殺し足りねぇ」

リョウさんはそう言いながら、横たわっている先生の足を、斧で切りつけました。同じところに何度も斧を振り下ろして、とうとう膝から先をすっかり切断してしまいました。その足の部分を持って、何がおかしいのか、狂ったように笑いました。

目の前の人は、もはやリョウさんではありませんでした。リョウさんの姿をした魔です。人間以上に冷酷で残虐な、妄執の塊です。

その時です。

私の耳に、あの静かで柔らかな声が聞こえてきました。

月が啼いているのです。

こんなにも恐ろしい惨劇の頭上で、月は伸びやかに、美しく啼いているのです。

ふと私は泣きたくなりました。けれど人形の私に、涙はありません。

「私を殺して……いえ、壊してください」

私はリョウさんに言いました。

このまま、あなたのことさえ忘れるくらいなら、せめてあなたの記憶と一緒に消えてしまいたかったのでした。

リョウさんはお安いご用とばかりに、斧を振りあげました。

「いや、ちょっと待て。面白い賭《か》けをしようぜ」

振り下ろしかけた手を止めると、肩をすくめながらリョウさんは笑いました。

「俺はいったいどうしちまったんだろうな……人を殺したくて殺したくて、たまらなくなっちまってる。一人二人じゃ足りねぇ。もっとたくさんだ」

それは背後の霊たちが、リョウさんの心を支配してしまっているからです。

彼らは皆、孤独でした。孤独の中で、すべてを捩じ曲げてしまいました。悲しむか、恨むか、狂うか——彼らには、それしかありませんでした。彼らには、生きているものはすべて敵なのです。

「お前、近頃、歩く練習をしているんだってな……少しは歩けるようになったか？」

私は頭を振りました。けれどリョウさんは、お構いなしに言葉を続けました。

「麓に、幼稚園があっただろう。明日の朝、俺はこいつを持って、殴り込みをかけるぜ。チビどもを皆殺しだ」

リョウさんはうれしげに目を輝かせて、斧を頭上にかざしました。

「しかし、もしもだ。ここからその幼稚園の門まで、お前が歩いてたどり着けたら、やめてやるよ。どうだ？」

絶対に無理です。私が歩けるといっても、たかが知れています。

しかもすでに、体からは力が抜け始めていました。どうすれば車で二十分以上もかかる麓まで歩けるでしょうか？

「さぁ、どうする？　やるかやらないか、決めるのはお前だ」

リョウさんは、とても、とても、いやな笑みを浮かべました。

あなたは、月が啼くのを聞いたことがおありでしょうか。

いえ、ふざけているのでも、気取った物言いをしているわけでもありません。実際に月は啼いているのです。

私はその歌を聞きながら、暗い山道を歩いています。

もう、どれほど歩いたのでしょうか。夜明けまで、あとどのくらいの時間があるのでしょうか。

振り向きはしません。

後ろを見て、屋敷の灯がすぐそこに見えたら、私は泣いてしまうでしょう。人形の私に、涙はありませんが。

記憶はすでに、かなりの部分がぼやけてきています。正直に言うと、もうあなたの笑顔も思い出せないのです。けれど、あの月の歌を、あなたに聞かせてあげたいと思う心だけは、まだ死なずにいます。

どんな人間にも、必ず天から与えられた仕事があると教えてくれたのは、どなただったでしょうか。思い出すことはできませんが、正しいことだと思います。人間には、必ず果たすべき使命があるのです。

私は人形でしたが――この使命をやり遂げた時、もしかすると人間になれるかもしれません。

私は歩きます。

私は歩きます。


歩きます。

第十一回
日本ホラー小説大賞
《短編賞》受賞作
(二〇〇四年)

お見世出し

森山東

森山 東（もりやま・ひがし）

一九五八年京都府生まれ。大阪大学人間科学部卒。二〇〇四年「お見世出し」で第十一回日本ホラー小説大賞《短編賞》を受賞しデビュー。他著に『デス・ネイル』『祇園怪談』など。二〇一〇年一月、逝去。

「出張に行ったサラリーマンが聞いた話として、破綻のない物語に仕上げている。ラストに向かっての絞り込み方もうまい。かなりの力量といえるだろう」

——林真理子（第十一回日本ホラー小説大賞選評より）

「いや、本当に可愛いんだよ。芸能界でアイドルデビューできるくらい。舞妓《まいこ》ってさあ、正直言ってあんまりきれいな子はいないんだけど、その子は別格、もう無茶苦茶可愛いんだよ。おまけにまだ十八でぴちぴちしているしさあ」

京都に出張に来た私は、関西支社にいる同期の西田の紹介で、宮川町《みやがわちょう》というところの「お茶屋」、つまり舞妓遊びが出来る場所に行くはめになった。高いんだろと乗り気でない私に、夜遊びなら何でも来いの彼はしたり顔で言う。

「それがホームバーのスタイルのお茶屋でね、いくらいても五千円なんだ。それでいてそのアイドル舞妓がだらりの帯しめて、お相手してくれるんだよ。リーズナブルだろう？」

何がリーズナブルだ。帯を解いてくれるならともかく、と腐す私を西田は拉致《らち》するかのようにその店へ連れていった。

宮川町に着いてみると、なるほど、さすがは花街と言われるだけあって、京都の中にあっても一種独特な風情がある。町家《まちや》造りと呼ばれる建物群に囲まれる狭い路地のような通りには、おそらく昭和初期から静止してしまったような時間感覚がある。琥珀《こはく》色の格子戸から洩《も》れる光、二階の簾《すだれ》から落ちてくる三味線の音に、思わず足を止める観光客の間を、十代も続いた老舗《しにせ》の旦那《だんな》よろしく、颯爽《さつそう》と西田が私を連れて歩いていくのである。

「花流《かりゆう》」と書かれた表札の家の格子戸を彼は勢いよく開けた。まだ新しい普請の眩《まばゆ》いばかりの廊下を渡って迎えてくれたのは、猫である。警戒した猫がみゃおみゃおと鳴き続けるのにかぶさるように、若い女のおかしなイントネーションの声が廊下左手にある襖《ふすま》を通して聞こえてくる。

「これ、ごんちゃん、お客さんやで。おこしやすう」

こんばんはーとにやにや笑いながら西田は自分の家のように靴を乱暴に脱いで上がり框《かまち》を上がり、すうーと襖を開けて侵入する。おっかなびっくりの私が続く。そこで見たものはわずか七席ばかりのホームバーと笑顔で迎える若い舞妓である。

確かに、と私は自分の顔が紅潮していくのを感じた。舞妓は童顔である。しかし、大きな瞳《ひとみ》は末尾で毅然《きぜん》と切れ上がり、眦《まなじり》を朱で染めて白塗りの顔面をきりりと引き締めている。その一方で、笑うと額から幼さが吹き零《こぼ》れ、さして高くもないが上品な角度を誇る鼻筋と、和菓子の職人がそっとつまんだようなおちょぼ口とが舞妓としての適性を示していた。事実、お座敷の数では宮川町で一、二を争うそうである。

なあ、来てよかっただろうという顔で彼はにやりと笑った。舞妓は、

「小梅どす。おたのもうします」

と言いながら、私に「小梅」と書かれたシール付の小さな名刺を渡す。

「千社札だよ。通勤鞄《かばん》にでも貼っといたらどうですかあ」

　西田はすでに酩酊《めいてい》状態のような口ぶりである。

　店の客がわれわれ二人だけなのをいいことに、彼は体を何度もカウンターの中にまで突き出すようにして小梅と話し出した。小梅も慣れたもので、ひょいひょいと避けながら水割りを作り、笑顔を絶やさず、酔漢の言葉にも当意即妙の合いの手を入れる。私は京都に来て初めて伝統というものの実地訓練を見た気がしたのである。

「なあ、小梅ちゃん、この間の約束守っておくれよ」

「はあ？　約束ってなんどした？」

「またしらばっくれて。あんたのお見世出しのときの話だよ。宮川町じゃ知らない者がないっていう噂じゃないか。今度来たとき、話してくれるって約束しただろう」

「あら、そうどしたやろか」

　小梅は小首を傾げながら、ぽりぽりと言って頭を掻《か》く真似をした。豊かに膨らんだ日本髪の上で朝顔の簪《かんざし》が勢いよく揺れる。私はいつまでもここに居続けたいような欲望に駆られている自分に驚いていた。突然、西田は私を指差し、

「ここにいる男はな、表向きはおれの会社の同僚なんだけど、裏稼業を持っていてな、実は作家先生なんだぞ」

　とわめくように言う。

　何を言うと顔色を変える私に構わず彼は続けて、

「だから、小梅ちゃんの話もこの男が本にして出版してくれるかもしれないよ。ねえ、お願ーい、話してよう」

最後はおかまのようにしなを作って小梅を拝まんばかりに頼んでいる。でたらめを言いやがって、と趣味で書いている短編小説を三回だけ新聞に載せてもらっただけの「作家」である私は、心底彼に怒りを感じた。

ところがこの口説きが功を奏したらしい。ほんまどすか、と真正面から私と対峙《たいじ》した美しく真剣な瞳に、私は曖昧《あいまい》な微笑で肯《うなず》くより他はなかった。

「そんな偉い先生のお頼みやったら、お断りできまへんなあ」

と言いながらも、小梅は何か最後の迷いが吹っ切れないような表情で辺りを見回している。

「ただ今日は日が悪おすもの。というのも二年前のうちのお見世出しの日、八月八日どすえ」

それがどうしたんだよ、ともう駄々っ子のようにふくれている西田を諭すように言った小梅の言葉に、ふと私は冷たいものが胸に蟠《わだかま》るのを感じた。

「六道さんの迎え鐘の日どす。つまり、地獄の釜《かま》の蓋《ふた》があいてる日どす。こんな日でもよろしおすんやね？」

そして、舞妓は語り出したのである。

うちの出身地って、西田のおにいさん、覚えてはりますか？

そう、静岡。ピンポーンどす。伊豆《いず》長岡町《ながおかちょう》という温泉町で生まれたんどす。伊豆長岡ってほんまにきれいなお湯の出るところで有名どすけど、うち、小さい頃から着物が大好きで大きなったら、芸者さんになろうと決めとりましてん。

どこのって？　もちろん、伊豆長岡のどす。それが、小学六年生の夏休みも最後になって家でテレビを見てたら、京都の舞妓さんの特集やったはって、いやこんなに小さいときから着物着て、きれいな帯締めて、化粧して京都の街を歩いたはる。なんと舞妓さんて可愛くてきれいなんやろ。うち絶対舞妓さんになるって、もう頭の中がそればっかりになってしもたんどす。

そやけど、どうすれば京都で舞妓さんになれるんか、その時のうちには皆目見当がつかへんかった。わかってたんは、京都には宮川町いうところがあって、そこにはお茶屋さんいうものがあって、そのお茶屋さんがまた舞妓さんを置いている屋形というのを兼ねたはるということだけや。

ほんま頼りない情報やったけど、とにかく一遍京都に行ってみんと話にならんと思て、次の次の日くらい新幹線で京都に向かったんどす。へえ、お父さん、お母さんも一緒にどす。

両親は賛成かって？　いや、もちろん最初は大反対どした。そりゃそうどすやろ、小学生の娘が京都で舞妓になる言うて「ああ、そうか」と許可してくれはる親御さんてそうそういますかいな。そやけど、うちのお父さん、お母さん、泣きながら訴える私にとうとうこう言わはったんどす。

「そこまでなりたいと思っているなら、京都まで連れていってあげる。ただし、私たちは京都駅で待っているから、自分ひとりの力で屋形を探して、舞妓になれるようおかみさんに頼んできなさい」

まあ、両親が偉いんか、うちが強情なんかようわかりませんけど、そう言われたからにはうち、意地になって宮川町のお茶屋さん、一軒一軒回っていったんどす。「舞妓になりたいんです。ここに置いてください」と言うてね。

さすがに小学生が一人そんな風に回って歩くもんやから、お茶屋のおかみさん、皆驚くやら呆《あき》れるやらでまともに相手にしてくれはらへんのどす。「もう早よお家にお帰りやす」とか「お母さんが心配したはるで」とか言われるばかりでうち情けのうて、べそかいていたら、

「何泣いてはりますの」

と声かけてくれはったんが花流のおかあさんやったんどす。

うちが泣きながら事情を話すと、

「そりゃ、貴重な金の卵さんや。うちへお越しやす」

と花流さんに連れていってくれはったんどす。

ほんまにうれしおした。おかあさんの部屋でお茶出してもろて、お茶菓子もあっという間に食べてしもたん、今でも覚えております。おかあさんはうちの話を真剣にじっと聞いてくれはった後、こう言わはりました。

「それほど強い気持ちを持ってはるんやったら、綾乃ちゃん、うちで舞妓になる修業、つまり『仕込みさん』をおしやす。あんたやったら、少々のことにはへこたれませんやろ。あんたのご両親にはこれから私が一緒に京都駅までいってお頼みしようと思てます。ただ、一つ条件があります。それは、小学校はきちんと静岡のご両親のもとで卒業して、それから京都に来やはるということどす。もちろん、義務教育の中学校も通わんとあきまへんで。ここで修業しながら中学校にお通いやす。どうや、この条件、よろしおすか？」

「うん」とうち、首が折れるくらい勢いよく肯いたんどす。するとおかあさん渋い顔して、うんと違います、と言わはる。うちがあわてて大きな声で「はいっ」と言い直すと、また違うと言う。

「舞妓は『へえ』や。『はい』やおへん」

そのときのおかあさんの顔、別人になったように厳しおした。

仕込みさんの修業は辛《つろ》おした。舞妓さんや芸妓《げいこ》さんは夜のお座敷が遅い分だけ、朝はわりとゆっくり起きてきやはるんですけど、うちは中学校へも行かなあかんし、みんなの朝食の準備もしんとあかんし、ということで六時には起きて、掃除、食事の支度、洗濯をふうふう言うてすまして学校へ飛んで行きました。

授業が終わってもお稽古《けいこ》があるから、また飛ぶように屋形に戻って着物に着替えてから、歌舞練場でお稽古をつけてもろたんどす。舞、三味線、鳴り物、そりゃもうめまいがするほどの忙しさどした。なんといってもうちは、仕込みさんの中でも一番ちびすけやし、昼間は学校行ってる分お稽古できひんので、どうしても他の仕込みさんや舞妓さんに比べてお稽古が遅れがちになります。

お師匠さんに怒られて、みんなに笑われて、何遍泣いて帰ったかわからへんどしたけど、こんちくしょうと思いながら頑張ったんがよかったんやろか、一年も経たんうちに、自分で言うのもなんですけど、いろんなお師匠さんから「綾乃は筋がええ」とほめられることが多なってきたんどす。そんなとき、びっくりすることが起こりました。

舞の稽古の時どした。お師匠さんはもう八十を越えるかという大ベテランさんやったんどすけど、背筋はしゃんと伸びてるし、お手本でしてくれはる舞は完璧《かんぺき》やし、もう凄《すご》い凄い先生なんやけど、その芝香《しばこう》先生がうちの顔見て、

「次は幸恵の番や。舞うてみい」

と言わはるんどす。うち、思わず振り返って、幸恵さんという仕込みさんがうちの後ろにいやはるんかなと思たんやけど、誰もいやはらへん。

「そらっ、あんたやがな、はよ舞いいな」

芝香先生、うちを指差し、いらいらしてどならはる。

うち、困ってしもて、

「あのぉ、先生、うち綾乃と言うんですけど」

と恐る恐る言うたら、今度は先生がびっくりしてしもて、

「なんやて、幸恵と違うんかいな。ふーん、それにしてもよう似てるなあ」

と言いながら、蟻地獄の巣みたいに落ち窪《くぼ》んだ目をじっとうちの顔に向け、必死になって記憶の焦点合わそうとしてはる。そしてそれが合うたらしい。みんなに聞こえる大声で言わはったんや。

「そやそや、幸恵言うたら、もう死んでしもた子や。その子と間違うてしもたんや。そりゃ悪いことどした」

呆《ほう》けた先生の言葉に稽古場はしんと静まり返ってしもた。年配の芸妓さんは互いにひそひそ話しながら、うちをじっと見たはる。うち、さすがにその日は落ち込んでしもた。よりによって、死なはった仕込みさんと間違われるやなんて。

お稽古から帰るとすぐにおかあさんに、こんな気味悪いこと言われましてんと報告したら、おかあさんの顔つきが変わりました。もしそこにもう一人芸妓さんがいたら、きっとうちの顔見ながらひそひそ話したやろう、そんな怯《おび》えるような顔でうちのこと見たはるんです。うち構わんと聞きました。

「おかあさん、幸恵って誰どす？」

「……三十年ほど前、私と一緒に『岩春』で仕込みさんしてた子どす。舞妓になる前に首くって死なはりました。そのときの幸ちゃんと今のあんた、瓜《うり》二つや。芝香先生が間違わはるの無理おへんわ」

おかあさん、ちょっとおどおどして答えはるんです。

その様子を見ていたら、うちの心にふと疑問が湧いてきたんどす。

「おかあさん、うちが幸恵さんとよう似てる思わはったんは、今が初めてどすか、それとも」

「あんたと初めて会うたときや。あんたが道で泣いておったときから、そう思てたんや」

その時のおかあさんの顔、なんか憑《つ》き物《もの》が落ちたみたいに呆然としたはりますのや。

西田さん、お水割り、お代わりしましょか？　えっ、今度は焼酎《しょうちゅう》どすか？　男前のおにいさんはどうしましょ？　水割りで。へえ、少しお待っとくれやす。

こんな話聞いたはると喉《のど》渇いてきますやろ。そうでもないって？　そうでっしゃろか。まあ、聞いたはるばかりやからね。うち、喉渇いてきましてん。失礼してお水いただいてよろしおすか？　へえ、水割り違うて、お水どす。この話するとほんまに喉渇くんどす。なんでどすやろ、なんか全身に水浴びたいようなそんな気がいつもするんどす。

そりゃそうと、おにいさん方、ここに来るまでに通りの左手に小さな祠《ほこら》がありましたん、気ぃつかはりました？　岩春さんという大きなお茶屋さんありましたやろ。その隣にひっそり立っているんです。

祠の中にはほんに小さい、鰹節《かつおぶし》くらいの大きさのお地蔵さんが祀《まつ》ってありまして、その地蔵さんの名前が「幸恵地蔵」言うんです。そう、うちそっくりとおかあさんが言わはった幸恵さんの霊を慰めるために建てられた地蔵さんやそうです。帰りに寄ってみておくれやす。その地蔵さん、小さな小さな舞妓さんの着物着たはりますさかい。

なんで死なはったかって？　そりゃ、首吊《つ》らはったからどす。なんで首吊ったかって？　そりゃ、辛いことあったんどすやろ。そう急《せ》かさんとまあ聞いておくれやす。ただ、これからの話はおかあさんから聞いた話やし、みんなほんまの話かどうかは保証できまへんえ。

幸恵さんにそっくりやから言うて、仕込みさんにしたというのは失礼な話やないかとうち、しばらく怒ってたんどす。おかあさんは「違う、違う」と否定しやはるけど、うちにもプライドがあるさかい、「幸恵パート2」みたいに見られるのはいやなこっちゃ、うちはあくまでうちやと思てたんどすけど、幸恵さんてほんま、偉い人やったんどすえ。

幸恵さんは四国の出身やと聞いてます。今の舞妓さんはみんな舞妓さんに憧《あこが》れてくる子ばっかりやけど、幸恵さんは両親を亡くさはったか、両親に捨てられるような恰好《かっこう》で、中二のとき仕込みさんとして岩春さんに来やはったそうどす。そのときに花流のおかあさんも岩春さんにいやはったんで、二人はすぐに仲良うなって、「一緒に舞妓さんになろな」と約束し合ってお稽古に励まはったそうどす。

幸恵さんはそりゃ別嬪《べっぴん》やったそうどす。家族のことも故郷のこともほとんど人にはしゃべらへん頑《かたく》ななところはあったけど、明るくて素直で、何よりも礼儀正しいところがお茶屋のおかみさん連中に受けがよく、可愛がられていたらしいんどすが、何よりもみんなが感心したんは、その芸どした。

そりゃ、舞でも三味線でも鳴り物でも、一、二遍聴いただけ、お手本見せてもろただけですっと会得してしまわはったらしい。そんなあほなって誰もが言わはるけど、ほんまそんな信じられへんことを易々とやらはったそうどす、幸恵さんという人は。

舞の稽古のときもそうやった。三十年ほど前も今と同じ芝香先生がお師匠さんやったんやけど、そのときは先生も今と違うて呆けたはらへんさかい、そりゃ稽古は厳しかったそうどす。

手の伸ばし方が違う、おいどの位置が高い言うて手に持ったはる扇子でパチパチしばかはる。それが痛うて痛うて、要領の悪い生徒はあちこちに青痣《あおあざ》ができるくらいしばかれ続けるんやけど、しばかれる方がまだましで、出来の悪い生徒には舞の最中は、なーんも言わへんとその子が舞い終わったあと、「あんたのは舞やない。故郷《くに》へ帰ったらどうや」と一言ぽつんと突き放したように言わはるだけや。

この一言でほんまに故郷に帰らはった子も何人もいたはると聞いてます。お茶屋組合もちょっと困ったはるんやけど、芝香先生は純粋に芸だけで判断しやはるし、厳しいけど、生徒さんはみんな信頼したはります。

その怖い怖い先生の前で、仕込みさんになってまだ三月も経ってへん幸恵さんが、「祇園小唄《ぎおんこうた》」を舞うことになったそうです。幸恵さんが舞っている間、芝香先生はずっと苦虫を嚙《か》み潰《つぶ》したような顔して黙ったはりました。舞が終わったとたん、芝香先生は声かけはった。

「あんた、名前は？　どこの屋形の子や」

「へえ、岩春の幸恵どす」

「今までどっかで舞を習てたか？」

「へえ、ここに来てずっと先生のお手本を見てまいりました」

「それだけか？」

「へえ、それだけどす」

そう幸恵さんが答えるのを聞くと、芝香先生の顔がゆるゆると緩んで仏さんみたいな顔になり、大声でみんなに言わはったそうな。

「岩春はえらい子を拾うたもんやなあ。こんな覚えのええ子、見たことないわ。五年も十年もぼーっと習てる芸妓衆しっかりせんとあきまへんで。こんな小さな子に負けてるやないか」

芝香先生にこんなに褒められても、幸恵さんは、すまなそうに俯《うつむ》いて真っ赤な顔したはっただけやそうです。

そやけど、幸恵さんと比べられる方はええ気せえへんですわなあ。花流のおかあさん、そうそう、晴美さんと言うお名前やったそうやけど、おかあさんも「幸恵さんは天才や、特別や」と思いながらも、幸恵さんの後で舞うときは気が重うなったと言うたはります。同じ仕込みさんのおかあさんでもそう思たくらいやから、先輩の舞妓さんや芸妓さんは何と思たはったことやろか。それが舞だけと違うて、三味線も鳴り物もみんなそうなんやから、はあ、その時代に幸恵さんと一緒にお習い事したはったねえさん方はさぞ辛《つろ》おしたやろなあ。

それが大きい大きい妬《ねた》みの渦になっていったというのは、うちでも想像できます。いっぺんあの優等生をぎゃふんと言わしたろ、災難に遭わしたろという示し合わせが舞妓さんや芸妓さんの間にあったとしても不思議はおへんやろ。そやけどそれがあんな形になって噴き出してしもたいうのは、ひょっとしてだあれも予想してへんかったことかも知れまへん。

千松《せんまつ》いう名前やったと思います。おそらく、千のつく苗字《みょうじ》で下の名前が松太郎いうんで、みんなから千松、千松って呼ばれていた子がおったそうです。子いうても二十歳はとうに過ぎていて、百八十cmを超える大きな体格した青年やったそうやけど、ちょっと障害があってしゃべるときに独特のくせのある子やったらしい。銭湯の息子さんでしてな、風呂釜《ふろがま》の焚《た》き付《つ》けに使う木材を載せたリヤカーを引いて歩いてはりました。

その子に「幸恵ちゃんは千松のことが好きなんや」と誰かが吹き込んだらしい。たとえぼんくらでも、年頃になったら色恋には興味がいきますやろ。まして、相手は器量よしで、将来名妓《めいぎ》になること間違いなしと言われてる幸恵さんや、千松がリヤカー引くの忘れて、幸恵さんの後追いかけ回してもそれは不思議ではおへんやろ。

そやけど、幸恵さんが偉かったんは、そんな千松の思い込みにきちんと相手しやはったことどす。屋形の用事で買い物に出かけはる幸恵さんを待ち構えて千松が跡つけてきても、いやがる様子もなく、後に従えるように歩いたはる。あんまりしつこう付きまとわれると「千松ちゃんも家の用事せんとあかんやろ」と優しゅうたしなめはる。元々、気のええ千松のことや。「ああ、ああ」と笑うて家に帰っていったそうや。さすがは幸ちゃんやってみんな感心したそうどす。

そうなると面白ないのは、千松に知恵つけた連中や。今度こそ幸恵さんを困らしたろととんでもない計画を考えつかはった。それも幸恵さんのお見世出し、舞妓になる前の日のことやった。

幸恵さんがお見世出しの打ち合わせでお茶屋さんを回り、夜もだいぶ晩《おそ》うなってから屋形に帰ろうとしたときや、宮川町の通りに面した所に公園があって、そこの生垣のところに千松がうずくまっているのを見たそうどす。

夜こんなに晩うなってさすがに幸恵さんも気色悪いと思たらしいけど、優しい幸恵さんのことや、知らん顔はできひんと声をかけはった。「ううん、ううん」と千松はいつものように言葉につまりながら答えよる。

闇に目が慣れて、幸恵さんが探るように見てみると、千松のズボンが側に脱ぎ捨ててある。

「千松ちゃん、あんた、粗相したんか。紙持ってるか？」

って思わず、幸恵さんそばまで言って声かけはったんや。

その時、千松が思わぬ素早さで立ち上がると恐ろしい力で幸恵さんを抱きしめはった。そして口を幸恵さんの耳に押し付けるようにして「お、お、おめこさせて」と呻《うめ》いたそうな。一瞬何が起こったかわからへんかった幸恵さんもさすがにその言葉を聞いて、どういう目に遭うか心が凍りつく思いがしやはったそうどす。

立ち上がった千松の下半身はすでに何も着けていなく、あっという間に公園の砂場に押し倒された幸恵さんは、千松がその「段取り」を知っていたことに、恐ろしい謀《はかりごと》を感じ取ったそうどす。「やめてえ、かんにんしてえ」と叫ぶ幸恵さんの苦悶《くもん》の表情に全く無頓着《むとんちゃく》に、千松は「教えられたとおり」幸恵さんの全ての着物を剝《は》ぎ取《と》り、裸の幸恵さんの体を開いてじっとその上に乗り続けていたそうどす。幸恵さんの悲鳴を聞いて、近所の人が駆けつけるまで、それから先のことは教えられていなかった千松の下半身は砂にまみれていたそうどす。

救急車が呼ばれました。痛々しい裸体に毛布がかけられ、泣きじゃくる幸恵さんの姿を集まってきたお茶屋のおかみさん、舞妓さん、芸妓さん、仕込みさん、みんな見たはりました。千松は警官に手荒に腕を捕まえられ、相変わらず下半身丸出しのままパトカーに乗せられました。

未遂と言えば未遂の行為ですやろ。第一、千松は自分が何をしたのか全く自分自身の頭では理解してはらへんもん。ただ、誰かに「おめこ」という言葉を教えられて、着物の剥ぎ方も教えられて、大好きな幸恵さんにそれを試しただけですもん。そして、その誰かは、救急車で運ばれていく幸恵さんの姿をほくそえんで見ていたことどすやろ。

もちろん次の日のお見世出しは中止となりました。いや中止やない、ちょっと延期やと気丈な岩春のおかみさんは言うたはったらしいけど、花流のおかあさんや他の同期の仕込みさんのお見世出しが次々に終わっても、幸恵さんのお見世出しの日はとうとう来いひんかったんどす。

花流のおかあさんはまだはっきりと覚えてると言うたはります。あの事件があった翌朝、つまりほんまやったら、仕込みさん仲間のトップを切って幸恵さんが舞妓になるはずやったその朝、幸恵さんは顎《あご》の辺にちょっと痣作った青い顔で病院から岩春に帰ってきやはりました。そして、体はどこにも異常ないこと、大した怪我もしてないことを岩春のおかみさんに報告した後、千松は悪いこと無い、誰かに騙《だま》されていただけやからどうぞ責めんといてあげてくださいと訴えはったそうどす。

それ聞いて、花流のおかあさんは泣けて泣けて仕方なかったと言います。どうしてこんなええ子がこんなひどい目に遭うんやろと悲しいやら、腹が立つやらで、何とか幸恵さんを舞妓さんにせなあかんと心に決めたそうどす。自分のお見世出しも決まってへんのに、そう思たそうどす。

その夜、いつものように幸恵さんと花流のおかあさんは枕を並べて語り合いました。

「幸ちゃん、負けたらあかんで。おかあさんも延期や言うたはるやないか。絶対お見世出ししてもらえるし、それまでの辛抱や。幸ちゃんみたいな完璧な人が舞妓にならへんでどうすんのや。な、がんばろな」

幸恵さん、淋しそうに笑いながらこう言わはったそうどす。

「うん。そやけど、こんな傷もんになった私を引いてくれるねえさん、いてはるやろか？」

「何いうてんのん！ 傷もん、傷もんて言わんときよし！ 小春さんねえさんがまた引いてくれはるに決まってるやないの。そやし、小梅という名前ももらってるんやろ」

花流のおかあさんは布団の中でむきになって大声出して反論しはる。幸恵さん、ますます消え入りそうな笑みを浮かべて、

「小梅っていう名前、ほんまにうち好きやねん。早よ、小梅って名前で呼ばれたかったわ」

それを聞いたおかあさんはたまらんようになって、

「絶対舞妓になれる。うちが保証する。うち、幸ちゃんが舞妓になるまで舞妓にならへん。絶対一緒に舞妓になろ。なあ、約束やで」

と布団の中で指きりが交わされたそうやけど、幸ちゃんの指、今にも溶けてしまいそ

うなほど弱々しかったそうどす。

花流のおかあさんも罪な約束してしまわはりました。それから一ヶ月もせんうちに今度はおかあさんのお見世出しの日が決まったそうどす。「幸恵ちゃんと一緒に」と岩春のおかあさんに抵抗したんやけど、あほっと一喝されて渋々応じたそうどす。七月三日、大安の日、花流のおかあさんは「晴美」から「小菊」にならはったんどす。

その日は朝から快晴で、岩春の玄関前は黒山の人だかりどした。プロ、アマのカメラマン、地元テレビ局のスタッフがええ位置をキープしようとせめぎ合い、他の屋形の芸舞妓《げいまいこ》、仕込みさん、宮川町のお店の人、観光客が今か今かと舞妓姿のおかあさんが現れるのを待ち受けたはる。舞妓を志した者の晴れ舞台、それがお見世出しの日どす。

そやけど、花流のおかあさんは気が気ではありませんでした。髪を「割れしのぶ」に結うてもらい、黒紋付を着せてもろても心の半分は幸恵さんの方に向きっぱなしや。「幸恵ちゃん、堪忍な、約束守れへんと。うちのこと恨みに思わんといてな」おかあさんは着物の着付けの間、そう唱えるように念じていたそうどす。

とうとう、おかあさんが小春さんねえさんに引かれるようにして岩春の玄関を出る時が来ました。蛇が一斉に舌出したようなしゃーというシャッター音に囲まれたかと思うと、「わあーきれいー」「小菊ちゃん、おめでとう」という歓声と拍手に包まれて小菊さんねえさん、つまり花流のおかあさんはさすがにうれしゅうて頭の中が真っ白になったと言うたはります。自分でどう歩いたのかわからんくらい無我夢中で小春さんねえさんの後についていき、一軒目のお茶屋さんへの挨拶《あいさつ》が済んでほっとして、ふと振り返って岩春の二階を見たときのことどした。

幸恵さんが窓から顔出してじっと見ているのに気がつかはったんどす。

幸恵さんの顔には簾の影が落ちて、灰色につぶれた顔の表面に光の筋がいくつも横断しておりました。小菊さんねえさん、手を振ろうとしやはったけど、びくっとして引っ込めてしまわはったそうどす。

幸恵さんは決して笑たはりませんでした。視線を鋭角に、小菊さんねえさんの着ている黒紋付に落としたはりました。ほんまやったら、幸恵さんが着ることになってた衣装どした。小菊さんねえさん、思わず足元がふらついたそうどす。どないしょうともう一遍振り返ったとき、簾の下に二の腕より細いような白い首しか見えへんかったそうどす。その首は、小菊さんねえさんが通りを折れて見えのうなっても、簾にぶら下がるみたいにしてずっとそこにあったそうどす。

幸恵さんが、岩春のおかみさんの菩提寺《ぼだいじ》で首吊《つ》らはったんは、小菊さんねえさんのお見世出しの終わったあくる日のことどした。墓所を掃除したはったお寺の奥さんが、墓所を囲む松林の中で、小首を傾げて空中にぶら下がってはる幸恵さんを発見しやはったんどす。遺書はおへんどした。葬式は岩春のおかあさんが出さはりました。納骨はどこにしょ、と迷たはったときに四国の親戚いう人が現れて遺骨を引き取っていかはりました。一週間もせんうちに、幸恵さんは宮川町から跡形もなく消えていかはりました。

さぞや、小菊さんねえさん、大泣きしやはったやろうと思わはりますやろ？　うちもそう思いました。ところがどっこい、小菊さんねえさんはえろう感心してしもて涙も出んかったそうどす。さすがは幸恵ちゃんやと思たそうどす。

何でかって？　まず、死んだ場所どす。岩春の家の中やない、岩春の菩提寺っていうのがよう考えたはる。そんなん、屋形の中で首吊ってみなはれ、もう二度と若い仕込みさん来いひんようになるし、第一お客さん自体が気味悪がって来やはらへんどすやろ。

その点、お墓やったらお仲間がたくさんいたはることやし、お墓参りにきやはる人も特別こわがるってことおへんやろ。墓で首吊ったら畳も汚さへんし、お盆になったらみんな思い出してくれはるし、しかも首吊らはった松林、もうじき造成されて墓所を拡張する予定やったそうどす。ようあの子はそこまで読んでたんやなあと、みんな改めて宮川町始まって以来の名妓になるはずやった子を惜しんだ言います。

それに自殺する直前、四国の親戚に電話して京都に来るよう頼んだはります。納骨のことで岩春のおかあさんに面倒かけとうないと思たんでしょう。「どこまで水臭い子やねん」と岩春のおかあさんはいつまでも泣いたはったと言います。

小菊さんねえさんには、幸恵さんが死んだとは到底信じられへんかったんどす。病院に駆けつけて青黒く変色した首筋を見たときも、骨箱を見知らぬ中年夫婦が抱えて去っていくのを見たときも、これは幸恵さんが仕組んだ壮大なお芝居なんやと思い続けてはったそうどす。

幸恵さんて、どういうたらええんやろ、絶対の完璧主義者とでもいうんやろか、礼儀作法でも芸事でも人生そのものでも、完全でないと気がすまへんタイプやったんやと小菊さんねえさんは見たはります。そやし、あの事件でみそつけてしもた自分の人生を許すことができひんかったんちゃうやろか、今で言う人生のリセットを幸恵さんはしたかったんちゃうやろか。小菊さんねえさんはそう、ずーっと、そして今でも思たはりますのや。

かわいそうなんは千松どした。結局、幸恵さんが訴えはらへんかったので警察に何日間かお世話になった後、釈放されてまた元のように宮川町をほっつき歩いたはりました。さすがに幸恵さんには近づくことができず、さりとて一度インプットされたことは忘れられへんのどすやろ、遠くから幸恵さんを眺めて暮らす日々やったんどすが、幸恵さんが死んだと聞いて、精神的にさらに緩んでしもたようどした。

千松はかぶと虫が大好きどした。みかん箱に網をかけておがくずを詰めていっぱい飼うておりました。幸恵さんが死んでからというもの家の中でずっとかぶと虫を相手に暮らしておったようどす。

ある日、白のランニングシャツにかぶと虫をいっぱい集《たか》らせて歩いている千松と小菊さんねえさんがすれ違ったそうどす。なんや気になって、千松どん、どこ行くんやと聞いても「ああ、ああ」としか答えへん。あんなにかぶと虫、体につけて何するんやろと思たけどお座敷があるし、松原通に向かう千松の黒い点が蠢《うごめ》く大きな背中をちらと見送り、お茶屋さんの二階に上がろうとしたときどした。動物園のヒヒが絶叫するような金属音が宮川町一帯に響き渡りました。思わず、お茶屋を飛び出した小菊さんねえさんの目に、松原通を指差し、走り出す人の群れが飛び込んで来たんどす。

「飛び込みや、松原の踏切で飛び込みや」と興奮した男の声がしました。

小菊さんねえさん、夢中で駆け出しました。数人を追い抜き、京阪電車の松原の踏切の前まで来たとき、強い血の匂いにめまいがしたそうどす。

首のない千松の体が、線路脇の砂利の上で逆立ちをしていました。京阪電車の職員が軍手にビニール袋を持ち、千松に代わって首を探したはりました。千松の周りにはぎょうさんのかぶと虫がひっくり返りもがいてました。

「千松ーっ」て小菊さんねえさん、いつまでたってもキンコンキンコン鳴り続ける踏切の遮断機から身を乗り出すようにして、自分でもびっくりするほどの声で叫んだそうどす。そして、唖然《あぜん》とするくらいの涙が溢《あふ》れて止まらへんようになったそうどす。

幸恵さんが死なはったとき、ひたすら感心し続けて涙一つ見せへんかった小菊さんねえさんやったのに。ひょっとすると、その時我慢してた悲しみがここで一挙に噴出したんかもしれまへんな。千松も最期は別嬪さんに見送られて幸せやったやろなあ。

誰かが「あの世」のことを千松に教えた、そんな無粋なことはもう誰も言わはりませんでした。幸恵さんの祟《たた》りや、とかいう噂も出たけどすぐ消えました。千松は自分で考え、自分で結論出したんちゃいますやろか。シャツから飛び立ったかぶと虫を捕まえようとして踏切に入っていった、と言う証言もあるそうどす。結局死人の心は死んでみん限りわからんと言うことどすやろ。

あ、そうそう、祟りと言えば、幸恵さんはお返しはきっちりやり遂げはったみたいどす。へえ？「犯人」を呪い殺した？　そんなあほな！　幸恵さんは優しい子どす。そしてもっと賢おした。

ある舞妓の頭に十円玉ほどのハゲができるんどす。へえ、うちら舞妓にハゲができるのはそない珍しいことではないんどす。というのも髪結うときに髪の毛きつうひっぱるもんやから、頭の皮の弱い人はようハゲができるんどす。

そやけど、その子のハゲは見る見る大きなって、とうとう河童《かっぱ》のお皿みたいな大きさになってしもた。お医者さんに見せたら、極度のストレスによる円形脱毛症のひどいやつや言われて、原因不明で治らんまま、その子は舞妓をやめはりました。髪が結えへんかったら、地毛の舞妓はできまへん。もう一人、同じ症状の子が現れて、二人とも泣く泣く宮川町を去っていかはりました。その二人こそ、幸恵さんが死んだとき、千松にいらんこと教えたと噂になった二人どした。稽古場で幸恵さんの後で舞を舞って、お師匠さんからぼろかすに言われ続けたはった人たちやったそうどす。

千松のこと、円形脱毛症のことでびびってしもた宮川町は、組合が音頭とって岩春さんの隣に祠を造って地蔵さんを祀り、幸恵さんの霊を慰めようと思わはりました。それで「幸恵地蔵」ができたんどす。お参りしたら芸事が上達する言うて、宮川町の芸舞妓だけ違うて、最近は遠くから若い女の子が続々と参ったはります。へえ、おにいさん方も帰りになんか願掛けはったらどうどすか？

西田さん、西田のおにいさん？　いや、かなんわ。熟睡したはるわ。西田さんがうちのお見世出しの話聞きたい言うたはったのに、おかあさんのお見世出しの話のとこで寝てしまわはるなんて、ひどい話やおへんか。なあ、作家のせんせ、そう思わはりませんか。

えっ、僕は作家とちゃいますて？　まあ、ご謙遜《けんそん》なこと。よろしいやおへんか、今夜はうちのために大作家でいておくれやす。その方がうちも話しがいがあるというもんどす。

よう、覚えてるて？　おかあさんの話をどすか？　みんな、そう言わはります。まるで見て来たみたいやと。なんでどすやろな。ほっほっほ、三十五年も前の話やのにね、その場にいてたみたいやと。なんでどすやろな。多分、おかあさんにもう百遍も繰り返し聞かされているからどすやろ。話が体に染みついとるんどす。え、ほんまはいてたんちゃうかと？　ほっほっほっ、面白いせんせどすな。

うちまだ十八どすえ。

うちが舞妓になったんは、今からちょうど二年前のことどした。その年の春に中学校も無事卒業し、もう一日も早う舞妓になりとうてうずうずしてたのに、おかあさん、いつまでたってもお見世出しの日決めてくれはらへんかった。

うちら宮川町の仕込みが舞妓になるのには、まずお試験を受けんとあきまへん。お試験は四月にあって、こう言うちゃなんやけど、うち一番で通ったんどすえ。お試験はお茶屋組合や芸妓組合の役員さんの前で二曲、舞を舞うんどす。さすがに象の心臓って言われるうちもその時は緊張しよりました。

いつもやったらすっと手が伸びるとこも、かじかんでしもたみたいに伸びひんかって、何ヶ所か「しもた」と思うところもあったんやけど、まあまあやなと思て最後に三つ指ついて礼をして顔を上げたら、みんなしーんとしたはりますのや。おまけに芸妓さんのおねえさん方、みんな俯いたはる。「こりゃえらいこっちゃ、落ちたかな」と思てたら、みんなしくしく泣いたはりますのや。うちははっとした。

役員やったはる岩春のおかみさん、小春さんねえさん、他のおねえさん方みんな、幸恵さんのこと覚えたはる人ばっかりなんや。特に岩春のおかあさんなんかタオルみたいに大きいハンカチ引っ張り出してきて、涙でくしゃくしゃになった化粧をごしごし拭《ふ》き取《と》りながら、

「綾ちゃんおおきに、おおきに。あんた見てたら、幸恵思い出してきてなあ。ほんまそっくりや」

言うたきり後は嗚咽《おえつ》で言葉にならへん。

うちの横のおかあさんも涙いっぱい浮かべたはる。「また幸恵さんか、もうええ加減にしてえなあ」とうち一人冷静やったけど、涙、涙のお試験で最高点もらえるんやったら、幸恵二世も悪うないな、とうちは割り切ることにした。そんな時もやっぱり芝香先生は厳しおしたなあ。

「幸恵、どないした？　えらいへたになってるやないか？」

その言葉でみんな、また一層泣かはるんや。

お試験が済んだら今度は「お盃《さかずき》」言うて、舞妓として引いてもらえる先輩芸妓さんとの姉妹の契りを交わす儀式がありました。もちろん、うちのおねえさんになる人は小春さんねえさんしかおまへん。幸恵さんと姉妹の契りを交わす予定やったおねえさんどす。

小春さんねえさんと三三九度の盃を交わして、うちは幸恵さんがもらうはずやった「小梅」さんの名前をもろたんどす。小春さんねえさん、金屏風《きんびょうぶ》を背にして盃に口をつけるうちをじっと見たはる。

小春さんねえさんは今は地方《じかた》言うてお座敷では三味線担当したはります。舞妓の礼儀作法には滅法うるさい人なんやけど、その小春さんねえさんがうっとりとうちの姿を眺めたはるんや。

「幸恵ちゃん、今度こそ、本番やで」

そうつぶやかはった言葉、うち聞き漏らさへんかった。

幸恵、幸恵、幸恵、幸恵……宮川町には幸恵さんの亡霊が蔓延《まんえん》しとった。さすがにのん気なうちもキレそうになったんどす。今度、幸恵言う言葉聞いたら、もう舞妓なるんやめよか、そんな気になりました。

お盃の後は見習い言うて、「半だら」と呼ばれる短い目のだらりの帯を締めて、お茶屋さんに舞妓としての見習いにいきます。もちろん、うちの場合は岩春さんどした。岩春のおかみさんが諸手をあげて待ち構えたはりました。

そやけど、そんな風に着々と舞妓になる準備は進んでいるのに、舞妓としてのデビューの日、お見世出しの日時が全然決まってへん。花流のおかあさんは、あんたにとって一番いい日を今占い師さんに選んでもろてるんやと言い逃れしやはるけど、うちどうも怪しいと思てた。

うちの見習い期間に知り合うた他の見習いさんは次々とお見世出しの日を迎えて、お座敷に出たはるんや。一番で試験に通ったうちが何でこんなに待たなあかんのやと、このときばかりは確かに幸恵さんの気持ちがちょっとわかるような気がしたんどす。

そんな悶々《もんもん》とした日々を送っていたある夜、見習いから帰ったうちをおかあさんがこれ以上はないという笑顔で迎えてくれはって、

「おめでとう、綾ちゃん、あんたのお見世出しの日が決まったで」

と言わはるんや。さすがにうれしゅうなったうちがいつどす、って聞いたら、おかあさん、ちょっと小さい声になって、

「八月八日、末広がりの日や」

って言わはる。

うち唖然とした。

「なんでまたそんなお盆前の暑い日にお見世出ししやはるんどすか？」

って聞いたら、おかあさんがばっとカエルのように畳の上にひれ伏して、うちにお願いしやはるんや。

「綾ちゃん、うちの一生のお願いや。あんたのお見世出しの日に幸恵ちゃん呼ぼう思てるんや。あんたと一緒に幸恵も舞妓にさせてやりたいんや。それ、許してもらえへんやろか？」

うち、おかあさん頭が変にならはったと思た。

「おかあさん、何言うたはるんかようわかりまへん。第一、幸恵さん呼ぶてどこから呼ぶんどす。あの世からお呼びするんどすか？」

「そうや」

おかあさん真顔で肯かはる。

「八月七日は六道まいりの日や。六道珍皇寺《ろくどうちんのうじ》さんに参って、幸恵の霊をあの世から呼んできて、あくる日、あんたと一緒にお見世出しさせてやろうと思てるんや」

狂うてる、完全に狂うてるってうち思た。岩春の女将《おかみ》さん、芝香先生、小春さんねえさん、おかあさん、みんなおかしい。何が「幸恵は優しい子」や。この宮川町を祟ったはる、呪ったはる、三十三年経った今もみんなの頭の中に巣食うたはるやないか。

もう呆気《あつけ》にとられて声も出えへんうちの姿を見て、さすがにおかあさんもかわいそうと思わはったんやろう、

「ちょっと来とうみ」

とおかあさんの部屋に連れて行かれた。

部屋に入るとおかあさんの好きなお香の匂いで体中が締め付けられるようや。おかあさん、箪笥《たんす》の一番上の抽斗《ひきだし》から両手で宝物を捧げるようにそうろと着物を包んだ袋を出してきやはった。今やったら、中古マンション一軒買えるくらいの値段やろう言うておかあさん、袋から着物を取り出し、ちょっと着てみるかって言うてくれはりました。うち言われるままに自分の着物脱いで、鏡台の前で試しに着てみたんどす。

鏡の中に、夜の池の水面のように滑らかな黒がぱっと広がりました。その上に牡丹《ぼたん》、桔梗《ききよう》、菊が咲き誇り、三日月が上がり、金の蝶々がくるくる舞うて、薄《すすき》の穂が波打って、鹿が長い首を曲げてうちをじっと見つめてる。着物の値打ちなんてなんもわからんうちどしたけど、それが最高級の黒紋付いうんは、目に染みんばかりの鮮やかさでわかります。

「うちがお見世出しのとき着せてもろてから、誰も着てへん黒紋付や」

鏡の中で、おかあさん、うちの肩から顔を出しつぶやくように言わはる。

「あんたやったらこれを着る資格があるはずや。そやけど、幸恵にも着せてやりたいんや。あんたを通じて幸恵にお見世出しさせてやりたいんや」

おかあさんの言葉が魔女の呪詛《じゅそ》のようにうちの耳穴に流れ込んできます。うち、その流れを絶ち切るように、かぶりを振りながら聞きました。

「おかあさん、六道さんで幸恵さんの霊を呼ばはるのはええけど、もし、幸恵さんの霊があの世に帰りとうないと言わはったらどうします」

「そんなことは決してない。昔から聞き分けのええ子やったもの」

おかあさん、ちょっと夢見るような顔になって言い張らはるんや。

花流のおかあさん言うのは、ほんにええ人どす。うちよりもっと丸顔でおたふくさんみたいな優しい目元で、ふくよかでころころしていて、でも声だけは少女みたいに若々しい。

花流というお茶屋はおかあさんの代で建てはったんやけど、屋形も兼ねていて、うちを含めて三人の舞妓さんと一人の芸妓さんがいたはります。こんな新しい屋形で四人の芸舞妓さんがいるいうのは、宮川町でも珍しい。いかにおかあさんがやり手でみんなから慕われているかの証明どす。

そんなおかあさんやのに、えらい憑かれたように幸恵さんの霊を呼ぶ言うてきかはりませんのや。とうとううちも根負けして、八月八日のお見世出しを承知しました。もっとも、うちがいや言うて変えられるもんやありまへんけどな。

二年前の八月七日の夜は、珍しいことにいやらしいくらいの大雨どした。おかあさんとうちは蛇の目傘さして、六道さんにおまいりに行ったんどす。六道珍皇寺言うのがほんまの名前どすけどな、京都の人は六道さんにおまいりして、そこで先祖の霊を迎えるために「迎え鐘」を撞《つ》くんどす。まあ、鐘鳴らして、眠ったはる先祖の霊を起こさはるわけです。

そうやって、起きはった先祖の霊はお精霊《しょらい》さん言わはりましてな、槙《まき》の葉に乗ってあの世から帰ってきやはるそうどす。そやし、六道さんでは高野槙が売られております。お盆の間はそれを仏壇にお供えし、ご先祖さんと一緒に暮らすわけどす。

宮川町から松原通に入り、松原署の前を過ぎてちょっと上り坂になり、右手に地獄絵で有名な西福寺《さいふくじ》さんを過ぎるところが、「六道の辻」言うて、この世とあの世の境言われてるとこどす。東大路通まで坂が続くんどすが、おかあさん、強うなる一方の雨も気にせんとうれしそうに早足で珍皇寺さんに向こうたはります。左手に朱塗りの大きな門が見え、その門の左に子供の身長ほどの石碑に「六道の辻」と書かれています。珍皇寺さんの門前は、高野槙を売る人と求める人で溢れかえっていました。

おかあさんは一つ買うて、白いビニール袋に入れてもらはりました。松の枝みたいな針葉樹がビニール袋に包まれ、幾つもの白い棘《とげ》を作っておりました。おかあさんは境内に入ると、すぐに本堂に向かい、青い胡瓜《きゅうり》みたいなつるつる頭の若いお坊さんに「為幸恵霊位」と薄い木の板みたいなもんに書いてもろて、また急ぎ足で、迎え鐘を撞こうとしたはる人の列に並ばはりました。

人の列は珍皇寺さんのもう一つの門の外へ出て、五十メートルほど通りに沿って出来ております。今日は雨が降ってるからいつもより少ないそうどす。おかあさんとうちは、迎え鐘の順番が回ってくると、お堂みたいな中に入っていてよう見えへん鐘の縄を引っ張りました。鈍い音が一回だけしました。

こんなんであの世まで聞こえるんやろかと不審に思うまもなく、おかあさんは手に持った板を線香の煙に何度もまぶすようにして、最後は水子地蔵さんみたいな石のお地蔵さんがいっぱい並んだはる前で、水が張ってある樋《とい》みたいなところにその板をそっと置いてきやはります。

「これは水塔婆《みずとうば》いうてな、迎え鐘で呼びたい人の名前を書いておくんや。そして、お盆が終わってお精霊さんが帰るとき、ここのご住職がこの水塔婆を焼いて供養してくれはるのや」

おかあさん、一連の手続きが終わってほっとしたような顔して解説してくれはる。

さあ、帰ろうかという段になって、

「そやそやお参りしとかなあかん」

言うて、おかあさん、大きな祠みたいなお堂の前に立たはった。お堂の中には大きな二つの像が立ったはる。一つは恐ろしい閻魔《えんま》さんや。もう一つは平安時代の貴族みたいな衣装着たいかめしい顔の男の人どした。

「小野篁《おののたかむら》さん言うて、閻魔大王の片腕やったえらいお方や。昼間はお役所にいて、夜は地獄で閻魔さんを助けたはったそうや。地獄に行ったりきたりするのにこのお寺にある井戸を使たはったそうやで」

とおかあさんはまた説明してくれはる。

へぇーとうちは感心した。そんな忙しい人やから、眠そうな目をしたはるんやろか、とうちは見上げているうちに、なんや威厳に打たれるように自然と目を閉じ、両手を胸の前で合わせてお祈りしたんどす。

「篁はん、篁はん、うちのおかあさんがけったいなことしようとしてはりますけど、どうかうちとおかあさんをお守りください」

その時や、おかあさんのぎゃーと言う声がしたのは。うちが驚いて目を開けると、おかあさん、手に持った高野槙が入ったビニール袋を砂利道に投げ出したはる。

「この高野槙、動いとる。今、うちの指を摑《つか》もうとしよったんや」

確かに白いビニール袋を突き破ろうとせんばかりに棘の何本かが上下に動いてる。うち思い切って、ビニール袋から高野槙を引っ張りだしたんや。そしてそれを見たとき、今度はうちが悲鳴を上げた。高野槙に小さいかぶと虫が付いておったんどす。

世の中のことは、結局はなんでも偶然どす。どんな信じられへんことでも後から考えたら偶然の連続で説明できるんどす。そやし、うちが幸恵さんにそっくりなんも偶然、おかあさんがうちのお見世出しで幸恵さんを呼ぼう思わはったんも偶然、高野槙にかぶと虫がくっついとったんも単なる偶然、それは霊や祟りと全く関係のないことや。そう思う、思わんとあかんと念じながらうちらは急いで屋形に帰りました。

おかあさんの顔は蒼白《そうはく》で、

「えらいこっちゃ、千松まで来てしもた」

言うて家に帰るなり、仏壇、神棚を拝みまくったはる。そんなに怖いんやったら、呼ばへんかったらいいのにと思たけど、もう「手続き」は終わってるし、後はなるようにしかならへんやろとうちは開き直ったんどす。

明日はお見世出しやからと、十時には床に就きました。せやけど、興奮と不安と恐怖でなかなか寝られまへん。

幸恵さん、どうやって「来やはるん」やろか。夢枕に立たはるんやろか。うちが寝ている間にうちの体に入って、うちを意のままに操らはるんやろか。入るとしたらどっから入らはんのやろ。口やろか。まさかエイリアンみたいにお腹を突き破って出たり入ったりしやはらへんやろな。そやけど、足のない幽霊みたいに廊下とかに立ったはったら、怖くてお便所行けへんわ。

そんなあほなこと考えているうちに、考えることに疲れてしもたんか、何も夢見んと熟睡したようどした。次に目え開けたら、すっかり雨も上がって快晴の青空が窓越しに見えました。

周り見回してもいつもと変わらんうちの部屋。手も足も胸も見たけど、夕べと持ちもんは一緒どす。「いつまで寝てんのどす」言うて怒りながら階段上がってくるおかあさんも一緒どした。

なんやほっとすると同時にちょっとがっかりしてしもたんどす。何が迎え鐘や。単なる行事やないか。おかあさん、何かんかんになったはんのやろ、それより、うちのお見世出しあんじょう頼みますえとうち思たんどす。

その日は朝早うから髪を割れしのぶに結うてもろて、お顔も白塗りにしてもらいました。男衆《おとこし》さんに帯をきっちり締めてもらい、あの黒紋付着て、花簪《はなかんざし》つけて、引いてくれはる小春さんねえさんが来やはるの待っておりました。

本日はおめでとうさんどす、いう声がして小春さんねえさん、二階に上がって来やはったんやけど、うちの顔見るなりあっと言うて涙ぐみそうにならはる。今日は祝いの席やから言うて、ねえさん、後ろ向いて必死になって涙拭《ふ》いたはる気配が伝わってきた。ねえさんも黒紋付、でも髪型だけは洋髪やった。

「綾ちゃん、ごめんな。綾ちゃんの晴れの日やのに涙見せて。せやけど綾ちゃん、ほんまにきれいでびっくりしてしもたんや」

綾ちゃんいうところ、みんな幸ちゃんに変えたらどうどすかと喉《のど》まで出かかったけど、うちを引いてくれるねえさんにそんなことは言えへん。それに今日は不思議と幸恵ちゃんの話が出てこえへんのや。ええこっちゃと正直うちはうれしかった。おかあさんが何言うても、今日は幸恵やない、綾乃のお見世出しの日ぃなんやから。

一階にいて何遍も玄関から外に顔出して様子見たはったおかあさんが、二階に向かってオーケーの合図出さはった。おかあさん、もう早よから火打石持ったはる。

「ほな、小梅ちゃん、用意よろしいな」

小春さんねえさん、きりっと顔を引き締めて、二階の階段を下りていかはる。うちはおねえさんに引かれるようにそうろと階段を下り出した。そやけど、だらりの帯が重うてうまいこと重心が取れへん。こわごわ猫背になって足を出そうとしたら、声が聞こえた。


――もっと背筋伸ばして。


「へえ、ねえさん、おおきに」

と言うて小春さんねえさん見たら、ねえさん、もう階段下りきって三和土《たたき》のところで不思議そうにうちを見たはる。

「足元気ぃつけや。ゆっくりでええしな」

ねえさん、声かけてくれはる。

「へえ、ねえさん、おおきに」

ともう一遍言うたときや。

――着物の裾《すそ》を踏まんように、もっと左手で高う持ち上げて。

今度ははっきり聞こえた。割と低いけど賢そうな若い女の子の声や。寝ているときの蚊の羽音のように、うちの耳元ではっきりと存在を主張している。言うたら、そんな風に聞こえましたんや。

そうわかったとたん、全身から血が引くようどした。真昼間どす。外では真夏の太陽が躍っている、そんなかんかん照りの快晴の日どす。そんなんも関係なく幸恵さんはやって来やはったんどす。

そやけど、溺《おぼ》れる者は藁《わら》をも掴むと言いますやろ、今のうちは教えてくれる人があったら、それがお化けでも何でもとにかくすがりたい気持ちでいっぱいどした。

「こうどすか？」

って問いかけたら、

――そうそう。

って優しい声が返ってくる。うち怖いというよりなんか頼りになるねえさんについてもらってる感じがしてうれしゅうなってきました。何と言うても相手は芸事の天才なんどすから。

階段下りきって三和土のところでおかあさんに挨拶して、小春さんねえさんが玄関の戸開けたら、カメラマンの姿が何人か見えた。おかあさんも緊張してさっきからずっと持ったはった火打石を切らはった。すると

――痛っ。

って可愛い悲鳴が聞こえたんどす。うち何やおかしゅうなって思わず笑うてしまいました。そう、どんな完璧な人にもどっかに弱点はあるってことどす。

小春さんねえさんが玄関を出て、さあいよいようちの番どす。そしたら、また

――左足から。

ってアドバイスが聞こえてくる。うちすっかり心強うなって自信持って、陽盛りの通りに左足から出たんどす。

いっぱいでした。いっぱいの人がうちのお見世出しを見ようと集まってきたはるんどす。うち、うれしゅうて顔を上げられへんかった。俯いたまま、おおきに、おおきにって頭下げてたら、皺《しわ》くちゃの細い腕がにゅうと差し出されて、うちの袖《そで》を摑まはるんどす。えっと驚いて顔を上げたら、木村のおばあちゃんどした。宮川町にあるお蕎麦《そば》屋さ

んどす。木村のおばあちゃん、うちの手握ってぼろぼろ泣きださはった。

「幸ちゃん、よう辛抱した。辛《つら》かったやろ。辛かったやろなあ。今日はきれいやで。ほんまにこんなきれいな舞妓さん、見たことないわ」

――おおきに、おばあちゃん、おおきに。

幸恵さんの声心なしか震えて聞こえる。人だかりの中から今度は後頭部の禿《は》げたおとうさんが飛び出してきやはった。

「幸ちゃん、ほんまきれいや。日本一や。ほんまあのとき訴えたろかと思たけど、まあ、こうやってお見世出しできたしええわいな。今度、組合でお祝い会するしな。またよろしゅうな、本日はほんまにおめでとう」

とまくしたてるとあっという間に消えていかはる。

すかさず、

――友商の理事長さん、おおきに。よろしゅうおたのもうします。

さすがやった。幸恵さんの営業トークは間髪を入れはらへん。感心してるまもなく、今度はきれいなねえさんが二人、真っ赤に目を泣き腫《は》らして近づいてきやはった。はっと幸恵さんが緊張しやはるのがうちの心にもつたわってくる。二人のねえさんはもう号泣しながら、うちの足元に崩れ落ちるように膝《ひざ》をつき、額を道路につけるように土下座して泣きじゃくってはるんや。

「幸恵ちゃん、堪忍や、許してください。千松に入れ知恵したんはうちらや。幸恵ちゃん困らしたろ思て、したんやけど、まさかあんなことになるとは思てへんかった。ほんま堪忍してぇ」

うちは黙って、二人を見下ろすと、腰を落として二人の腕を取った。

――顔上げてください。福蝶さんねえさん、つる鈴さんねえさん。もうなんとも思てませんから。

いや、もう大拍手が起こりました。そして、みんなみんな、涙、涙や。うちの手を取り、袖を摑《つか》んで、肩が叩《たた》かれ、おばあさんはうちを拝むように手を合わせ、うちの歩く方向に人の波が動いていく。岩春の女将さんも芝香先生ももちろん一緒や。まるで宮川町全体がうちのために、いや、幸恵さんのために動いてるようやったんや。うちはそっと声かけてみた。

「幸恵ちゃん、幸恵ちゃん」

――…………。

泣いたはった。体を震わして泣いたはるのが伝わってきた。そやけど、凛《りん》とした声で答えてくれはった。

――小梅さんねえさん、おおきに。本日はご迷惑をおかけします。

うち、その言葉、体が蕩《とろ》けそうになるくらいうれしかった。幸ちゃんのためならたった三日間のお見世出し、幸ちゃんに譲ってあげようと思てしもたんや。

そやけど、さすがは幸恵さんや。うちより上手どした。

小梅という舞妓の名前になったら、仕込みのときの名前は関係ない。それが幸恵であろうが綾乃であろうが、それはさなぎのときの名前であって、蝶々の名前は飽くまで小梅どす。お見世出しの間に、もううちのこと幸恵ちゃんとも綾乃ちゃんとも呼ぶ人はなくなりました。そやけど、そのときは気がつかへんかったんどす。うちが綾乃でなくなるように、幸恵さんも昔の幸恵さんでなくなるいうことを。

お見世出しの間、うちは小春さんねえさんに連れられて宮川町のお茶屋さん全部に挨

拶に回りました。お座敷があれば、その席に行って小春さんねえさんが、

「うちの妹となりました小梅どす。よろしゅうおたのもうします」

と紹介してくれはります。

そりゃ、初めての経験どすさかい、随分緊張して失敗もしそうになったんやけど、そのたんびに幸恵さんが、「もっと声だして」とか「お座敷にいたはるねえさんに挨拶して」とかアドバイスしてくれはる。お陰で小梅ちゃんは落ち着いてる言うて評判になりました。

そやし、普通、新人の舞妓さんは、お見世出し終わってもなかなかお座敷かからへんのやけど、うちは翌日からお座敷に呼ばれてえらい大忙しどした。「さすがは……」と花流のおかあさん、次の言葉を飲み込みながら褒めてくれはる。てんてこ舞いでお座敷回りをこなしていくうちに、お精霊さんを冥土《めいど》に帰す日がやってきました。八月十六日の夜のことどす。

その日、うちには山ほどのお座敷の予約があったんやけど、おかあさんは全部断ってくれはりました。そして、おかあさんの部屋に呼ばれると、おかあさん、一ヶ月前と同じようにうちにひれ伏すように礼を言わはった。

「小梅、おおきに。よう九日間辛抱してくれた。これで幸恵も満足していますやろ。ほんにあんたのお見世出しを横取りしてしもたみたいで、申し訳ないと思てます」

その夜も、台風が近づいているらしくて、夕方過ぎから降り続いている雨がだんだん

強うなって、大雨になる気配がしてました。あのお見世出しの前の夜とそっくり同じどす。

うち、おかあさんにそんなにまで言われたら返す言葉もなく、

「おかあさん、何言うたはりますの、顔上げておくれやす」

としか言えまへん。

おかあさん、ほっとした顔して、

「ああ、これで済んだ。幸恵との約束果たすことできた。やれ、うれしや」

とほんまに喜んだはるんで、うち、ちょっと気になってたこと聞いてみたんどす。

「おかあさん、お見世出しのとき、木村のお蕎麦屋のおばあさん、来たはりましたやろ。あの人、確か……」

おかあさんの顔がぎょっとしてうちを真っ直ぐ見やはった。

「そんなあほなこと言いな。木村のおばあさんはとうに亡くなったはりますえ」

うちの頬をすっと撫《な》でて雨を含んだ風が通っていった。

「ほな、友商の理事長さんは？」

「頭の禿げた？」

「そうどす」

「心臓麻痺《まひ》で二年ほど前に死なはった」

「ほな、幸恵さんを謀にかけた舞妓さんは？」

「うちはあれからよう知らんけど、なんや行方知れずになってると聞いてる」

何でそんなこと聞くんやとますます不審そうな顔をするおかあさんに、うちお見世出しの日にみなさんにお会いしましたえ、言うたら、おかあさん、そんなあほな、と笑い飛ばそうとしやはるんやけど、その笑いが自信なく失速して顔色が段々蒼白《あおじろ》うなってきた。

「おかあさん、お見世出しの日って自分の舞妓姿一番見せたい人、お呼びしますやろ」

ああっておかあさんの声、もうほとんど力が入ってへん。

「そやし、うちは静岡から両親呼んだんどす。うちの両親、そりゃびっくりした言います。うちのお見世出しの日にあないに大勢の人が来てくれはって、みんな涙流してうちの門出を祝ってくれたはると。これはありがたいことや言うて、カメラで撮ったんですけど、家帰って現像してみたら、あないに大勢の人がほとんど写ってへんのどすて。不思議や言うてこないだ電話ありましてん」

うちが言い終わらんうちに、おかあさんがたがた震えだした。そして、仏壇に向かうと一心にお経を唱え、お経の合間に絶叫するように言わはるんや。

「幸恵、幸恵、もうええやろ。あんたも得心したやろ。早うあの世に帰っておくれやす。あ、あんたが連れてきた人も一緒に帰っておくれやす」

――いやどす。

うちの口が勝手に動いて、はっきりした声が出たんどす。おかあさんがあんぐり口を開けてうちの顔を見たはる。

「小梅、あんた……」

――そう、うちの名前は小梅どす。幸恵やあらしまへん。うちはこの世でお見世出しさせてもらいました。そやし、この世で舞妓させてもらいます。

「そ、そんな言うたら、綾乃はどうなるんや。小梅の体は綾乃の体や。幸恵のもんやおへんがな」

おかあさん懸命に抗議しやはる。

――よろしいやん。うちとそっくりなんやし、このまま綾乃ちゃんの体、使わせてもらいます。あの世へはうちの代わりに綾乃ちゃんの魂に行ってもらいましょ。

「そんなかわいそうなこと」

涙声になってるおかあさんに、うちの声を借りた幸恵さんが冴《さ》え冴えとした冷たさで言い放たはった。

――かわいそうな？　ほっほっ、そりゃかわいそうかもしれませんな。そやけど、うちかて辛抱できたんやし、どうもおへんえ。たかが三十三年どす。三十三年間、地獄に居たらよろしいやん。自殺した人間は地獄へ落ちるんですえ。それでな、ほんまやったら鬼に体裂かれたり、火に炙《あぶ》られたりするんどすけど、うちだけは別嬪さんや言うて、ずうっと鬼に可愛がられてたんどす。そう、ずうっと鬼の慰みものや。毎日毎日、三十三年間、鬼に体を弄《もてあそ》ばれますのやで。ほっほっほっ、ほっほっほっ。綾乃ちゃんやったら鬼も喜びますやろ。

そうしゃべりながら、うち恐ろしゅうて体ががたがた震えてくるんやけど、どうしていいかわからへん。うちとおかあさん互いに顔を見詰め合いながら突っ立ってるだけやった。そこへ「ひゃあ、えらい大雨」言うて外に出てた芸妓の小藤さんねえさんが帰ってきやはったんどす。

「おかあさん、今年の大文字さん中止どすわ。一旦《いったん》、火はつけはったんやけど、火が広がらへんかったようどす。今年のお精霊さん、冥土に帰らはるとき迷わはりますやろな」

その言葉聞いたとたん、おかあさんは駆け出して、家の外に飛び出さはった。台風の強い雨で正絹の着物はあっという間に濡《ぬ》れそぼって、地の底から巻き上げるような強い風がおかあさんの洋髪をかき乱し、おかあさん、鬼神のようやった。うちも後を追って出た。「あるはずや、幸恵を言わせてる何かがあるはずや」

おかあさん、狂ったように花流の周りをぐるぐる走り始めた。そして見つけはったんや。

二階の壁になんやら字の書いた紙みたいなもんが貼ってある。水塔婆やった。六道珍皇寺さんで置いてきたはずの水塔婆が、花流の壁に貼ってあるんや。おかあさん、肉食獣みたいな唸《うな》り声を上げはった。

「ちくしょう、幸恵の奴、供養されるのがかなんのでここまで持ってきよったんか。うー、どうしたろう？」

梯子《はしご》や、梯子、言うて、おかあさんは向かいのコンビニから梯子借りてきやはって、一階の屋根にかけ、上っていかはる。

うちとわけのわからん小藤さんねえさん、梯子の下を必死になって押さえてる。おかあさん、よろよろと上っていかはって、短い腕を懸命に伸ばして、水塔婆に手をかけようとした瞬間やった。

空から「ああ、ああ」言う人間の呻《うめ》き声のような声がして、真っ黒な太い蔓《つる》のようなものが飛んできて、おかあさんの体に巻きついたんどす。

ぎゃあーという声を上げておかあさん、梯子から引きちぎられるかのように離れたかと思うと、ブランコみたいに空中にぶらりぶらりと浮かんだはるんや。蔓には一杯棘があって黒光りして、巨大なかぶと虫の脚に見えました。

おかあさん、空中で何度も回転し、息も絶え絶えになりながら、うちに向かって必死に指示しやはる。

「幸恵をあの世に帰すには送り火が必要なんや。幸恵はそれから逃げようとしとるんや。小梅、あんた、二階に上がって火ぃつけ。花流の二階ごと送り火にするんや。それで水塔婆も燃やしておしまい」

うちは躊躇《ちゅうちょ》せえへんかった。家に入り、仏壇でマッチ箱を摑むと、だっと階段を駆け上がった。二階は電灯の豆球だけついていて、緋色《ひいろ》の世界やった。うちは自分でもびっくりするくらい冷静やった。どうしたらええか、すぐわかったんや。

うちの箪笥の抽斗を開け、黒紋付の着物の袋を開けた。弱々しい緋色の光を黒紋付は堂々とした黒色で打ち返してる。うちはマッチに火をつけた。

鮮やかなマッチの緋色は本来、絶対に近づけたらあかん色や。その瞬間、黒紋付はぎゅっと身を引き締めたように見えた。観念したような鹿の首の上にどんどん緋色は広がって、やがて首が焦げ落ちた。そして声が聞こえた。

――やめて。

「いや、やめへん」

——あんたは頭がおかしい。

「あんたこそ、そうや」

——うちが舞妓続けた方がええやろ。あんたも内心そう思てるんやろ。幸恵ちゃんには絶対かなわへんて。そう、うちにかなう舞妓なんてこの世にいるかいな。

そして、幸恵さんは姿を見せはったんどす。抽斗から広がった火が、箪笥全体を包もうとしてる。その業火になろうとする火の明りに透けるように幸恵さんは姿を現し、うちを睨《にら》んだはるんどす。

絣《かすり》の着物を着たはりました。お下げ髪を三つ編みにしたはりました。うちがわかったんはそれだけどす。それ以外は、人間の姿やおへんかった。鬼と交わってきやはったんどす。ほんまかわいそうなことどすなあ。

二階の火事のことでうちは東山消防署さんにこってりしぼられました。まさか、ほんまのこと言えませんがな。おかあさんも消防士さんに無事救出されたんどす。巨大なかぶと虫の脚やと思たもんは、実は隣の工事中のビルから垂れ下がったワイヤーやったんどす。次の日、工事の責任者の人が謝罪に来やはりました。

おかあさんどすか？　そりゃ、怪我するわ、屋形が焼けるわってショックでしばらく寝込んだはったんやけど、ここでへこたれたらあかん言うて、えらい馬力ですぐ建て直さはったんどす。そやし、この屋形、前とちいっとも変わってへんし、うちらも安心してお座敷つとめさせてもろてるんです。ほんま、前と変わらず舞妓ができてうれしおすわ。


長い長い舞妓の話が終わった。ちょっと失礼させてもらいますと言って、舞妓は調理場に下がっていった。恐らく水を飲みに行ったのだろう。私は時計を見て驚いた。一時を回っていた。西田は完全に酔いつぶれている。不規則な鼾《いびき》をかき、カウンターに涎《よだれ》の泉ができている。

私は舞妓の話に酔わされていた。どこまで本当なのか。この家は本当に燃えたのだろうか。そして、幸恵は本当に「帰った」のだろうか。私は暖簾《のれん》越しに声をかけた。

「小梅さん、小梅さん、お愛想おねがいします。そしてタクシー呼んでください」

へえ、という声がした。それから少し経って小梅が現れたような気がする。

「タクシーもう来ますさかい、もう少しお待っとくれやす」

ふと私は感じた。

「小梅さん、着物着替えてない？」

──へえ？　前と一緒どすけど。

「なんだか感じが変わったみたい。黒っぽい感じでさ」

──そうどすやろか。おにいさんの気のせい違いますか。

それにしてもと私は思う。西田の奴、自分から誘っておいてグウグウ寝やがって。

「おい、西田、いい加減に起きろ。帰るぞ」と体を抱えたときだった。

「ああ、ああ」と言葉に詰まりながら西田は立ち上がり、今度は強い腕の力で私の体を抱きしめるのだ。

──いやいや、男同士仲良いことどすなあ。ほっほっほっ。

玄関の格子戸の向こうで篝火《かがりび》のような小さな光が点じられた。それは次第に大きさを増し、格子戸いっぱいに広がったかと思うと、何かが軋《きし》むような音がした。

──おにいさん、お迎えが来ました。へえ、気ぃつけてお帰りやす。

「ああ、ああ」と言いながら私を抱きしめて歩く西田の怪力に引きずられるように、私は玄関に近づいた。小梅の声がした。

——左足から。

第十二回
日本ホラー小説大賞
《短編賞》受賞作
(二〇〇五年)

余は如何にして服部ヒロシとなりしか

あせごのまん

あせごのまん

一九六二年高知県生まれ。大阪府在住。関西学院大学大学院文学研究科博士課程後期課程満期退学。二〇〇五年「余は如何にして服部ヒロシとなりしか」で第十二回日本ホラー小説大賞《短編賞》を受賞しデビュー。

「短編では『余は如何にして服部ヒロシとなりしか』が異様に気にいった。湯も張ってない風呂にはいるくだりがおもしろい」

――荒俣宏（第十二回日本ホラー小説大賞選評より）

1

前を行くクリクリとよく動く尻《しり》に、僕は目を射られた。ヒールがカッカッと舗道を嚙《か》み、それに合わせて臀部《でんぶ》の肉が緊張しては緩む。薄いベージュのタイトなニットワンピースが、その淫《みだ》らな尻の肉を清楚《せいそ》に包んでいる。歩調を弛《ゆる》め、適度な距離を置いて、僕は女の後をついていった。女は駅に向かっている。

ささやかなストーカー気分。

白い脹《ふく》ら脛《はぎ》。贅肉《ぜいにく》の削《そ》ぎ落とされた、それでいてとげとげしさとは無縁のアキレス腱《けん》。足首の細い女は締まりがいい、などと埒《らち》もない知ったかぶりを聞かされて、ドキドキしたのはもう十五、六年も前、中学生の時だ。

バレーボール部の先輩の彼女が、職員室下の外階段でスカートのまま大股《おおまた》広げて坐《すわ》っていて、白いパンティがもろに目を焼いたことなどを、突然思い出す。あれは一年生の秋のことだった。露骨に見つめる勇気も持たず、かといって、目を背ける男気もなかった。バレー部一のチビで、そのためか、先輩女子のカワイイーなどと言う黄色い声に、内心とは裏腹に顔を顰《しか》めて見せたりもした。そんな嬌声《きょうせい》が性器の挿入とは全く結びつかないことに、焦りにも似た苛立《いらだ》ちを覚えていた。

女はM市駅で電車を降りた。僕も後に続く。

少しばかりドキドキする。小学五年生から中学校卒業まで、僕はこの町の学校に通っていた。電車の中で盗み見た横顔は、かつて見た誰かに似ていた。以前に顔を合わせている可能性は大いにある。

女は線路に沿って北に進み、コンビニに入った。商品を物色するフリをしながら、棚の間から女を観察する。ベージュのニットを胸の膨らみが押し上げている。

不意に女が僕の方を見た。一瞬目が合い、僕は慌てて目の前のかっぱえびせんに手を伸ばす。女はクルリと背を向けると、手にしたガムをレジへと持っていった。

店を出ると、女はガムを一粒口に放り込んだ。

線路沿いから左斜めに折れると、すぐに墓地がある。南州寺という真言系の寺の裏手に当たる。墓地を囲む柵《さく》などなく、三方はいずれも細い道を挟んで古ぼけた長屋に囲まれている。その墓地と長屋に挟まれた車一台がようやく通れる小道を女は歩いていった。

墓地で遊んだ記憶が、突如蘇《よみがえ》る。坂口、斎藤……もはや顔すら正確には浮かばない悪童の名前だけが、脳裏を過《よ》ぎって消えた。いつだったか、長屋前の溝に猫の死骸《しがい》があったことを思い出す。その横で呆《ほう》けたように婆さんが、朽ち果てた椅子に坐ってぼんやりと僕たちを見ていた。今は辺りに人影もなく、ただ強い日差しがアスファルトに跳ね返っているだけだ。

女は突然振り向いた。尾行という意識すらなく、のうのうと後ろを歩いている僕に身の隠しようはなかった。

「どういうつもり？」

男に吸われるためにだけあるような、そのぷっくりと膨らんだ魅惑的な唇。

「ええと……服部《はっとり》のお姉ちゃん？」言葉が勝手に口をついて出ていた。

女は怪訝《けげん》な顔付き。

「サトさんとちゃいますか……」

違うに決まっている。僕はすごすごと退散する心の準備を始めた。

「誰やったっけ？」

僕の方が驚く番。

「自分の名前、何やった？」女が僕の方に顎《あご》をしゃくってみせた。

「僕？　僕、鍵和田《かぎわだ》ですけど」

そうそう鍵和田君や、久しぶりやなあ……プルプルと震えるように動いているオレンジがかったルージュを、僕はぼんやり見つめていた。

「こっち、近道なんよ」女が墓石の立ち並ぶ間を指差す。

墓地に目をやった途端、急に蟬の鳴き声が大きく聞こえた。

すでに女はズンズンと墓石の間を縫うように進んでいく。僕は馬鹿のように周りを見回し、訝《いぶか》りながらも墓地に足を踏み入れた。

墓地の最奥で板壁に突き当たり、朽ち果てた裏木戸を潜るとまた墓地。こちらはより古い墓ばかり、苔《こけ》むして何やら居士《こじ》の名も不明瞭《ふめいりょう》に佇《たたず》んでいる。

本堂横から境内を横切り、表門を抜けると大通り。赫《かっ》と日差しがアスファルトを焼いていた。途端に僕はクラクラと、一連の成り行きに興奮しすぎたのか、眩暈《めまい》を覚えてその場に立ち竦《すく》んだ。

「こっち」白い指先が右の住宅街を指している。「覚えてないん?」

「い、いや、覚えてます」そう、確かそっちだった。

女はもうスタスタと形のいい足首を運んでいる。僕は見覚えのあるようなないような町並みを、キョロキョロと左右に目を配りながら、相変わらずよく動く尻に従って進んでいった。

三階建ての鉄筋のビルの横は広い庭に植物の異様に繁茂する日本家屋だったり、また建て替えたばかりの小綺麗《こぎれい》な洋風アーチ門の家があったり、まるっきり統一感を欠いた住宅地である。その住宅地の最も奥まった一角に、服部の家はあった。

ぽっかりとそこだけ穴が開いたような印象。敷地全体が何やら黒ずんでいて、しかも異臭を放っていた。昔からそんな家だったような気もするが、違うような気もする。表札をあらためようにも、それらしきものはどこにもなかった。狭い通りに面して、長年風雪に痛めつけられた立木が、曲がりくねった枝を敷地の外にまで広げている。そこここに主もいなくなった蜘蛛《くも》の巣がかかり、薄汚れている。よく見ると立木に何かがぶら下がっていた。ビニール袋に入った茶色のドロリとした物体。僕は人糞《じんぷん》を連想した。最前からの異臭にその臭いを嗅《か》いでいたのである。庭は一面雑草に覆われ、濃すぎる緑が黒っぽく見えてしまうほどだ。色の悪い野菜らしきものが小高く盛り上げられた畝《うね》に生え、その周りに生ゴミが撒《ま》き散らされていた。なぜこんなところに来たのかと急に不安を覚えたが、家の軒下に思いがけないものを見出《みいだ》し、僅《わず》かに心が和む。

風呂《ふろ》だ。

むろんただの風呂ではない。

中学三年の時に文化祭のセットとして僕らが作ったものだ。たった今まで脳裏からすっかり消え去っていたが、その緑色に塗られた無様な外観が記憶の導火線に火を点《つ》けた。心の中に次々と、担任の顔や、体育館や、埃《ほこり》臭い技術室や、校長が朝礼で台上から転落したことや、あまり親しくない友人の一人が小児癌で死んだことや、その他様々な想い出が噴出し、ああ、ここはやはり友達の家なのだったと少し安心した。

「アホみたいに、まだこんなもん、置いてあるんやな」僕の口調は懐かしさと自嘲《じちょう》を含んでいた。

入ってみずにはいられなかった。全面緑色に塗られたセットは埃まみれで、蜘蛛の巣が縦横に這《は》っている。側面に小さな階段があり、五段も登ると突き当たって、右に洗い場と小さい湯舟がある。無論全て安っぽいいい加減な板張りで、隙間だらけだから湯を溜《た》めることなどできやしない。こんなものがよく壊されもせずに残っていたものだと改めて感心してしまった。

「ヒロシくん、今どうしてはるんですか?」

僕は中学卒業後一度もあっていない同級生の消息を尋ねた。服部ヒロシ。どんな字を当てるのだったか、漢字は忘れた。あいつもこの風呂に何ヵ所か釘《くぎ》を打ち付けたはずだ。

「ヒロシ?」

サトさんはぼんやりと振り返った。じっと僕の顔を見た後、「すぐ帰ってくるよ」と言った。

「鍵和田君こそ、今どうしてはんの?」

「僕は……」

昨夜。

三十一回目の誕生日を一週間後に控え、付き合っていた彼女からサヨナラを告げられた。別れた後、僕は死ぬまで飲み続けることに決め、泥酔のため、死ぬ遙《はる》か手前で当初の目的を失した。深夜の路上を這いずり回るようにうろつき、灯が切れかけて明滅を繰り返す自動販売機に右拳《みぎこぶし》で引導を渡してやった。中指の根本が紫色に腫《は》れ上がり、小指と薬指の第二関節はベロリと大きく皮が捲《めく》れた。

一晩公園のベンチで蚊にエサをくれてやったあと、駅ビルの向こうに見えた朝焼けに向かって盛大に反吐《へど》をぶちまけた。その後、思い立って部屋にとって返し、血塗《ちまみ》れの指の間にペンを挟んで辞表をしたためた。笑えるほどヨロヨロとした文字が便箋《びんせん》を埋め、二日酔いに喘《あえ》ぐ脳味噌《のうみそ》をくすぐった。

「今日で辞めさせていただきます」支部長の机の上にそっと封筒を横たえ、大声で言うべきか小声でやんわり囁《ささや》くべきか大いに戸惑いながら、酒臭い息とともにそう吐き出して、僕は八年間の塾講師生活に終わりを告げた。

ぽかんと口を開いて、眼鏡の奥から僕を見上げる上司に向かって「辞めさせてもらいます」と、もう一度復唱してやった。

「あ、そう」薄汚れた事務用椅子の背もたれをギシギシ言わせて、支部長は辞表を取り上げ、「今日の授業は？」と訊《き》いた。

夏期講習中だ。もう三時間もすれば、第一陣の小学四年生クラスが始まる。

「どなたかにやってもらって下さい」

「そんな急に言われても」

困るじゃないか、業務規定には一ヶ月前には、ああだこうだ、と動き回る唇を残して、僕は「お世話になりました」と誰にともなく挨拶《あいさつ》し、ドアを出たのであった。

「そいじゃ、辞めてきたばっかりなんや」

「辞めたてのホカホカです」

サトさんは少し笑って「ゆっくりできるんやね」と言った。

昔の農家のように、家の中は薄暗かった。庭に面したテレビの置いてある間に通された。

「ご飯の用意するけど、食べていくやんねえ」

いや、とは言いがたかった。ヒロシもすぐに帰るという。一緒に食卓を囲めば、話すこともあるだろう。僕は曖昧《あいまい》に頷《うなず》いた。

ささくれた畳の上に腰を下ろした。途端に太股《ふともも》が痒《かゆ》くなった。僕はごりごりとズボンの上から掻《か》きながら、蚤《のみ》でもいるのだろうと思ってみた。

ぼんやり部屋を眺め回していると、サトさんが顔を覗《のぞ》かせた。

「鍵和田君、お風呂沸いたで。入るよね」

食事の前に入れと言う。汗ばんだ下着は、エアコンもないこの部屋で依然べとついたままだ。断るべきだとは思いながらも適当な口実を言いそびれて、風呂場まで案内される羽目になった。

廊下の突き当たりにある朽ちかけた板戸の向こうが風呂場らしい。嫌な軋《きし》み音をさせてサトさんが板戸を開いた。僕は風呂の入り口に立って愕然《がくぜん》とした。

だって、この風呂は、この風呂は……。

「遠慮せんでええんよ」

思わずマジマジと相手の顔を見た。冗談よって言ってほしかった。が、サトさんは怪訝そうな表情で僕をじっと見つめるだけだった。その瞳《ひとみ》を満たす生真面目さに、僕は一瞬身の竦む思いがした。

板戸は文化祭で僕たちが作った、どこもかしこも狂ったように緑色のペンキが塗りつけてある、例の風呂場に続いていたのである。

「まさかあ」サトさんが羞《は》じらいを含んだ笑顔を見せた。

僕も釣られたように微笑んでみせる。

「まさか、背中流せって言わへんよね」

サトさんは無邪気にそう言い、そのはにかんだような微笑みに、僕は違和感を越えた戦慄《せんりつ》を覚えた。

「いえ、一人で入ります」

サトさんの視線を背中に感じながら、意を決して板の間に素足を下ろした。埃の上に先ほど僕自身が付けた靴跡が散乱している。後ろ手にそっと朽ちかけた開き戸を閉めると、薄暗い狭い空間で僕はポッンと佇み溜息をついた。

埃の臭いが強く鼻孔を刺激した。

十分か十五分、こうして突っ立って、その後、何喰《く》わぬ顔をして出ていけばいいと思った。

湯舟を覗いてみた。湯など溜められるわけがない。底にはペンキの色合いがわからぬ程埃が積もっていた。僕は一挙動ごとに舞い立つ埃を懼《おそ》れて、極力体を動かさないよう一点に立ち続けた。

ここ数年で最も長い五分が過ぎた。突然板戸が叩《たた》かれた。

「なあ」

「あ、はい」心臓がドキドキする。

「湯加減どう?」

「あ、ちょうどいいです」

「あんなあ、……背中流そか?」

「い、いえ、いいです。もうすぐ出ますから」

「えらい早いなあ。ちょっと待っといて。あたしも入るし」

戸の向こうで衣擦《きぬず》れの音がする。本当に衣服を脱いでいるらしい。

僕は咄嗟《とっさ》に反対側の階段から逃げ出そうかと思ったが、サトさんを悲しませるのはためらわれた。

反射的に、ネクタイを外しベルトを弛めてワイシャツを脱ぎ、片隅に丸めて置いた。埃だらけになるのもかまわなかった。

下着代わりのTシャツを置いたところで、板戸が開いた。僕は背中を向けたまま、サトさんの視線を避けた。

「あれ？　もう出るのん？」

「あ、はい、出ます」

タオルで前を隠したサトさんの方をチラリと見て、僕はシャツを抱え上げた。

「なあ、背中流してくれへん？　今日はもう汗だくで、たまらんわ」

サトさんがタオルを押し付けた。三十を越えたとは思えぬ整った乳房がまぶしかった。

サトさんは膝《ひざ》を折り床に正座した。

「鍵和田君ももう一回脱ぎいな」

そう言いながら、サトさんはベルトの端を引っ張った。

僕はサトさんの背後に回り、ズボンを脱ぎ捨てた。そして床に膝をつき、白い背中をタオルで擦《こす》った。

「ああ、気持ちええ。……脇もね」

サトさんが腕を上げる。乳房の膨らみの横から腰の上までを、僕はゆっくりとタオルで撫《な》でた。

「前もお願い」

僕は命じられるままに背中から手を前に回し、お腹の辺りにタオルを這わせた。しばらくそうして腹をさすった後、きちんと揃えたサトさんの腿《もも》の上にタオルを落とし、手の平で直《じか》に肌に触れた。サトさんは拒まなかった。僕は少し大胆になった。吸い付くような素肌の感触を楽しみながら、僕はサトさんの乳房を下から包むようにゆっくりと撫でた。

「もうええわ。さ、一緒に入ろ」

サトさんは立ち上がると、狭い湯舟に体を沈めた。僕は一瞬浴槽が湯に満たされているような錯覚を覚えた。

「トランクス、脱いだら？」

脱ぐのをためらう理由が出来《しゅったい》していたのだが、サトさんに背中を向けると、僕はトランクスをズボンの上に置き、タオルで前を隠して湯舟に足を入れた。膝を抱え込んで体を目一杯縮めてしゃがんだ。腕と太股がサトさんの柔らかい体と密着した。背骨が後ろの板に当たって痛かった。

サトさんは気持ちよさそうに目を閉じている。こんな風呂もいいもんだ、と僕も思った。

「はあ」

サトさんの口から吐息が漏れた。僕の鼻先に生暖かい臭いが立ち上ってくる。

サトさんはふうっと息をついた。

サトさんのお尻の下の埃が徐々に黒く濡《ぬ》れていった。黒い染みはどんどんと広がって、僕の尻にまで達した。

2

結局ヒロシは帰ってこなかった。

布団に入って待つよう勧められた僕は、前日ほとんど眠らなかったその疲れから、いつの間にか寝入ってしまい、気が付くと朝だった。

僕は慌てて飛び起きると、枕元の腕時計を見た。

十時前。夏期講習中なら遅刻だが、いつもの起床時間に目覚める律儀さは、まだ失ってはいない。非礼を詫《わ》びて早々に立ち去ることに決めた。

襖《ふすま》を開け、薄暗い隣の部屋へと入る。三十歳を越えた証《あかし》のように、足首や膝がギシギシと軋んだ。

次の瞬間、足の裏に鋭い痛みを覚えた。思わず蹌踉《よろ》けた。固まった関節が自由な動きを妨げた。赤ん坊のように畳に手をつき、手の平にも同様の痛みを感じて、小さく悲鳴を上げた。

雨戸の隙間から漏れてくる光で透かし見ると、畳の上がキラキラと光っている。

僕は極力同じ体勢を保って、近眼を畳に擦り付けるようにした。鋭く光っているのは、ガラスの破片にしか見えなかった。幻想的とは程遠いガラスの部屋だ。和式の畳部屋とのミスマッチが、鈍い戦慄を呼んだ。

「そっちは行ったらあかんの」

背後から声が呼びかけた。サトさんだ。

「向こうはママの部屋やねん」

ヒロシのお母さん……。生きてて不思議はない。僕の母親だって健在だ。

「これ、ガラスやないですか」

僕は間抜けにも随分と真っ当な問いを発してしまったようだ。サトさんは感情の籠《こ》もらぬ声で、そうよ、とだけ答えた。

僕はゴロゴロと転がるようにして部屋から出た。腕にも膝にも小さな無数の破片が刺さった。抜いた一つから血の玉が盛り上がった。

「ママがビンを砕いて撒くの。悪人が入って来られへんように」

悪人という言い方に時代劇のセリフのような違和感を抱きながらも、僕はなるほどと納得した。確かに向こうの部屋へ行こうという気は失《う》せていた。

細かいガラスの一片一片を摘《つま》み出そうとする僕の横に坐り、サトさんはジッと僕の指先を見つめていた。

「この破片が血管に入ったら、死ぬんやないですか？」

「死ぬの、いや？」

そりゃ、と言いかけて、僕は止めた。一昨日の夜は死ぬ気でいたのだ。

「これ、魚の目？」サトさんの白い指が、僕の踵《かかと》をなぞった。

僕はその指の下に、チクリとした痛みを感じた。

「待っといて」

そう言うと、サトさんはどこかに消え、僕がガラス片を四粒ほど摘み出す間に、再び戻ってきた。手には毛抜きが握られていた。

サトさんは毛抜きの先を魚の目に突き立てると、角質化した皮を挟んで引っ張った。僕の口から、いっ、と声が漏れたが、サトさんは毛抜きを操る手を弛めなかった。足首をがっしり摑《つか》んで、ひたすら毛抜きの先を突き立てる。

やがて硬くなった皮膚は千切り取られ、血が滴った。サトさんは手早くティッシュで血を拭《ふ》き取ると、火山の噴火口のように口を開いた魚の目に毛抜きの先端を潜り込ませ、何かを挟んで引き抜いた。踵の奥で、ブッッと音がした。

「ほら、芯《しん》」

サトさんはそう言って、一センチほどの黒い紐《ひも》状のものを僕の膝になすりつけ、作業に戻った。

何度か黒い糸ミミズのような芯が僕の膝頭に載せられ、踵の疼痛《とうつう》は今や快感に変わっていた。ブッッと芯が音を立てて僕の肉体を離れる度に、下半身に不思議な熱を伴った心地よさが走った。

僕の足は血塗れになり、サトさんの手もすでに真っ赤だった。サトさんの目はキラキラと光り、これ以上ないほど美しかった。

「何本？」

「三十九本です」

膝の上に横たわる芯の数である。踵に開いた穴は直径一センチ、深さもおよそ一センチに達していた。

「ええ感じやね」

「そうですか」

標準的な魚の目に宿る芯の数と比較して、それが多いのか少ないのか僕にはわかりかねたが、サトさんにすればいい感じの数であるらしい。

「ほな、お風呂で流しいな」

僕は言われるままに板敷きの埃に印された昨日の足跡を踏んで服を脱ぎ去り、今日はためらうことなく湯舟に体を沈めた。すぐにサトさんがタオルで前を隠して入ってきた。

狭い浴槽に体を押し込むと、サトさんは踵を上げるよう言った。

足首より下は、乾きかけた血に白い埃がこびりつき斑《まだら》になっていた。元《もと》魚の目の傷口からは、まだじくじくと血が湧き出ていた。

サトさんは不意に足を摑むと、目を細めて傷口に舌を這わせた。僕はされるがままになっていた。ゆっくりとサトさんの唇が上下し、傷の周りは徐々にきれいになっていった。

サトさんの形のいい唇は、血と埃で汚れた。うっとりと目を閉じ、舌を巧みに使う。

僕は腰の奥がじんじんと痺《しび》れた。

サトさんの舌が丸い噴火口のような魚の目の痕《あと》に潜り込む。疼痛が快感に変わり、僕の体を貫いた。

僕はぼんやりと座敷に坐っていた。血が乾きかけるとサトさんがやってきて、硬く尖《とが》らせた舌先を傷穴に差し入れ吸い立てていく。そんな風にして昼が過ぎた。

昼食に妙な臭いのする粥《かゆ》状のものを食べた後、僕は便意を催した。

立て付けが悪く、開閉の度にギッと嫌な音を立てる便所の戸を開けた。目の前に男性用の黄ばんだ朝顔がヌッと立ち、その左手に和式の便器が口を開いている。

僕がしゃがむと、背後でギッと音がした。戸には鍵がついていない。

「水洗、壊れてんの」

サトさんだった。僕は慌てて立ち上がり、ズボンを引き上げた。

「だいぶん前から。吸引用のゴムカップあるでしょ。あれでガボガボやっても流れへんのよ。仕方ないから、それからは排便する度にシャベルですくって、ビニールに詰めてるねんわ」

カチャンと音をさせて、サトさんは小さなスコップをタイルの上に置いた。

「これでやってな。ビニールに入れたら、庭の木に吊《つる》すんよ」

やはり庭の木に吊されていたのは、人糞だった。

僕は言われたとおり、ひり出したものをビニールに入れ、木にぶら下げた。不意に背後で声がした。

「おのれか、毎度毎度、木にクソをぶら下げるのは!」

真っ赤に燃え立つような髪の毛を逆立て、中年の女が睨《にら》んでいた。毒々しい赤に彩られてはいるが、その唇の形がサトさんとの血の繋《つな》がりを思わせた。

「あの、水洗トイレが……」

「ママ!」

サトさんの声が割って入った。

「お前までぐるか?」

「何言うてんの。お友達やんか」

「友達? 手に怪我しとる。魔が差すぞ」

目が僕の右手を見ている。魔が差すという言葉に、僕は急に怖くなった。

「これは大丈夫なんよ。ちゃんと中に骨があるから」

「骨があるのか? 見せてみ」

「ナベ!」

どこかから十歳になるかならぬかの少年が走り出てきた。坊主頭に薄汚れたランニングシャツの、懐古調の映画の中でしか見かけないような子供だった。

「カッターを持って来なさい」

少年は走り去り、すぐにまた戻ってきた。サトさんに大型のカッターを手渡すと、物欲しそうにぼんやりと佇んだ。

「ナベはあっち行っとき」

少年は走って姿を消した。「ナベ」が少年の名だと、僕はようやくその時気付いた。

「手、出して」サトさんが言う。

僕はおずおずと右手を出した。

サトさんはグイと僕の指を引っ張ると、バンドエイドをむしり取り、カッターの刃を捲れた皮の下に潜り込ませた。そうして小指と薬指の皮を切って捨てた。

「この下に骨があるねん」

「見せてみ」

サトさんはほとんど力を加えず、傷の上でスーッと刃を滑らせた。

「血」

「どれ」

サトさんによく似た唇を、母親は僕の傷口に押し付けた。生暖かい感触が指の第二関節付近を這い回った。

母親が唇を放すと、サトさんが再び傷の上で刃を滑らせる。僕の血が溢《あふ》れ、母親の唇が這う。四度、五度と繰り返され、照りつける太陽が三人を焼き続けた。

「見えた」サトさんが不意に言った。

「どれ」母親は目を近付け、じっと見つめた後、もう一度唇を押し付けた。そして両手の親指で、僕の開いた傷を押し広げた。

赤い肉の底に白い骨が見えた。

「骨があるなあ」

すぐに血が溢れ、骨を隠した。

僕たちは座敷に戻った。母親は相変わらず僕の指から溢れる血に唇を押し当てて舌を這わせた。血を吸われているうちに、僕は自分の母に対するような親近感を抱くようになっていた。

部屋の中が薄暗くなると、ナベがどこからか例のべとつく食事を運んできて置いていった。

「ヒロシ君はまだ帰りませんか？」

「帰らへんねえ」

サトさんは興味なさそうに答えた。

「いつ頃帰るんでしょう？」

「さあ、わからへんね。気にせんでええんよ」

ガタガタと派手な音を立てて襖が開いた。ヒロシのママが奇妙な衣装を着て立っていた。首の部分と腕の部分に穴を開けた麻製の米袋のようなものをすっぽりと被《かぶ》り、荒縄で腰の辺りを縛っている。僕は古代の巫女《みこ》を連想した。

「鍵和田君、水風呂に入り、身を清めなさい」

「ママ、やっぱり、あかんの？」

「残念やけど、あかんかった」

「何があかんかったんです？」

「気の毒やけど、説明《せ》しとる暇はないんや。一刻を争う」

僕は風呂場へと急き立てられた。服を脱ぐよう命じられる。

「ちょっと待って下さい。おしっこ行きたいんです」

「かまわん。湯舟でしろ」

サトさんと初めて風呂を使った時、彼女の尻の下に黒い染みが広がったのを思い出した。

「さあ、早くしなさい」

裸で湯舟に立った僕を、ママが促した。

サトさんとママの視線に晒《さら》され、僕の陰茎は徐々に硬くなっていった。意志とは裏腹に排尿は叶《かな》わなかった。

「やっぱり、魔が差したんや。これ見い。ここに宿っとる」ママが僕の陰茎を指差した。

「そのまま尿が出るまで水垢離《みずごり》する」

まるで車のフェンダーにこびりついた泥でも落とすように、水圧を高めたホースの水が僕の体を叩いた。冷たさと痛みに身を捩《よじ》りながら、僕は足元を伝う水の流れを目で追いかけた。浮いた埃が打ち付けた板の隙間からどんどんと流れ出て、ペンキの剝《は》げかけた緑の底が現れた。

僕の陰茎は急速に力を失った。

「ああ、出ます、出ます」

水流が止まった。僕はまだ半分力を保っている局部から、勢いのない尿を垂れ流した。

「そのまま待て。祓《はら》う」

ママは濡れた洗い場の床にペタリと坐ると、何やら不明の文句を低く呟《つぶや》き始めた。

「わーしゅうせつそく、しゅうたーみーらー、はーじゃーはんせつ、こーこーふうじつ、しんくうさいいつ、じょうのうしゅうどう、とうむうぜーしゅう」

両手を組み合わせ、上半身を揺する。額に汗が浮いてきた。赤く染められた髪の毛が、天井に向かって燃え立つ。

やがてママの体は、前後左右に大きく振れ始めた。赤い髪が床を掃くほど傾き、口からは意味不明の呪文《じゅもん》とともに、透明のよだれがツーッと糸を引いて落ちた。米袋のような着衣は乱れ、白い腿が露出する。胸の合わせ目が大きく開いていた。その下で乳房が別の生き物のようにブルブルと震えていた。

ママは下着を着けていなかった。腿の奥に頭髪と同様の真っ赤な陰毛が燃え立っていた。その下で赤黒い唇がヌラヌラと動いた。僕は目を逸《そ》らすことができなかった。

呪文の声はますます高くなり、はだけた胸で大きな乳房が踊っていた。油を塗ったように全身が汗で光った。

「カンッ！」

一際高く叫ぶと、ママは床に突っ伏しゴロリと転がった。荒々しい呼吸とともに、胸が激しく上下する。

「終わり」

ママの背後で坐っていたサトさんがそう告げた。

「聖餐《せいさん》の準備をし」

「はい」

サトさんは立ち上がり、僕とママを残して消えた。僕は衣類を着て、ママと一緒に座敷へ戻った。

すぐにサトさんが現れた。両手に木の根っこのようなものを捧《ささ》げ持っている。流れ落ちる汗をタオルで拭《ぬぐ》いながら、ママが言った。

「今から人魚を食べる」

サトさんが大皿の上に、黄土色をした根っこを載せた。それが人魚だった。全長は七、八〇センチ。腹から下は鯉か何かの干物のように見える。細い腕が胸の前で折り畳まれている。

テレビや雑誌の怪奇もの特集でその手のものを見た記憶があった。

右腕は肘《ひじ》から下がなかった。

僕は目を近付けてしげしげと見入った。宇宙人のように飛び出した目玉とカッパのような鈍角の短い嘴《くちばし》を持っていた。ヘソはなかったが、小さな乳首が腕の背後に隠れていた。

「人魚って哺乳類《ほにゅうるい》ですか？」

「当たり前や。ここに女性器がある」ママが腹の辺りを指差した。

そこには確かに切れ目があったが、女性器かどうか、僕にはわからなかった。

こういうものの多くは、猿と鯉をくっつけ合わせた江戸期の作り物だと、テレビでは言っていた。が、異種のものを無理やりくっつけた繋ぎ目は、定かには見分けられなかった。

杯が置かれた。酒が注がれる。

「口を清めるんや」ママが言った。

小皿が置かれた。朱塗りの箸《はし》が儀式めいていた。

ママが人魚の左腕を握り、手首と肘の半ば辺りで無造作に折り取った。三人の皿に干《ひ》涸《か》らびた小片を毟《むし》っては入れていく。骨をポキポキ折り、三本しか残っていなかった指をそれぞれの皿に置いて分配は終わった。

「醬油《しょうゆ》をかけて食べなさい」

二人がミイラの小片を口に運ぶのを確認してから、僕も小さな一片を口中に放り込んだ。嚙みしめると、醬油の味が染み出てきた。干物はパサパサと崩れ、舌に溶けるようになくなった。少しの香ばしさだけが後に残った。

「美味《おい》しいなあ」

ママの言葉にサトさんが頷いた。

「これは八〇〇年前に捕まえた人魚を干物にしたものや」ママが言う。「あたしはその時、生の人魚を食べたんや。そやから、こうして八〇〇年も生きて来られた」

「それじゃ、もう八〇〇歳を越えてはるんですか？」

「八〇一歳や」

「死なはることはないんですか？」

「ずっと生きとるんやと思う」

「そら、すごいことや」

もし僕がサトさんと結婚したなら、僕は死ぬまでママと暮らさなければならないということになる。

「うちは八百比丘尼《やおびくに》の家系や」

「えらいことですね」

「先祖は、昔、中国から渡ってきた機織部《はたおりべ》なんや。はたおりべが縮まってはとりべ、服部になった。歴史で習うたやろ？」

「そうでしたかね」

「渡来人の機織部は若狭《わかさ》に辿《たど》り着いた。そこで二〇〇年、三〇〇年と暮らすうち、漁師が奇妙な魚を捕まえて持ってきた。両親は一歳の誕生を迎えたあたしにその魚を食わせた」

ミイラとなる前の右手がその時の食卓に上ったのだという。

「それを伝えて八百比丘尼伝説が生まれたんや」

「八〇〇年前いうたら、源義経《よしつね》はもう死んでましたっけ？」

「義経？　会うたことないな」

ママの胸の谷間には、まだ汗が光っていた。

「疲れたから寝るわ」

ママは立ち上がると、襖の向こうへ消えた。

サトさんは夕食の用意をしてくると言った。

僕は当てもなく暗い家の中を歩いた。どこからかゲーゲーと、鶏が絞め殺されるような声が聞こえてきた。

僕は声の主を求めてなおも歩いた。引き戸の向こうにサトさんの背中が見えた。足音を忍ばせて近付いた。

サトさんの見つめる先に、ナベがいた。手鍋《てなべ》の上に覆い被さるようにしゃがんでいた。その口からゲーゲーと白くドロリとしたものが吐き出されている。手鍋は徐々に満たされていった。

僕は気付かれないよう、息を殺してその場から立ち去った。

サトさんの足音が聞こえ、先程の手鍋が現れた。サトさんは手際よく茶碗《ちゃわん》に白濁した物体をよそって差し出した。

僕はサトさんがそれを食べるのを確認して、箸を口へと運んだ。もう慣れたのか、特にこれといって嫌な味はしなかった。ただ単にわけのわからぬ食い物であった。が、食は進まなかった。

「どうも胃の調子がおかしいみたいで」僕は茶碗を置いた。「迷惑かけたらあかんし、もうそろそろ失礼しようと思います」

「ああ、そう」

サトさんはそれだけ言うと、もくもくと箸を口に運んだ。僕は食事中に腰を上げるのもためらわれて、そのままぼんやりと坐っていた。

「もう一晩泊まったら？　もうお風呂も沸かしてるし」

「はあ」

「また背中流して欲しいねん」

サトさんが食事を終えると、僕らは風呂場へ足を向けた。風呂は沸いているどころか、昼間の水垢離でビショビショに濡れたままだった。溜まった水の上に埃が浮いて、泥水のように見えた。サトさんは服を脱ぐと、平然と洗い場に足を下ろした。

向こう向きになってペタリと板張りの床に坐る。腰のくびれが圧倒的な色気で僕を呼び寄せた。

僕はフラフラと衣類を剝ぎ取り、サトさんの背後に膝をついた。タオルをそっと背中に当て、ゆっくりと擦った。サトさんが両手を上げる。僕はタオルを捨て、手の平で脇から胸にかけて何度も何度も撫でた。尖った乳首が時折手の平をくすぐる感触を楽しんだ。

「もうええわ」

サトさんはそう言うと、湯舟の縁を跨《また》いでしゃがんだ。

「鍵和田君も入ったら」サトさんが尻の位置をずらした。

狭い隙間に僕は体を潜り込ませた。サトさんが顔を寄せ、不意に僕の耳たぶをくわえた。

長い時間をかけて、サトさんは僕の耳を吸い続けた。


夜中、湿っぽい布団の中で僕はふと目覚めた。嫌な予感が胸を焦がした。いても立ってもいられず、僕は寝床を飛び出した。

長い廊下を歩く。物音を聞いたわけではない。啜《すす》り泣きが聞こえたわけでもない。しかし、許しがたい出来事が起こっていると、僕は直感していた。

白いものが闇に見えた。艶《なま》めかしく動いていた。そっと近付くと、サトさんの尻にナべがしがみついていた。

ピチャピチャと不快な音がナベの口から漏れていた。

僕は一瞬目の前が真っ暗になり、気が付くとナベの細い首をありったけの力で絞め上げていた。手の平にゴリッとした感触が伝わり、ナベは口から薄汚れた灰色の泡を噴いて、紫色の舌をだらりと出した。すでに身体はぐったりと力なく、潮垂れた布切れのようだった。

僕は驚いて手を放そうとしたが、硬直した指はその不愉快な屍《しかばね》にいつまでもしがみついていた。

ナベの裏返った眼球が、僕を見上げた。不意に恐怖がこみ上げた。

「し、し、し……」

死んでしまったのかと訊きたかったが、舌がまるで他人のもののように自由にならなかった。

サトさんが高い声を上げて笑った。ナベに近付くと、紫色をしたその舌をグイと口の中に押し込んだ。まるで魔法のように、僕の手がナベの首から離れた。

ナベの身体が床に落ちる。ガランと薄っぺらな金属音が響いた。

見ると、畳の上に錆《さ》びた鉄の鍋が転がっていた。

「鍋……ですか」

一際けたたましくサトさんが笑った。

ナベは器怪であった。

3

庭に鴉《からす》が群れていた。ガーガーと騒がしく呼び交わし、飛び去ってはまた集まってくる。

「喧《やかま》しいな、ほんま」

ママが縁先に出てきて、静かな声で怒りを露《あら》わにした。

「鍵和田君、一つ捕まえてくれるか」

鴉を捕らえようとは、八百比丘尼の名に恥じぬ途方もない発想である。

「あの一番下に止まってるやつはまだ巣立ったばっかや。他のが飛び立っても、パッとはよう飛び立たへん。そーっと行って投網《とあみ》を打つんや」

裏の納屋に網を取りに行っている間に鴉たちが消えていてくれるよう願ったが、僕の老婆心は無駄に終わった。鴉たちは相も変わらず、ガーガーギャーギャーと楽しげに騒ぎ立てていた。

僕は命じられるままに投網を投げた。案の定上手《うま》く広がらなかったが、それでも子鴉は逃げ遅れ、網の内で藻《も》掻《が》いて落ちた。

「よっし、ここへ押さえつけとき」ママは縁側の板敷きを指差した。

「ど、どうしはるんですか？」

「足をちょん切ったる」

「ははあ、舌切り雀ならぬ、足切り鴉ですな」

僕が網の上から押さえ付けた鴉の足に包丁を当て、ママはグイグイと前後に動かした。僕はそれが料理用の包丁でないことを祈った。鴉は喚《わめ》き立て、網の内から盛んに嘴で僕の手をつつこうとした。真っ黒の体に比べるとやや灰色がかった、意外なほど太い足はなかなか切れなかった。

「これ使い」サトさんが長方形の両側に刃のある鋸《のこぎり》を握って出てきた。

ママは手に取り、鱗《うろこ》と羽毛の境目に押し当てるとゴリゴリと挽《ひ》いた。血が鋸の刃を濡らし、僕は全身が総毛立った。やがて二本の足が縁側に並んだ。

子鴉の声を聞きつけて、飛び立った鴉たちが再び集まってきた。

「こら、お前ら。これに懲りたら二度と来るな！」ママは上空の鴉たちに向かって怒鳴ると、僕に両足のない鴉の処置を命じた。

僕は困惑して、血を滴らせすでに弱り始めた鴉を庭の隅の方へと放り投げた。思いがけず、鴉は羽ばたいて、狂ったバランスでくるりくるりと器用な旋回を繰り返しながらもよたよたと飛び去った。

あの鴉は永遠に飛び続けねばならない。枝に止まることも地上を駆けることも獲物を摑むことも、一遍に失ってしまった。

庭の隅に投げ捨てられた灰色の鴉の足を見て、僕は急に気味が悪くなった。いつまでも空を見ているママから逃れるように後ずさった。蜘蛛《くも》の巣だらけの門はすぐ背後にある。僕はきびすを返した。

目の前にサトさんが立っていた。

「逃げるの？ 人を殺しといて」

サトさんは手に青黒いナベの死体をぶら下げていた。

僕の足はガクガクと震えた。

その夜、僕は一人で風呂に入った。埃がこびりつき、くすんだ緑色を呈している湯舟にうずくまっていると、どこかから人の話声が聞こえたように思った。じっと耳を澄ましたが、その後は何も聞こえてこなかった。

「そろそろ降りてくる頃や」ママが言う。

もう真夜中である。この家の天井裏には、見知らぬ誰かが住んでいて、夜な夜な降りてきては、金品を奪ったり母娘の身体に悪戯《いたずら》したりするのだと言う。僕は三日間この家で寝たが、そんなことは一度も気付かなかった。もし本当だとすれば由々しきことである。

「ほら、降りてきた」

僕は耳を澄ました。何も聞こえない。

「今ゆっくりと階段を降りてる」

僕はなおも耳を澄まし続けた。

「眼を閉じ口を心もち半開きにして、はあーと細く息を吐き出しなさい。そうすれば、あんたにも聞こえる」ママが指示した。

言われたとおりにすると、耳の奥に微《かす》かな音が響いた。

ギッ。

ゆっくりと呼吸をし、息を吐き続けると更に足音は明瞭になった。

ギッ……ギッ……ギッ……ギッ……。

ミシッ……ミシッ……ミシッ……ミシッ……。

足音は廊下を近付いてくる。

部屋の前辺りで止まった。僕は唾《つば》を飲み込んだ。

内も外も静まり返る。僕はひたすら襖を見つめていた。

やがてカサッと衣擦れの音を残して、足音は遠ざかり始めた。

ミシッ……ミシッ……。ギッ……ギッ……ギッ……。

完全に音が消えて、僕はようやく息をついた。

「あの足音の主を調べて欲しいんや」

「やってくれるよねえ」

部屋の隅にはナベの死骸が転がっていた。裏返った眼が僕を見ている。僕は頷いた。

廊下には薄暗い裸電球がポッンと灯《とも》っている。

「二階にはどこから上がるんですか？」

「二階なんかあらへん」

僕は戸惑った。

「屋根裏にはそこの突き当たりから上がるんや」ママが顎で暗がりの奥を指し示した。

僕は深い闇に眼を凝らした。遠いところで何かが動いたような気がしたが、何年もの時間をかけてこの家に雪のように降り積もった埃が舞っているだけなのかもしれなかった。

懐中電灯を受け取り、僕は闇の奥へと足を進めた。

ミシッ……ミシッ……ミシッ……。

廊下の突き当たりは壁だった。左右は襖で仕切られている。階段などどこにもなかった。

「上や」ママが言う。

天井の一段奥まった部分に吊《つ》り梯子《ばしご》があった。

「自分で引き上げたんでしょか」

「あほう。そんなもん使わんと降りてきはるんや」

「誰ですか？」僕は上を指差して言った。

「それを調べるんやないかいな。横の綱、引っ張って梯子下ろして」

僕は闘犬の引き綱のように太い綱を手繰って、梯子を下げた。ギギーッという嫌な音とともに、埃とそれよりも大きな何かが落ちてきた。

促されて梯子を登った。汗ばんだ手足に埃がへばりついた。すぐに頭が天井につかえた。

「行き止まりです」

「あほ。板を押し上げるんやがな」

僕は右手で頭上の板を押した。ガタガタと天井の一角が動き、埃やネズミの糞や虫の死骸やその他もろもろが降り注いだ。

「どうや？　誰かいてはらへんか？」

「誰もおらんみたいです」

「中に電気がある。点けてみ」

懐中電灯の光が、梁《はり》からぶら下がった裸電球を捉《とら》えた。僕はスイッチを捻《ひね》った。

灯《あか》りの下で、僕は息を呑《の》んだ。そこで誰かが生活していたみたいだった。

丸い卓袱台《ちゃぶだい》に座布団。急須《きゅうす》と湯飲みが伏せてある。壁際の四角い机の上には鉛筆が転がっていた。短い箒《ほうき》が壁から下がり、その下に塵取《ちりと》りがあった。

えも言えぬ懐かしさがふとこみ上げたが、急に怖ろしくなり慌てて打ち消した。

「やっぱり誰もいてません」

僕の声は震えていた。背筋が寒くてしようがなかった。

「おらへんに決まっとる。けど、どや？　誰かがおったような気がせえへんか？」

突如、ここに閉じこめられたら、という恐怖心が突き上げた。僕は何も答えず、慌《あわ》てて梯子を降りた。廊下に爪先《つまさき》を下ろすまで、背後から首筋を摑まれそうな恐怖感に苛《さいな》まれた。僕は最後の一段を降りきって、ぐたりと坐り込んだ。

「誰がおった？」ママが訊いた。

「誰もいてませんって」僕は弱々しい声で答えた。

ママが「寝る」と去った後で、サトさんが顔を寄せて言った。

「ずっと前に知り合いに訊いたんよ。幻の同居人いうんやって、こういうの」

「何ですか、それ？」

「精神医学の範疇《はんちゅう》なんやって」

「つまり、その、幻覚とか、幻聴とか、そういうもんですか？」

「やろね」

「けど、誰か住んでたような……」

「そやから困るんよ。単に幻覚やったら医者で済むんやけどね」

「僕、こんな話聞いたことあります。ジョギング幽霊いうてね。ある寮で部屋から部屋へと走り抜けていく幽霊が出るんやそうです、ジョギング姿で。それで、壁に紙テープを貼ったら、その後は出なくなったそうです。幽霊のヤツ、ゴールしよったたんですね」

「おもろい幽霊やね」サトさんは小さく笑った。

「僕が思うに、ここの足音の主、サトさんらに相手してもらいたいんとちゃいますか」

「そうかなあ」

「それで、どうです？　一回お茶に招待してみたったら」

「気色悪い話やなあ。幽霊と一緒にお茶飲むの？」

僕は頷いた。

翌日の深夜。

サトさんは吊り梯子の下に行って、お茶でも飲まへん、と声を掛けた。座敷に戻って十分ほどすると、ギッ、ギッ、ミシッ、ミシッと足音がやってきた。スーッと襖の開く気配だけがあって、ニチ、ニチ、ニチ、と畳が足の裏に引っ付く音がし、一つだけ空いていた湯飲みの前に何かが坐った。

僕は何か言おうとしたが、舌が喉《のど》に張り付いて言葉が出なかった。

三人はひたすら茶だけを飲み、残った一つの湯飲みの中では、終始ゆらゆらと黄色い液体が揺れ動いていた。

サトさんが茶を飲み干し、ホッと吐息をついた。それが合図ででもあったかのように、何かが立ち上がる気配があって、ニチニチニチと畳が鳴り、襖が開閉する空気だけを残して、足音は遠ざかっていった。

いくら待ってもヒロシは戻ってこなかった。

僕は何度か服部家を出ていこうと試みた。しかし、その度いつもサトさんがナベの死骸をぶら下げて前に立った。僕にできるのは、意味不明の薄笑いを浮かべて座敷に戻ることだけだった。

屋根裏の同居人はあれ以来夜中のティータイムを楽しみにしているらしく、三人が早々に寝てしまった夜など、ドンドンと床を踏み鳴らし催促することさえあった。

僕は近ごろ一人で風呂にはいることが多くなった。一人だと、時折どこかから人声が聞こえてくることがあるのだが、それは混線したラジオ放送のようにあっという間に消えてしまう。

しかし、ある夜、僕にふと閃《ひらめ》くものがあった。人声が聞こえるのは常に、例の湯のない湯舟に浸《つ》かっているときである。もしかすると、この湯舟には元の世界との回路が開かれていて、その出入り口から人の声が漏れてくるのではないだろうか。よくよく考えてみれば、この家で風呂場だけが過去の僕と繋がっているのである。

僕は湯舟の中に坐って眼を閉じ、口を半開きにして細く細く息を吐いた。見えない同居人の足音を初めて聞いたときのように。肺が空っぽになるまで吐き尽くすと、もう一度大きく吸い込んではまた細く細く吐き出した。

頭の中の鼻の奥と耳の奥と眼の奥の交わる辺りに、微かな声が飛び込んできた。エコーがかかったようでよく聞き取れなかったが、女性同士がおしゃべりしているような感じの声だった。

その時、不意に風呂場の扉が開いた。「えらい長いね」サトさんがタオルで前を隠して入ってきた。「今日はあたしが背中流したげる」

サトさんはゆっくりと僕の背中を柔らかい手の平で擦り、前に手を回して胸からお腹をさすってくれた。時折、サトさんの乳首が僕の背中をくすぐり、僕はその度にビクッと体を震わせた。声のことなど、もうどうでもよくなっていた。自分の誕生日が過ぎたことさえ忘れていた。

幾日か続けて僕は一人で風呂を使い、ある夜、ついうとうとと湯舟の中でうたた寝をしてしまった。

僕は湯のないはずの風呂で危うく溺《おぼ》れてしまうところだった。というのも、いつの間にか湯舟が湯で満たされていたからだ。僕は激しく咳《せ》き込んで、口と鼻から泥のような湯を吐き出して藻掻いた。

肩で大きく息をしながら、なぜ湯が満たされているのかを考えてみたが、皆目わからなかった。隙間だらけの板張りに液体を溜められるわけがないのだ。

僕は大きく息を吸い込んで、思い切って湯に頭を沈めた。どこかから女たちの嬌声や何かの物音が響いてきた。頭を湯から上げると物音はピタリと止んでしまう。風呂の底に、別の世界があるとしか考えられなかった。

もう一度僕は大きく息を吸い込むと、両手で水を掻いて湯舟に潜った。緑の風呂の底にはいくつも隙間があった。僕は顔を擦り付けるように押し当て、隙間から覗き見た。遠くの方で何かが動いていた。話声らしきものも聞こえる。

僕は隙間に指をねじ込み、板を剝がしにかかった。朽ちた板だったが、容易にはめくれなかった。僕は息が続かなくなる直前、渾身《こんしん》の力を搾って板をめくり上げた。

突然呼吸が楽になり、僕の体は宙に浮いた。大勢の裸の女が目の下に見え、悲鳴の交錯する中、体が固い物に叩きつけられた。

僕は意識を失った。

「こら、鍵和田。何やっとんねん」

目の前にヒロシの顔があった。

「おう、お前、戻ってきたんか……」

「はあ?」ヒロシは怪訝そうな顔で、左の眉《まゆ》の端だけをピクリと上げた。「何言うてんねん? 急いでるんやぞ。文化祭に間にあわへんやないか」

セットの湯舟の底を釘で打ち付けようとして、もんどり打って頭から転げ込んだのだ、と、僕の状況をヒロシは説明した。

「う、嘘や!」僕は口走った後、ふと当惑し周りを見回した。

数人の中学生が僕たちを取り巻いている。皆知った顔であった。文化祭で大道具の係りを賜った者たちの不審げな表情が、そこにあった。ヒロシも中学の制服を着ていたし、僕も律儀にカラーのホックを留めた詰め襟を着ていた。

「あれ？」照れ隠しに頭を掻いてみる。「夢かいな……」

僕は十数年後の服部ヒロシの家で起こった出来事を語って聞かせた。自分が普段から結構な話上手だったことを思い出しもした。しかしまた、大学時代の想い出や塾で教えていた記憶も確かにあった。

「ほんで？」ヒロシの眼に気味の悪い光が宿っていた。「ほんで、お前、姉ちゃんとどうなったんや？」

「そ、そら、お前、一緒に風呂入ったんや」

「裸でか？」

「当たり前やろ。何や？　お前の家じゃ、服着て風呂入らなあかんのか？」

僕は周りを囲んだ黒服たちに横目で笑って見せた。瞬間、目の前に拳が迫り、眉間《みけん》が割れたかのような衝撃に見舞われた。ヒロシが空手の有段者であることを不意に思い出した。よろめいた尻に湯舟の端が当たり、そのまま背後に倒れ込んだ。

生温《なまぬる》い湯が僕を迎えてくれた。驚愕に思わず口を開く。液体がドッと口中を満たし、肺にまで押し寄せようとせめぎ合った。

必死で両腕を振り回し、何も捉えられず、死ぬ、と思ったのを最後に意識が途切れた。

どこかから低い声が聞こえてくる。

意識がはっきりとしてきた。声は衝立《ついたて》の向こうから聞こえる。僕は病院のベッドの上にいた。

頭には包帯が巻かれていた。その頭に触れた右手にも、甲から手首にかけてきつく包帯が巻き付けられている。右の足はギプスで固定されていた。

「ああ、ヒロシ、気が付いたんやね」

僕は初めそれが自分に対して掛けられた言葉だとは気付かなかった。ヒロシがいるのかと思わず周りを見回したが、病室には僕一人だった。

「ヒロシさん？　ここがどこだかわかりますか？」銀縁の眼鏡を光らせた初老の医者が訊いた。

僕はヒロシではないという意志表示のつもりで首を振ったが、医者はそうとは取らなかった。

「病院ですよ。脳神経外科です。頭を強く打っていますので、多少意識障害が残っているかもしれません。まあ、あの高さからタイルの上に落ちたのですから、下手すると命はなかった」

「本当に……。あんなところで何をしてたんやろね」

「女湯を覗いてたに決まってるやんか」

声とともに衝立の背後から顔を出したのは、サトさんだった。女湯の天窓を突き破って、僕の体は洗い場のタイルに激突したのだという。何だか金魚みたいだと自分で思った。

僕は口をパクパクと動かした。言葉が出なかった。

「あんた、ママの顔、忘れたん？」

ヒロシのママはそう言うと笑った。胸をくつろげた。孫がいてもおかしくない年齢の、子供二人を育てた乳房とは思えぬ、大きくて整った胸乳《むなぢ》が転がり出た。淫猥《いんわい》らしく眼鏡を光らせた痩《や》せた医者の目が、物欲しそうにママの胸を見ていた。

「顔は忘れても、おっぱいは覚えてるよねえ」

ぐいぐいと押し付けてきた。その黒ずんだ先端が僕の唇に押し付けられた。口の中に仄《ほの》かに甘い乳の臭いが広がった。確かにいつもこうしてこの乳を飲んでいたような気もしたが、慌てて僕は乳房を押し退けた。

「ち、違う。僕、鍵和田です。鍵和田巴《ともえ》ですよ。ヒロシは服部ヒロシやないですか」

「あーあ、鍵和田に成りきってるわ。あんなに頭打っても、ちっともまともになってないようやねえ」

サトさんがママの顔を見て笑った。

僕は呆然《ぼうぜん》と部屋を眺めた。昔の映画かドラマのセットでしか見たことがないような、古ぼけた病室の造りだった。黄ばんだ壁には陰毛のようなひび割れが走っていた。窓の外は病院の中庭というよりは、棄てられた廃校の運動場のように見えた。

そう思って鼻を蠢《うごめ》かせてみると、病院に特有のあの消毒液の臭いもしない。むしろ僕は、医者の偽者臭さを嗅ぎ分けたような気がした。

「あの……なんかおかしいんとちゃいますか？」

「おかしいで。……あんたの頭がな」サトさんは笑った。「あんた、自分の誕生日、言うてみ？」

「八月三十日」

「それはヒロシの誕生日やで。一週間前に、あんた三十一歳になったたんや」

不意に、着地する足を失いよろめきながら死ぬまで飛び続けねばならないあの鴉のことが頭を過ぎった。脳味噌の奥から熱い溶岩のごとくこみ上げてくるものがあった。鍵和田巴はすでに足を失ったのだ。

偽医者の眼鏡が光った。僕の顔を見て満足そうにうんうんと頷いてみせる。

何だか無性にあの馬鹿げた風呂場でサトさんの背中を流したくなった。

ママとサトさんと偽医者は顔を見合わせて、低い声で笑った。

初出（すべて角川ホラー文庫）
小林泰三「玩具修理者」／『玩具修理者』（一九九九年四月）
沙藤一樹「Ｄ－ブリッジ・テープ」／『Ｄ－ブリッジ・テープ』（一九九八年十二月）
朱川湊人「白い部屋で月の歌を」／『白い部屋で月の歌を』（二〇〇三年十一月）
森山東「お見世出し」／『お見世出し』（二〇〇四年十一月）
あせごのまん「余は如何にして服部ヒロシとなりしか」／『余は如何にして服部ヒロシとなりしか』（二〇〇五年十一月）

本書は角川ホラー文庫オリジナルアンソロジーです。
収録にあたり加筆修正を行いました。

目次・章扉デザイン／坂野公一（welle design）

日本《にほん》ホラー小説大賞《しようせつたいしよう》《短編賞《たんぺんしよう》》集成《しゆうせい》1

あせごのまん／小林《こばやし》泰三《やすみ》／沙藤《さとう》一樹《かずき》／
朱川《しゆかわ》湊人《みなと》／森山《もりやま》 東《ひがし》

角川ホラー文庫 23913

令和5年11月25日 初版発行

発行者――山下直久
発　行――株式会社KADOKAWA
〒102-8177 東京都千代田区富士見2-13-3
電話 0570-002-301（ナビダイヤル）
印刷所――株式会社暁印刷
製本所――本間製本株式会社
装幀者――田島照久

●お問い合わせ
https://www.kadokawa.co.jp/ （「お問い合わせ」へお進みください）
※内容によっては、お答えできない場合があります。
※サポートは日本国内のみとさせていただきます。
※Japanese text only

ISBN978-4-04-114382-7 C0193

角川文庫発刊に際して

角川源義

第二次世界大戦の敗北は、軍事力の敗北であった以上に、私たちの若い文化力の敗退であった。私たちの文化が戦争に対して如何に無力であり、単なるあだ花に過ぎなかったかを、私たちは身を以て体験し痛感した。西洋近代文化の摂取にとって、明治以後八十年の歳月は決して短かすぎたとは言えない。にもかかわらず、近代文化の伝統を確立し、自由な批判と柔軟な良識に富む文化層として自らを形成することに私たちは失敗して来た。そしてこれは、各層への文化の普及滲透を任務とする出版人の責任でもあった。

一九四五年以来、私たちは再び振出しに戻り、第一歩から踏み出すことを余儀なくされた。これは大きな不幸ではあるが、反面、これまでの混沌・未熟・歪曲の中にあった我が国の文化に秩序と確たる基礎を齎らすためには絶好の機会でもある。角川書店は、このような祖国の文化的危機にあたり、微力をも顧みず再建の礎石たるべき抱負と決意とをもって出発したが、ここに創立以来の念願を果すべく角川文庫を発刊する。これまで刊行されたあらゆる全集叢書文庫類の長所と短所とを検討し、古今東西の不朽の典籍を、良心的編集のもとに、廉価に、そして書架にふさわしい美本として、多くのひとびとに提供しようとする。しかし私たちは徒らに百科全書的な知識のジレッタントを作ることを目的とせず、あくまで祖国の文化に秩序と再建への道を示し、この文庫を角川書店の栄ある事業として、今後永久に継続発展せしめ、学芸と教養との殿堂として大成せんことを期したい。多くの読書子の愛情ある忠言と支持とによって、この希望と抱負とを完遂せしめられんことを願う。

一九四九年五月三日

火喰鳥を、喰う

原浩

これは怪異か——あるいは事件か。

信州で暮らす久喜雄司に起きた2つの異変。久喜家の墓石から太平洋戦争末期に戦死した大伯父・貞市の名が削り取られ、同時期に彼の日記が死没地から届いた。貞市の生への執念が綴られた日記を読んだ日を境に、雄司の周辺で怪異が起こり始める。祖父の失踪、日記の最後の頁に足された「ヒクイドリヲ　クウ　ビミ　ナリ」の文字列。これらは死者が引き起こしたものなのか——第40回横溝正史ミステリ&ホラー大賞《大賞》受賞作！

角川ホラー文庫

ISBN 978-4-04-112744-5

ナキメサマ

阿泉来堂

恐ろしいほどの才能が放つ、衝撃のデビュー作。

高校時代の初恋の相手・小夜子《さよこ》のルームメイトが、突然部屋を訪ねてきた。音信不通になった小夜子を一緒に捜してほしいと言われ、倉坂尚人《くらさかなおと》は彼女の故郷、北海道・稲《いな》守《かみ》村に向かう。しかし小夜子はとある儀式の巫女に選ばれすぐには会えないと言う。村に滞在することになった尚人達は、神社を徘徊する異様な人影と遭遇。更に人間業とは思えぬほど破壊された死体が次々と発見され……。大どんでん返しの最恐ホラー、誕生！

ISBN 978-4-04-110880-2

血の配達屋さん

北見崇史

血と錆の匂いに満ちた漁師町の禁忌。

家出した母を連れ戻すため、大学生の私は北国の漁師町・独鈷路戸《とっころと》にやって来た。赤錆に覆われ、動物の死骸が打ち捨てられた町は荒涼としている。あてもなく歩くうち、丘の上の廃墟で母と老人たちが凄まじい腐臭の中、奇妙な儀式を行っているのを目撃する。それがすべての始まりだった——。真の“恐怖”をあなたは体感する。阿鼻叫喚、怒濤の展開に絶句するノンストップ・ホラー！第39回横溝正史ミステリ＆ホラー大賞優秀賞受賞作。

角川ホラー文庫

ISBN 978-4-04-112806-0